AS
VIDAS IMPOSSÍVEIS
DE
GRETA WELLS

CB030649

Dados Internacionais de Catalogação na Publicação (CIP)
(Câmara Brasileira do Livro, SP, Brasil)

Greer, Andrew Sean
  As vidas impossíveis de Greta Wells / Andrew Sean Greer ; tradução Rosane Albert. — São Paulo : Jangada, 2016.

  Título original: The impossible lives of Greta Wells.
  ISBN 978-85-5539-054-8
  1. Depressão na mulher — Ficção 2. Identidade (Psicologia) — Ficção 3. Reencarnação — Ficção I. Título.

16-03793   CDD-813

Índices para catálogo sistemático:
1. Ficção : Literatura norte-americana 813

Andrew Sean Greer

AS
VIDAS IMPOSSÍVEIS
DE
GRETA WELLS

Tradução
ROSANE ALBERT

JANGADA

Agradeço infinitamente a Lynn Nesbit; Lee Boudreaux; Walter Donohue; Cullen Stanley; Frances Coady; Michael Chabon; Beatrice Della Monte von Rezzori; Brandon Cleary; Carmiel Banasky; o Cullman Center na Biblioteca Pública de Nova York, particularmente a Jean Strouse e Alice Hudson; ao San Francisco History Center; a *Greenwich Village,* de Anna Alice Chapin, de 1917; *Greenwich Village and How It Got That Way,* de Terry Miller, de 1990; a Macdowell Colony; a Yaddo Corporation; a Santa Maddalena; a Aspen Writer's Foundation; e a Cattos — mas especialmente a Daniel Handler, meu melhor leitor; e a David Ross, meu melhor companheiro.

Mapa do West Village de Suet Yee Chong

Editor: Adilson Silva Ramachandra
Editora de texto: Denise de Carvalho Rocha
Gerente editorial: Roseli de S. Ferraz
Preparação de originais: Marta Almeida de Sá
Produção editorial: Indiara Faria Kayo
Editoração eletrônica: Fama Editora
Revisão: Nilza Agua

Para minhas mães, avós e todas as mulheres da minha vida.

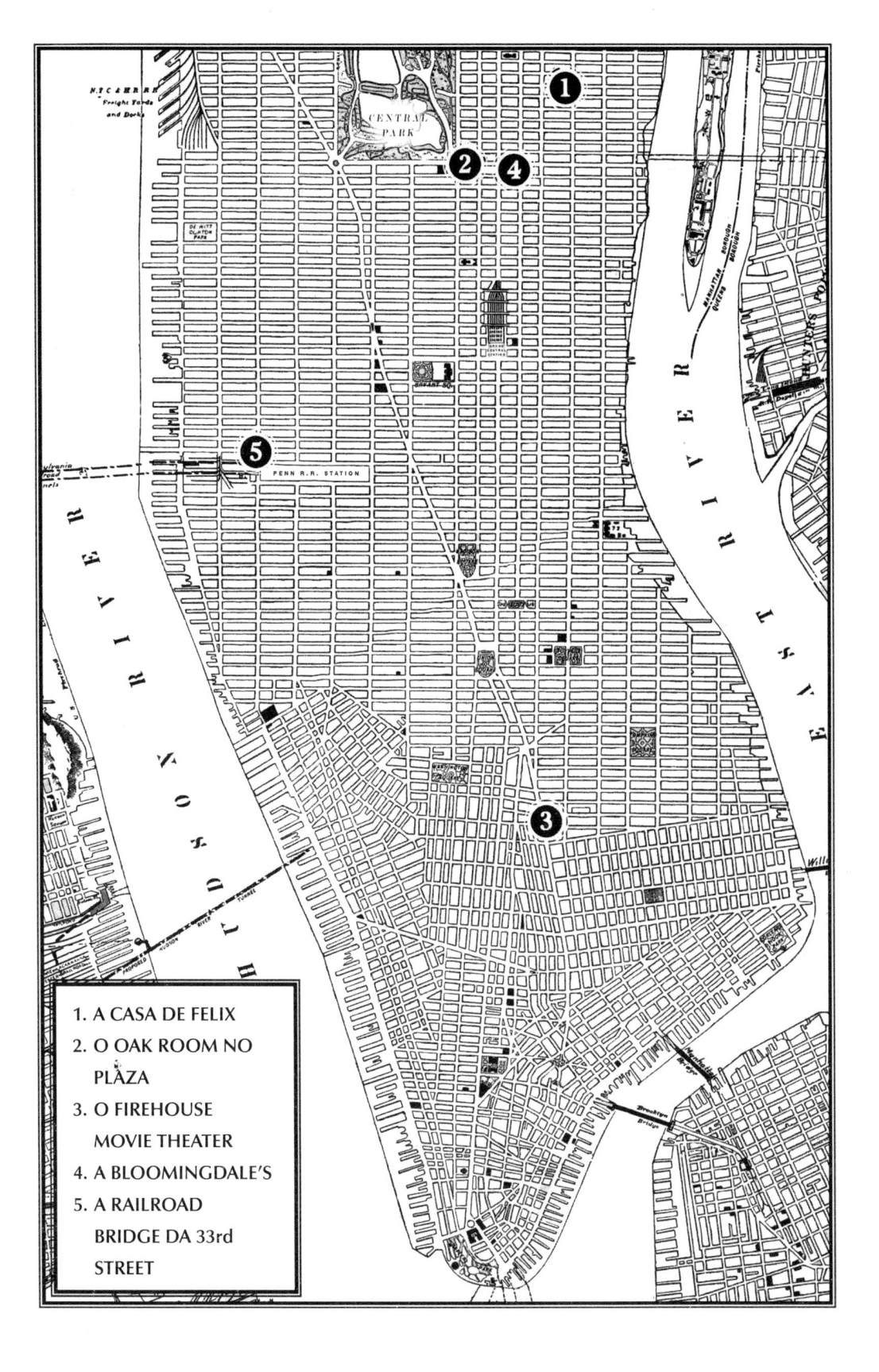

1. A CASA DE FELIX
2. O OAK ROOM NO PLAZA
3. O FIREHOUSE MOVIE THEATER
4. A BLOOMINGDALE'S
5. A RAILROAD BRIDGE DA 33rd STREET

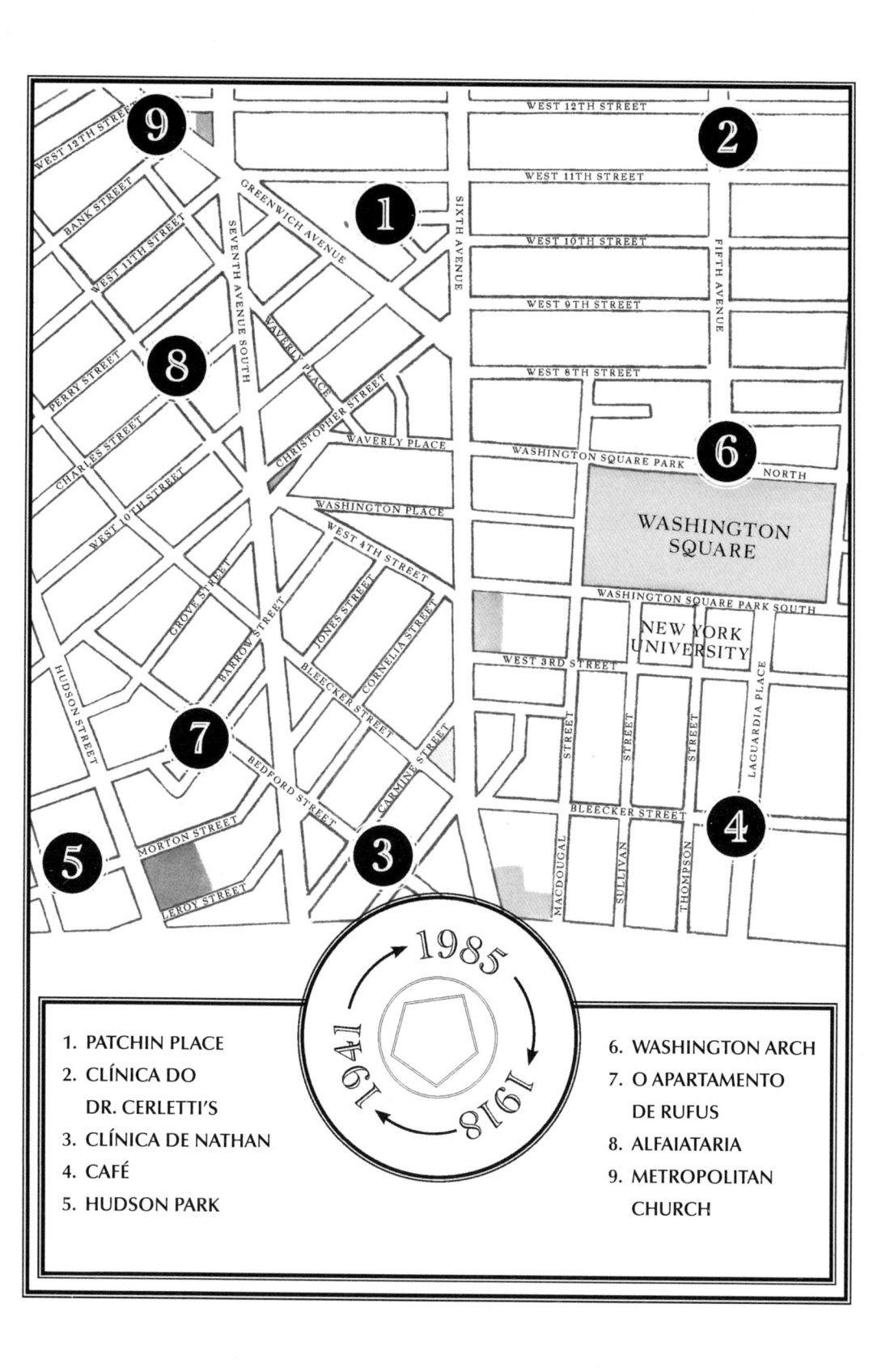

1. PATCHIN PLACE
2. CLÍNICA DO DR. CERLETTI'S
3. CLÍNICA DE NATHAN
4. CAFÉ
5. HUDSON PARK
6. WASHINGTON ARCH
7. O APARTAMENTO DE RUFUS
8. ALFAIATARIA
9. METROPOLITAN CHURCH

Parte Um

OUTUBRO
A
NOVEMBRO

30 DE OUTUBRO DE 1985

O IMPOSSÍVEL ACONTECE PELO MENOS UMA VEZ PARA CADA UM DE NÓS.
Para mim, foi perto do Halloween, em 1985, na minha casa em Patchin Place. Mesmo os nova-iorquinos acham difícil localizar essa rua: apenas um beco a oeste da Sixth Avenue, onde a cidade tende embriagadoramente para os padrões do século XVIII, brindando-nos com instantes surreais, como a West Fourth cruzando com a West Eighth e a Waverly Place cruzando consigo mesma. Existe a West Twelfth e a Little West Twelfth. Há a Greenwich Street e a Greenwich Avenue, e esta segue em diagonal pela velha trilha indiana. Se alguns fantasmas ainda passam por aqui carregando milho, ninguém os vê, ou talvez caminhem sem ser percebidos, misturados à massa de gente estranha e dos turistas que circulam o tempo todo, bêbados e às gargalhadas, diante da minha porta. Dizem que os turistas estão arruinando tudo. E afirmam que sempre disseram isso.

Mas eu lhe digo: Fique na West Tenth onde ela se encontra com a Sixth Avenue, sob a sombra torreada do antigo Jefferson Market Courthouse e sua torre alta. Vire até ver um conjunto de portões de ferro que passa facilmente despercebido, olhe através das barras e verá minha rua: somente a meio quarteirão, ladeada por esguios bordos, terminando meia dúzia de portas abaixo, nem um pouco glamorosa, apenas um beco com prédios de três andares de tijolo aparente, construídos há muito tempo para acomodar os garçons bascos do Brevoort,* e no final, à direita, depois da última árvore, a nossa casa. Limpe

---

* Hotel Brevoort, construído em 1845 e demolido em 1954, era frequentado por estadistas, escritores e artistas do Village. (N.T.)

os sapatos no capacho velho encaixado no concreto. Passe pela porta verde da frente e pode virar à esquerda e bater na porta do apartamento da tia Ruth, ou suba e bata na minha. Na virada da escada, pode parar e ler as marcas de altura de duas crianças, a minha em lápis de cera vermelho e, bem acima em azul, a do meu irmão gêmeo, Felix.

Patchin Place. Os portões, trancados e pintados de preto. As casas encolhidas em seu isolamento. A hera crescendo, virando para baixo, subindo novamente; as pedras rachadas entremeadas de ervas daninhas; nem mesmo um prefeito lhe dirigiria um olhar a caminho do seu jantar. Quem poderia imaginar? Por trás dos portões, as portas, a hera, por onde só uma criança olharia. Como você sabe: é assim que a mágica funciona. Pega o menos relevante de nós, sem aviso, e na hora escolhida faz um truque com o tempo. E foi exatamente assim que, numa manhã de terça-feira, acordei em outro mundo.

DEIXE-ME VOLTAR nove meses antes disso acontecer, em janeiro, quando eu havia saído com Felix para dar uma volta com o cachorro do Alan. Tínhamos trancado a porta verde e seguíamos nosso caminho passando pelos portões cobertos de gelo de Patchin Place, enquanto o cachorro, na verdade uma fêmea, Lady, cheirava cada fragmento de sujeira. Frio, frio, frio. A gola de lã dos nossos casacos estava levantada e dividíamos o cachecol de Felix, enrolado uma vez em torno do nosso pescoço, unindo-nos, minha mão em seu bolso e a dele no meu. Ele era meu irmão gêmeo, mas não idêntico, e embora partilhássemos as maçãs do rosto coradas e o nariz adunco, o cabelo ruivo e a pele muito branca, os olhos azuis apertados — "cara de raposa", como tia Ruth nos chamava —, ele era mais alto e, de certa maneira, maior. Eu precisava apoiar Felix no gelo, mas ele havia insistido em sair naquela noite sem a bengala; era uma de suas noites boas. Eu continuava achando seu bigode recente muito ridículo. E ele parecendo tão magro em seu sobretudo novo. Era o nosso trigésimo primeiro aniversário.

Eu disse:

— Foi uma festa adorável.

Por todo lado, o silêncio estremecido de um inverno nova-iorquino: imagens fugidias projetadas dos altos apartamentos, a cintilação das ruas congeladas, o brilho mudo dos restaurantes à noite, montanhas de gelo nas esquinas escondendo lixo, moedas e chaves. O som dos nossos passos na calçada.

— Eu estava pensando — ele disse. — Depois que eu morrer, quero que faça uma festa de aniversário em que todos se vistam como eu. — Sempre pensando numa festa. Lembro-me dele na infância como uma criança autoritária e de moral muito rígida, o tipo que considera a si mesmo como "bombeiro-chefe", forçando o resto da família a participar de exercícios ridículos. Depois da morte dos nossos pais, e especialmente depois que escapou da nossa esquálida adolescência compartilhada, todo aquele gelo se derreteu de vez, e ele quase passou para o lado do fogo. Ficava inquieto se não houvesse nenhum grande evento programado para o dia; ele mesmo planejava muitos deles e dava uma festa para qualquer um, desde que significasse bebidas e fantasias. Tia Ruth aprovava sem restrições.

— Ah — eu disse. — Sinto muito por Nathan ter ido embora cedo, mas ele está trabalhando demais, você sabe.

— Você escutou o que eu disse?

Olhei para ele, o rosto sardento, o bigode ruivo. Olheiras escuras sob os olhos. Esguio, amedrontado e falando baixo, o fogo extinto dentro dele. Em vez de responder, eu falei:

— Veja o gelo cobrindo todas as árvores!

Ele deixou Lady cheirar uma cerca. — Você vai fazer o Nathan vestir uma velha fantasia minha de Halloween.

— A de garota de programa.

Ele riu. — Não, a de Sereia Ethel.* Você pode sentá-lo numa poltrona e servir-lhe umas bebidas. Ele vai gostar disso.

— Você não gostou do nosso aniversário? — eu o interrompi. — Sei que não foi lá essas coisas. Não dá para você ensinar o Alan a fazer um bolo?

— Nosso aniversário me deixa feliz. — Continuamos a caminhar, olhando os vultos nas janelas. — Não descuide do Nathan.

A luz incidia no gelo das árvores, iluminando-as.

---

* Ethel Mermaid, personagem da série infantil americana *Sesame Street*, que teve uma versão brasileira com o título *Vila Sésamo*. (N.T.)

— Já estamos juntos há dez anos, talvez ele possa suportar ser deixado de lado um pouco — eu disse, segurando seu braço para apoiá-lo.

Na rua fria e invernal, ouvi Felix suspirar. — Veja, mais um.

Ele acenou com a cabeça na direção do salão de cabeleireiro que sempre se localizou naquela esquina. Na janela, um cartaz: ENCERRAMOS NOSSAS ATIVIDADES. Meu irmão parou por um instante enquanto Lady estudava atentamente uma árvore. Felix disse simplesmente:

— Foram embora.

Circulava a frase: diário do ano da peste.* A *pet shop*. A loja de armarinho. O *barman* e o alfaiate e o garçom do Gate.** Todos com o aviso de ENCERRAMOS NOSSAS ATIVIDADES. E se perguntasse sobre o garçom, eles diriam:

— Foi embora. — O garçom com a tatuagem de pássaro: — Foi embora. — O garoto que morava em cima e que havia disparado o alarme de incêndio: — Foi embora. — Danny. Samuel. Patrick. Tantos fantasmas que você não conseguiria distinguir os índios, mesmo que eles uivassem lamentando por sua Manahatta*** perdida.

Uma pancada forte; uma mulher havia saído do prédio: cabelos frisados tingidos de preto e vestida com uma capa de gabardine. — Vocês, seus idiotas, estão matando as árvores!

— Olá — Felix disse com delicadeza. — Somos seus vizinhos, prazer em conhecê-la.

Ela balançou a cabeça, olhando para Lady, que se preparava para agachar na grama congelada. — Vocês estão arruinando minha cidade. Tire o seu cachorro daqui.

O tom era tão áspero que nós dois estremecemos; senti o punho do meu irmão se fechar no meu bolso. Tentei pensar no que poderia fazer ou dizer em vez de só dar a volta e ir embora. Ela cruzou os braços nos desafiando.

Felix disse:

— Sinto muito, mas... não acho que cachorros façam mal às árvores.

---

* *Um Diário do Ano da Peste*, livro de Daniel Defoe que trata da peste que vitimou um quinto da população londrina entre 1665 e 1666. (N.T.)

** Restaurante de Nova York. (N.T.)

*** Os índios nativos chamavam a ilha de Manahatta. (N.T.)

— Tire o seu cachorro daqui.

Olhei o rosto do meu irmão. Tão frágil, mal se parecia com o gêmeo forte e sorridente que eu conheci minha vida inteira, o rosto rosado agora devastado. Agarrei seu braço e comecei a puxá-lo; ele não precisava passar por isso, não no dia do nosso aniversário. Mas ele não iria ceder. Percebi que se armava de coragem para dizer alguma coisa. Eu achava que ele tinha usado toda a sua reserva de coragem no ano anterior.

— Está bem — ele disse por fim, controlando Lady, que havia tropeçado. — Mas eu tenho uma pergunta.

A mulher sorriu presunçosamente e levantou as sobrancelhas.

Ele controlou o riso e então disse algo que a fez dar um passo para trás, enquanto desaparecíamos dobrando a esquina e começávamos a rir nervosamente, mergulhados naquela noite fria do nosso último aniversário. Carreguei comigo o que ele disse pelas semanas difíceis que se seguiram, depois pelos meses terríveis, pelo meio ano que me lançou na maior tristeza que eu já havia sentido. Lá, em pé, firme e calmamente, ele perguntou à mulher:

— Quando era garotinha — ele disse, fazendo um gesto na direção dela —, era *esta* a mulher que a senhora sonhava se tornar?

Tudo aconteceu mais rápido do que poderíamos imaginar. Num dia Felix estava falando alegremente sobre os livros que eu tinha levado para ele, e na manhã seguinte eu recebia um telefonema de Alan dizendo:

— Ele está partindo, o processo se acelerou, creio que precisamos... — Disparei para o apartamento dele para encontrá-lo se debatendo em intervalos de lucidez. Aparentemente as articulações estavam tão inchadas que era penoso demais para ele se mover, e o sofrimento estava além da conta; as dores de cabeça tinham voltado com intensidade, e a última série de antibióticos não surtira efeito. Ficamos ao lado dele repetindo a mesma pergunta:

— Você quer partir? — e se passaram mais de vinte minutos até que meu irmão conseguisse abrir os olhos e nos ouvir. Ele não foi capaz de falar, mas acenou com a cabeça. Pela expressão de seus olhos, eu podia afirmar que ele estava consciente, e que sabia.

Patchin Place, sozinha com Nathan, chorando a perda do meu irmão. A neve caía pesadamente sobre os portões naquele inverno e se acumulava nos galhos dos bordos do lado de fora da minha janela. Ruth tinha levado o pássaro de Felix, e eu o ouvia chilreando no apartamento acima, olhando lá fora, como eu fazia, para um dia de inverno sem pássaros. Felix havia errado sobre muitas coisas, mas estava certo em relação a Nathan: eu não deveria tê-lo negligenciado.

O homem com quem eu vivia mas nunca me casara, meu doutor Michelson, um homem inteligente e gentil, risonho por trás da barba castanho-avermelhada e dos óculos. Alto, rosto fino, com olhos preocupados sob as entradas do cabelo em forma de coração. Desde que nos conhecemos, sempre tinha pensado em Nathan como um "homem mais velho", mas depois que passei dos trinta me dei conta de que ele tinha apenas oito anos a mais que eu e que, à medida que o tempo passasse, a distância acabaria, até ficarmos igualmente velhos. Junto com essa descoberta veio a tristeza de que eu teria perdido alguma vantagem que "tinha" sobre ele. Aos 40 anos, ele exibia um sorriso agradável e ligeiramente tristonho, e as pessoas falavam: "mas você é tão jovem!, com a intenção de dizer que não precisava ficar amargurado com a idade. E ele fechava os olhos e sorria diante dessa observação. Imagino que era porque sempre havia sido aquilo que dissera que seria. Um médico, amado por uma mulher. Ele morava em Greenwich Village. Apesar dos fios grisalhos na barba, eu sentia que o que o mantinha jovem eram os bichos-papões infantis que ele mantinha como animais de estimação: o medo de tubarões, mesmo numa piscina; o medo de pronunciar errado a palavra "lúgubre". Ele ria toda vez que se dava conta disso, e me contava. Quantos outros haveria que ele não mencionava? Mas acabei gostando deles como se fossem meus íntimos, e anos depois, quando o ouvi dizer "lúgubre" corretamente, foi como se um gato velho e zarolho tivesse morrido.

Você pode avaliar a personalidade dele pela frase que dizia mansamente em qualquer ocasião difícil do nosso relacionamento:

— A decisão é sua. — De algum modo, era um antídoto para todos os meus medos. Eu estava passando tempo demais com Felix e não o bastante com ele? — A decisão é sua. — Deveria ficar até mais tarde no trabalho ou ir à festa da mãe dele? — A decisão é sua. — Essa frase me livrava da preocupação; eu o amava por isso. Ele foi meu companheiro por dez anos. Nos últimos meses de vida do Felix, entretanto, Nathan era um fantasma que eu não conseguia ver. Ignorei-o e deixei-o de lado, e por um tempo ele entendeu. Depois deixou de ser tão compreensivo. Ele era muito bom, mas quando se aborrecia facilmente ficava frio e distante. E foi então que eu o perdi.

Apenas alguns meses após a morte de Felix, descobri que ele tinha uma amante. Uma noite segui Nathan e me vi atrás de um prédio de tijolos aparentes, por entre o sorriso em zigue-zague das escadas de incêndio, espiando os vultos do meu amante e sua jovem mulher. Quem sabe quanto tempo fiquei ali? Quanto tempo alguém consegue aguentar diante de uma cena de horror? Flocos finos de neve começaram a cair, e isso fazia a luz que vinha da janela se alongar pela rua.

Nunca vou deixar de me perguntar se fiz a coisa certa. Afastei-me do prédio, fui para casa, me aqueci na minha cama solitária e jamais disse nada a ele. Com tudo o que estava acontecendo, com todo o pesar que eu carregava, podia entender facilmente a necessidade dele de um pouco de alívio e atenção, de desempenhar o papel de marido para sua mulher de mentirinha — de certo modo experimentando outra vida —, e disse a mim mesma:

— Ele vai voltar para casa e para mim, não para ela. — Afinal, tínhamos compartilhado muitas coisas, incluindo os anos antes que nossos cabelos ficassem grisalhos. Quem combinaria tão bem com ele?

Ele voltou mesmo para casa. Ele realmente a deixou. Sei disso porque uma noite, algumas semanas depois, eu estava sentada em Patchin Place lendo um livro enquanto a sopa de feijão-branco cozinhava no fogão, faltando ainda uma hora para ficar pronta, quando ele entrou em casa, molhado de chuva, o rosto muito vermelho e inchado, e algo distante no olhar, como se tivesse testemunhado um assassinato. A barba cintilando com os respingos da chuva. Ele me deu boa-noite e um beijo no rosto. — Vou tirar a roupa molhada — disse; foi para o quarto e fechou a porta.

Escutei um quarteto de violinos, não o que ele costumava ouvir, mas Nathan devia ter sintonizado o rádio em algo bastante alto. Só que não era alto o suficiente. Eu ouvi por baixo da música, enquanto ele se escondia de mim no quarto, o som que não conseguia controlar e que tentava desesperadamente abafar: os soluços de um coração partido.

Numa cena que só eu podia imaginar, ele tinha dito o adeus definitivo e a beijado, feito amor pela última vez e caminhado até a porta enquanto ela procurava pela coisa certa a dizer, aquilo que o faria ficar lá. Que o faria me deixar em vez de abandoná-la. Ele havia segurado a maçaneta com a mão trêmula; tinham olhado um para o outro. Será que ele tinha chorado naquele instante? Porque ela não encontrara as palavras — e agora ele estava ali. Sentado no quarto, soluçando como um menino. Os violinos rodopiando em volta dele. E ali estava eu, na minha cadeira, com meu livro e a grande luminária de latão projetando um arco dourado no meu colo. Sabendo o que ele tinha feito. Querendo dizer-lhe que estava brava, magoada e agradecida. Os violinos seguiram seu trajeto acidentado uma oitava abaixo. E, depois de algum tempo, Nathan saiu e me perguntou:

— Quer uma bebida? Vou pegar um uísque para mim. — A dor ali, estampada na face. Quantas semanas, meses, havia durado? Quantos telefonemas, cartas, noites tinham sido? Terminando daquele jeito, como se tivesse quebrado o pescoço. — Sim — respondi, deixando de lado o livro —, a sopa vai ficar pronta logo — e bebemos e comemos e não falamos do grande acontecimento que havia acabado de se desenrolar.

A verdadeira surpresa foi que, alguns meses depois, ele afinal me deixou. Num carro alugado, estacionado do lado de fora dos portões, eu no assento do motorista.

— Fique comigo, Nathan.

— Não, Greta, não posso mais.

Com as mãos na porta do carro, escolhendo as palavras que poriam um fim à nossa vida juntos. Não importava realmente quais seriam elas. Eu me vi naquele momento terrível: pálida sob a iluminação da rua, lágrimas suspensas nos meus cílios quase invisíveis, o cabelo ruivo recém-cortado numa última tentativa de mudança, os lábios entreabertos enquanto tentava pensar em algo que ainda precisasse ser dito. A porta aberta, o vento entrando, os últimos minutos — percebi que o reflexo da luz do poste nos seus óculos poderia ser minha última visão dele.

— O que é que eu vou fazer? — gritei de dentro do carro.

Ele me olhou friamente por um instante, então tocou na porta e disse, ou melhor, gritou:

— A decisão é sua.

— TENTE HIPNOSE — tia Ruth me aconselhava, esfregando óleo nas minhas têmporas. — Tente qualquer coisa, menos um psiquiatra, querida. — Ela era minha única companhia naqueles meses. Tenho certeza de que meu pai não teria aprovado suas visitas; ele sempre achara a irmã instável, egoísta, descontrolada, a artista perigosa que precisava ser contida. O tipo de mulher, ele me dissera um dia, que gritaria "teatro" em meio à multidão durante um incêndio.* Um consolo, uma aliada, mas ela não sabia nada sobre a minha mente.

Todos tinham um conselho a dar. Tente acupuntura, eles me diziam quando eu me animava a ir a uma festa. Tente acupressura. Tente yoga, tente correr, tente fumar maconha. Tente aveia, tente farelo, tente lavagem intestinal. Abandone o cigarro, os laticínios, a carne. Pare de beber, de assistir à tevê, deixe de ser egocêntrica. O psiquiatra que acabei consultando, o doutor Gilleo, falava interminavelmente sobre meus pais mortos, minhas lembranças infantis de cachorros dourados correndo em tardes douradas com meu irmão, e havia encontrado os espinhos normais de uma vida comum. Era tão ruim, perguntei a ele, ficar triste quando coisas tristes aconteciam? — Há inúmeros antidepressivos novos — ele disse. — E vamos experimentá-los. — Eu realmente os experimentei, do Ambivalon à zimelidina. E eles não conseguiam afastar o pesadelo: eu abrindo a porta e vendo Felix diante de mim, com seu bigode ridículo, pedindo para entrar, e eu lhe dizendo que ele não podia. — Por que não? — ele me perguntava. Todas as noites eu lhe dizia: — Porque você está morto.

Ruth esfregando minhas têmporas, beijando minha testa. — Está tudo bem, querida. Vai passar. — Acrescentando como sempre, infelizmente:

— Acho que você precisa é de um amante.

---

* Referência ao título da música *Screaming "theater" in a Crowded Fire*, do grupo Schoolyard Heroes. (N.T.)

É quase impossível capturar a verdadeira tristeza; é uma criatura das profundezas que não pode jamais ser vista. Digo que me lembro de ficar triste, mas na verdade só me lembro das manhãs quando aquela pessoa na cama — a pessoa dentro da qual eu estava contida — não conseguia acordar, nem trabalhar, nem mesmo fazer as coisas que ela sabia que a salvariam, e somente fazia o que poderia destruí-la: bebida, cigarros proibidos e horas negras sem fim na mais completa solidão. Fico tentada a me distanciar dela e dizer:

— Ora, não era eu. — Mas era eu, olhando para a parede e desejando cobri-la de desenhos e não tendo coragem para isso. Nem mesmo para me suicidar. Era eu em meu quarto, olhando para Patchin Place pela janela enquanto os bordos amarelavam com a chegada do outono.

Você também poderia ver a vizinhança animada com os preparativos para o Halloween. As vitrines estavam repletas de faunos nus e prateados, fantoches grandes e brilhantes, esqueletos e bruxas de todo tipo. Abóboras recortadas alinhavam-se no portão de Patchin Place; eu sentia que você poderia depositar minha cabeça entre elas. As ruas pareciam solitárias. Eu parecia solitária quando seguia de manhã para o trabalho, e à tardinha indo para casa, para um anoitecer ligeiramente mais escuro, minha rua trocando suas cores pelo azul, enquanto do oeste vinha o pôr do sol brilhante, tingindo de lavanda o Hudson. Ele iluminava todo o céu, recortando contra ele as torres negras dos prédios altos. Era aí que eu vivia. No outono de 1985. Como eu ansiava por viver em qualquer outra época que não essa, que parecia amaldiçoada com sofrimento e morte.

Eu conseguia escutar claramente meu irmão me perguntando do seu túmulo:

— Era *esta* a mulher que você sonhava se tornar? Era esta mulher?

E então, um dia, tamborilando o lápis no seu bloco, meu velho e querido doutor Gilleo me disse:

— Há ainda uma coisa que podemos tentar.

O CONSULTÓRIO DO MÉDICO não era exatamente como eu esperava. Talvez porque fosse Halloween, eu havia imaginado algo como o laboratório do doutor Frankenstein, escavado num penhasco. Em vez disso, era de arenito marrom e dividia o pátio com uma construção que eu me lembrava como sendo uma antiga escola primária; agora fazia parte de um conjunto médico; e as enfermeiras ficavam por ali, ao ar livre, em pé, fumando. Fiquei sentada por alguns minutos numa cadeira de lona, em frente de uma senhora idosa que usava um xale verde brilhante e carregava uma sacola de tricô, até me avisarem que o doutor Cerletti iria me atender. A placa na porta: CERLETTI, TERAPIA ELETROCONVULSIVA (TEC).

— Senhorita Wells, vejo que temos aqui o consentimento expresso do doutor Gilleo, é isso mesmo? — disse um homem baixo e careca, com grandes óculos de meio aro e uma expressão gentil.

— Sim, doutor. — Olhei pela sala procurando o aparelho que iria me curar.

— Ele fez uma avaliação prévia para nós, não é mesmo?

— Estou com depressão — eu disse. — Tentamos os comprimidos, mas nada parece funcionar.

— Esta seria a única razão que justificaria sua vinda aqui, senhorita Wells.

O doutor Cerletti olhou para a prancheta. — Posso lhe fazer algumas perguntas?

— Só se eu puder fazer algumas. Estou aterrorizada com a perspectiva de tomar eletrochoque...

— Hoje em dia chama-se eletroconvulsivante. Tenho certeza de que o doutor Gilleo esclareceu bem o processo para você. Nenhum dado sugere qualquer tipo de dano ao cérebro.

— Eletroconvulsivante não soa muito melhor.

Ele sorriu, e o sorriso no seu rosto suave e bondoso era reconfortante. — As coisas hoje são muito diferentes do que eram. Por exemplo, vou lhe dar tiopental, um anestésico, e um relaxante muscular. Vai ser muito melhor do que ir ao dentista.

— Isso é pentotal sódico? Vou falar a verdade para o senhor, doutor?

— Você estava pensando em não fazer isso? Ele não induz a contar a verdade. Apenas diminui a resistência do paciente.

— Parece a última coisa de que eu preciso.

— Por agora, é exatamente o que está precisando — ele disse, enquanto escrevia alguma coisa e franzia as sobrancelhas. Faremos isso duas vezes por semana, exceto na última, ao longo de doze semanas. Vinte e cinco sessões. Em fevereiro teremos terminado. Vai ajudar você a passar por este período difícil. Eu sei que seu irmão morreu recentemente.

— Entre outras coisas — eu disse, olhando para fora da janela e espiando as enfermeiras. — Isso vai me mudar? — perguntei ao médico.

O doutor Cerletti pensou cuidadosamente antes de responder. — De maneira nenhuma, senhorita Wells. O que mudou você foi a depressão, e o que estamos tentando fazer é trazê-la de volta.

— Traga-me de volta.

Ele sorriu de novo e respirou fundo. — Você pode continuar com sua vida normalmente, só me responda se existe a possibilidade de engravidar nesse momento.

— Isso é bem improvável, doutor.

— A TEC é inofensiva para grávidas, mas é algo que gostamos de saber, já que pode passar por algum tipo de desorientação depois do procedimento. O que é perfeitamente normal.

— Que tipo de desorientação?

— Por favor, deite-se. Uma ligeira tontura, com possibilidade, apenas possibilidade, de alucinações. Sem saber onde está, quem você realmente é no momento. Algumas pessoas têm alucinações auditivas, sinos tocando, esse tipo de coisa.

— Espere um pouco, isso me parece grave.

— Deite-se, por favor. Não é. Os pacientes dizem que acordam como se estivessem num quarto de hotel. No começo, não vai saber ao certo onde está. Mas em seguida sentirá que você é você novamente. Deite-se, vamos começar. Primeiramente, o anestésico. Você não vai sentir nenhum impulso elétrico.

A enfermeira chegou com duas seringas — o anestésico e um relaxante muscular. Deitei-me sobre o papel estalante e olhei para as constelações nas placas acústicas do teto. Fechei os olhos. O doutor disse que eu sentiria a primeira injeção, mas não a segunda, e isso iria levar apenas um minuto enquanto ele administrava o procedimento, que seria uma vez e meia o limiar convulsivo para uma mulher da minha idade. Era preciso induzir uma convulsão para redefinir meu cérebro, foi o que eu entendi da explicação. Cerletti se estendeu no relato da história médica, talvez para me acalmar, dizendo o quanto essa terapia era melhor do que a de antigamente. Muito tempo atrás, eles usavam capacitores de eletricidade, dá para acreditar? Senti fixarem alguma coisa metálica nas minhas têmporas, o frio do algodão com álcool no meu braço, depois a picada dolorosa quando a agulha penetrou na carne. Prendi a respiração. Quase imediatamente um cheiro desagradável tomou conta da sala — cebolas podres —, senti minha mente desbloqueada, e me vi em outro lugar. *Não me traga de volta*, eu me lembro de ter pensado: *Leve-me embora.*

Quanto ao que senti — mais tarde eu pensaria nisso como ser recortada e retirada do mundo. A sensação — não desagradável, antes semelhante ao choque de membros frios imersos em água quente — da corrente sendo retirada da minha pele, o berço de papel estalante das minhas costas, o ar dos meus pulmões, de tal modo que por um instante fiquei totalmente separada de tudo o que me rodeava. Recortada como um bonequinho é recortado de uma massa de biscoito. Recortada e levada sabe-se lá para onde.

Como você chama o tempo que fica perdido para nós? O tempo, por exemplo, que bebemos tanto que os minutos ficam intercalados com brancos, ou perdemos horas inteiras — e apesar de estarmos lá, de termos dito e feito coisas, fomos responsabilizados pelo que aconteceu? Ou mesmo a fração de segundo em que voltamos à realidade e descobrimos que estamos no meio de um telefonema e precisamos improvisar para continuar a conversa? Como se chama este lapso de tempo? Que parte de nós está funcionando? Somos culpados pelo que fizemos? E finalmente: Quem somos nós quando não somos nós mesmos?

— Pronto.

Abri os olhos. Acima de mim o médico sorria, e percebi gotas de suor entre suas sobrancelhas. — Você poderá ter uma sensação de ressaca pelo resto do dia.

Olhei à volta da mesma sala, inalterada, apenas ligeiramente submersa. Então eu disse algo muito estranho que o fez sorrir:

— Onde estão *quem*, senhorita Wells?

— Me desculpe, ainda estou voltando da anestesia.

— Acha que consegue ir andando para casa?

Eu lhe disse que sim, é claro.

Ele concordou com a cabeça e disse:

— Acho que vai perceber uma mudança. Estamos experimentando esses procedimentos consecutivamente, por isso vou vê-la amanhã e na próxima semana;

marque com a Marcia quando estiver saindo. — Ele sorriu para a enfermeira e, enquanto ela saía da sala, ele lhe deu um tapinha no traseiro. A enfermeira, uma criatura de cabelos loiros e com permanente, olhos sombreados de azul e um nariz oblíquo, trouxe minhas roupas e esperou até que eu me vestisse, com um sorrisinho nos lábios. Talvez fosse pelo tapinha do médico. Ou quem sabe por causa da minha perguntinha engraçada enquanto ainda estava sob o efeito da anestesia:

— Doutor, onde estão todas as crianças?

— VI ALGUMA COISA — disse para tia Ruth mais tarde. — Quero dizer, quando fechei os olhos, quando eles... pensei estar em algum outro lugar. — Estávamos sentadas no meu apartamento tomando chá; melhor dizendo, eu estava estendida na cama com a mão na testa, lutando com a "ressaca" que o médico havia previsto. Um quarto pequeno e simples com uma janela grande voltada para o norte e a cama instalada ao lado, mas o que havia sido meu quarto de criança era agora claramente moderno: paredes brancas, grandes ampliações emolduradas das minhas fotografias, persianas vermelhas, uma cama baixa simples com travesseiros brancos empilhados. Sem mobília, sem toque feminino, exceto por uma cadeira de madeira de onde pendia a calça comprida preta que eu tinha usado naquele dia. Uma cama, uma visão. Não tanto um quarto como uma exibição de estilos.

— Você ainda está zonza? — ela perguntou. Tia Ruth usava uma corrente prateada e um vestido preto de algodão e, embora estivesse apenas na casa dos 50 anos, tingia os cabelos de branco, na sua teoria particular de que isso a deixava mais jovem. — Beba mais chá, bastante chá. Saiba que detesto o que estão fazendo com você.

— Tia Ruth, não é disso que estou precisando agora. Preciso clarear minha mente. Vou me encontrar com Alan daqui a uma hora.

— Bem, não precisa me escutar — ela disse. — Mas tem certeza de que está pronta para ver o Alan?

— Você não está preparando a festa de Halloween este ano, Ruth?

— Não mude de assunto. Claro que não. Como eu poderia fazê-la sem ele?

— Ele com certeza queria que organizasse uma.

— Bem, então ele não deveria ter morrido — ela disse bruscamente. — Não venha me dizer que não é um exagero, o eletrochoque.

— Eletroconvulsivante. É um último recurso. Me disseram que é uma convulsão para quebrar um padrão na minha mente, mas eu sei o que é realmente. Eles acham que eu deveria ser outra pessoa. Esta Greta sem dúvida não está funcionando. Funcionou por mais de trinta anos, mas está na hora de uma atualização. Substituição de todas as partes.

— Apenas uma parte.

— Apenas uma parte. Apenas eu. Detesto isso, mas não sei mais o que fazer. Não posso... mal consigo me levantar de manhã. Ainda assim...

— O que foi que você viu?

Aconteceu logo depois que senti o cheiro de cebolas podres, eu disse. Depois da sensação de ser destacada do mundo — nunca tinha sentido o que pensei ser eletricidade —, abri os olhos e imaginei que o procedimento tivesse terminado, mas me encontrei numa sala diferente. Melhor dizendo, era exatamente a mesma sala, mas modificada. As paredes eram verde-menta e não brancas; onde o aparelho de TEC tinha estado havia uma máquina maior esmaltada e uma bandeja com compressas de algodão branco; um cartaz na parede mostrava as partes do cérebro. Mas o choque foi o que vi pela janela. Onde antes havia um pátio encascalhado em que as enfermeiras fumavam, agora havia uma quadra pavimentada e pintada com linhas e números. Cheia de crianças correndo, ofegantes, rindo e gritando.

— Então abri os olhos novamente.

— Você quer dizer que fechou os olhos e os abriu de novo?

— Era como se eu tivesse dois conjuntos de olhos, e abri o segundo conjunto. E vi as crianças novamente, dessa vez com calças curtas e... vestidos antigos, fazendo fila. E então acabou. Ali estava o rosto do médico pairando acima de mim, e eu... — comecei a rir e derramei meu chá — ... perguntei a ele: "Onde estão as crianças?". De qualquer modo acho que ele já me considera louca. Não consigo explicar o que aconteceu. Senti o lugar tão real quanto a sala do médico. Ouvi o barulho do trânsito do lado de fora através da janela aberta. Podia sentir o cheiro de tinta fresca.

— Tem certeza? Que eu saiba, só os cachorros sentem cheiros nos sonhos.

— Não era um sonho. Ele disse que eu poderia sentir... desorientação, foi assim que ele definiu essa sensação.

Minha tia sentou-se bem ereta e me olhou com a simplicidade de alguém que está decidindo se leva você muito a sério ou nem um pouco; não existe mais meio-termo. Do apartamento dela, em cima, veio o som de um pássaro na gaiola, o velho periquito de Felix, chilreando como sempre fez — cantando, meu irmão afirmava, para os pássaros além da vidraça sem saber que não podia ser ouvido. Ele cantava sem cessar enquanto minha tia olhava para mim; mesmo o retinir incessante de suas joias silenciou por um instante, e vi nos seus olhos pretos, brilhantes e fixos, uma fascinação e um interesse que ela não havia demonstrado por mim nos últimos meses.

— Como poderia não ser um sonho?

— Bem — eu disse, recuando ligeiramente na cama. — Bem, talvez fosse uma centelha em meu cérebro ligando de alguma forma velhas lembranças da escola da minha infância e de filmes antigos, uma centelha que as fizeram parecer reais por um instante.

— Tem certeza de que não eram reais?

— Como poderiam ser reais?

Seus olhos percorreram meu rosto como alguém lendo um livro; devo ter ficado tremendamente aberta e óbvia nas horas seguintes ao procedimento. Ela pegou a xícara e o pires. — Acho que existem dois tipos de pessoas — disse, e o pássaro cantou em meio à pausa que ela fez. A linha entre seus olhos ficou funda, depois se suavizou. — Há os que acordam no meio da noite e veem uma mulher com um vestido de casamento sentada perto da janela e pensam: "Ah, meu Deus, é um fantasma!". Este é o primeiro tipo. Alguém que sente algo real e acredita que é real. E há os que veem o fantasma e pensam: "Não sei o que vi, mas não é um fantasma porque fantasmas não existem". Na minha vida, me ensinaram que esses são os dois tipos.

Ela tomou um gole de chá, depois colocou a xícara no pires, sorrindo. — Mas ninguém é do segundo tipo.

— ALAN, VOCÊ PARECE ÓTIMO — eu disse depois de abraçá-lo. Alan, o amante do meu irmão até o final, quarentão quando se conheceram e chegando aos 50 anos. Tínhamos marcado um encontro para um drinque rápido e, embora eu quase tivesse lhe telefonado para cancelar, percebi que minha tontura estava passando. Não nos tínhamos visto por meses e, antes disso, muito pouco depois da morte de Felix. Era outra tristeza em minha vida, mas creio que evitávamos um ao outro, como os criminosos evitam a cena de um crime.

Alan ficava uma cabeça acima da multidão, vestia uma camisa de *cowboy* fechada com botões de pressão e *jeans*, um cinto trançado e uma jaqueta de couro graxo. Fiquei olhando seu sorriso dar vida a todas as linhas do rosto. Linhas formadas pelos verões ensolarados em Iowa e fins de semana comigo e Felix nos Hamptons. O cabelo prateado cortado rente, pelos prateados no queixo grande atravessado por uma cicatriz pálida de um acidente de jardinagem, que ele dizia brincando ter sido "um ataque de leão da montanha", e ainda assim eu precisava fazer um ajuste na sua figura por causa da doença. Diante de mim uma versão menor do Alan que eu havia conhecido. Um abraço mais estreito. O grande homem de Felix agora tinha o físico de um menino, a jaqueta mal impedindo que eu sentisse suas costelas. E eu disse que ele parecia ótimo.

— Obrigado, Greta. — Ele sorriu e pôs a mão no meu rosto. — Você sumiu.

— Tenho passado por momentos difíceis — eu disse. Estávamos num daqueles antigos cafés turísticos em Bleecker que para mim nunca perderam o charme. Pegamos um banco de madeira desconfortável, perto de um samovar russo enferrujado, e ele tirou a jaqueta. A camisa de *cowboy* não se enchia com músculos volumosos, ele porém, esguio, parecia mais jovem. Perto de nós, um rapaz de rosto largo e inteligente, que montava um castelo de cartas e tinha ao lado um mapa turístico, acabou por olhar para cima e percebeu meu olhar de curiosidade. Franziu as sobrancelhas e eu me virei.

— E o Nathan, como vai? — Alan perguntou, esfregando o queixo como para sentir a antiga cicatriz.

Soltei um suspiro meio misturado com um risinho e fiz sinal pedindo um café.

— Ele me deixou, Alan. Não, está tudo bem. Ou melhor, não está, mas já faz algum tempo e... estou lidando com isso do meu jeito. É uma história muito longa para eu lhe contar agora. E você, está com alguém? — Ele sorriu timidamente, aquele homem adulto, com o queixo quadrado e uma expressão de total preocupação, e então aquele sorriso! Pus a mão sobre a dele. — Não se preocupe, Alan, Felix nunca foi ciumento, e eu ficaria preocupada se você estivesse sozinho. Eu sei muito bem o que é isso.

— Na verdade, não há ninguém — ele disse, pegando o saleiro e equilibrando-o de lado. — Existe um cara que quer cuidar de mim. Não quero ninguém cuidando de mim.

— Você nunca quis.

— Sinto saudades dele — disse, sério, fazendo o saleiro girar em torno do próprio eixo.

Acredito que a verdade é que Alan sempre havia sido mais sensível que Felix, mais fácil de ser magoado; seu silêncio era metade contentamento e metade sofrimento não declarado. Tinha tido mulher e filhos antes de Felix. Foram quarenta anos inteiros de outro Alan. Talvez por isso ele tivesse amado meu irmão. A voracidade de Felix pela vida compensava o tempo perdido. Alan jamais gostou de se arrumar, ou de dançar, mas adorava admirar essas coisas, vestido com seus *jeans* surrados e exibindo um leve sorriso.

— Também sinto saudades dele — eu disse. Olhei Alan girar o saleiro na mesa, que captava a luz e a jogava contra as paredes como estilhaços de vidro. Ele parou o saleiro com a mão. Eu disse:

— Você sabe o que eu quero? Não é conseguir superar isso, mas uma coisa impossível: eu gostaria que isso não tivesse acontecido.

— Bem... — ele disse.

— Eu gostaria que isso não tivesse acontecido, Alan. Perdi a sanidade, Alan. Estão me aplicando eletrochoques.

Ele pegou minha mão e esfregou-a.

— Tive a primeira sessão hoje. Está me fazendo ter alucinações.

Ele sorriu.

— Meus remédios fazem isso. Fica menos nítido, depois tudo volta ao normal. Sinto muito.

— Deixe esse cara cuidar de você, Alan.

Sério, ele prendeu meu olhar, estreitando os olhos, aprofundando as linhas ao redor dos olhos, depois de um instante balançou a cabeça e soltou minha mão.

— Estou velho e doente demais para isso. — Bebericou o café e sacudiu os ombros; seu cabelo aureolado de prata. — Esse rapaz, ele acha que será romântico estar lá quando o fim chegar. Para ser a viúva do funeral. Eu disse a ele que já fui essa viúva. Não é nada agradável.

— Você não vai morrer, Alan.

Era uma bobagem dizer isso a qualquer pessoa, ainda mais naquele momento. Ele levantou os olhos do café e dirigiu para mim o mesmo olhar verde despedaçado, brilhante de dor e de espanto; os moribundos olham de um modo estranho o resto da humanidade, como se nós fôssemos aqueles meramente mortais. Ao longe, uma sirene gritou e gemeu. Um suspiro ao nosso lado; o castelo tinha caído e as cartas se espalharam por todo lado.

— É claro que não — ele disse, com ironia. — Nenhum de nós vai.

Fiquei acordada até tarde naquela noite, olhando folhas de contato com fotos, tentando não pensar em Alan ou especialmente em Felix. Talvez eu tivesse medo dos meus sonhos, que meu irmão pudesse aparecer neles novamente. Só perto das quatro da madrugada me vi na cama, olhando para as suaves paredes brancas, as fotos, a persiana vermelha levantada para deixar ver Greenwich no meio da noite e aquela vista imutável: as casas de Patchin Place, a torre do Jefferson Market, o jardim ao lado dele. A copa amarela das árvores de gingko enfeitando os espaços entre eles. *Eu gostaria que isso não tivesse acontecido.* Lembro-me de fechar os olhos e ver uma estrela azul brilhante flutuando na escuridão, pulsando. *Quero viver em qualquer outra época que não esta.* Como ela se dividiu em duas, vezes e vezes, até que as estrelas azuis dividindo-se formaram um grupo circular de luz, e havia uma espécie de trovão enquanto eu entrava nele — e essa é a última coisa de que me lembro.

31 DE OUTUBRO DE 1918

FIM DE TARDE; DEVO TER DORMIDO UM DIA INTEIRO. Um despertar lento, suave, como saindo de uma teia — a distância o som de sinos tocando. Podia sentir a luz do sol brincando sobre minhas pálpebras, as sombras das árvores lá fora, e por um instante me senti como na infância, na casa de campo de uma amiga, quando Felix e eu nadamos no rio e acabamos por dormir na praia e papai precisou nos carregar para o carro, um por vez, cochichando para mamãe: — "Não é maravilhoso ser criança?". — Respirei fundo algumas vezes, pensando no verão e em Felix, antes de juntar minhas forças para abrir os olhos.

Fiquei ali um bom tempo tentando entender o que estava vendo. Luz do sol e sombra. Cetim listrado e renda. Um pedaço de tecido dependurado acima de mim, salpicado pelo sol e pela sombra das folhas que se agitavam levemente através da janela aberta. O som de um apito a vapor e o bater de cascos. Cetim listrado e renda, era muito bonito, ondulando sobre mim, da mesma forma como minha mente estivera se movendo em ondas desde que eu havia acordado: uma cama de dossel. Meus olhos giraram em torno para examinar o resto do quarto, que estava iluminado com a mesma luz difusa e refratada. Minha respiração começou a ficar ofegante. Porque a cama em que eu havia adormecido não tinha colunas nem tecido. E o quarto diante de mim não era o meu.

Então era isso, o que o doutor Cerletti tinha me advertido: a "desorientação".

Porque eu sabia que era o meu quarto; o formato e o tamanho eram os mesmos, a disposição da janela e da porta. Mas, em vez de paredes brancas, eu via um papel de parede lilás estampado com flores de cardo. Quadros com molduras douradas pendurados sobre ele, e luminárias a gás com camadas de fuligem. Uma mesinha com um quadro japonês formado por *hashis* de porcelana e um leque pintado de verdade. Pesadas cortinas verdes pendiam ao lado da janela, pregueadas e ornadas com bolas, e na minha frente um grande espelho oval estava montado numa estrutura móvel, refletindo o tecido listrado da cama. Curiosa, fascinada pelos efeitos da sessão do doutor Cerletti, quase certa do que eu encontraria, me pus diante do espelho e olhei, centímetro por centímetro, minha própria figura ficar visível...

Que outro adjetivo podemos usar para qualificar um acontecimento desses além de belo, quando nos tornamos uma pessoa nova? Olhei maravilhada o cabelo ruivo comprido caindo em ondas sobre a delicada camisola amarela que eu jamais tivera, enfeitada com pequenas fitinhas inúteis. Toquei meu rosto e fiquei imaginando: Que truque é este? Como esta pode ser eu?

Ri um pouco, deixando os dedos correrem pelos cabelos longos. O doutor Cerletti havia dito que essa fase iria passar, e decidi aproveitá-la enquanto durasse. Logo, logo, eu voltaria a ser a pequena Greta Wells desprovida de cabelos, vestida com um pijama de calças largas, vagando de quarto em quarto. Até lá eu seria esta linda criatura que o meu doutor tinha produzido.

Uma batida na porta do quarto.

— Greta?

Um alívio. Pelo menos alguma coisa familiar. A voz de tia Ruth.

Pisquei para a mulher diante do espelho antes de me levantar da cama e ver que a camisola amarela chegava aos meus pés. Que alucinação elaborada!

— Você dormiu o dia inteiro — Ruth disse abrindo a porta e entrando. — Garota tola.

Ri novamente; minha "desorientação" parecia incluir Ruth também. Ela usava uma estranha capa preta, colar de contas, um turbante justo com uma pena preta tremulante. Suspirei quando me lembrei de que era Halloween. Sem dúvida ela estava vestindo uma fantasia, bem como eu; o procedimento apenas havia apagado uma longa parte do dia. Quanto ao quarto, o apito a vapor, o cavalo — bem, logo tudo entraria nos eixos.

— Precisamos conseguir mais bebida antes que a festa comece, o que não vai demorar — ela estava dizendo. — Arrume-se e venha comigo.

Não disse nada. Uma vozinha na minha cabeça me dizia, *preste atenção, você não é você mesma*, mas eu a afastei. Sorri vendo os cachinhos brancos que escapavam do seu estranho turbante.

— Precisamos voltar antes dele, ele perdeu a chave — disse, depois me olhou de cima a baixo. — Você nem está vestida. Vamos pôr logo sua fantasia. — Ruth perambulou pelo quarto, matraqueando sem parar, remexendo nas minhas coisas espalhadas, até chegar a um armário dourado e espelhado — cujo tamanho, talvez, servisse para esconder amantes ilícitos — e o escancarou com um gritinho de prazer.

— Ah! — Logo eu estava com uma blusa branca e um saião franzido nas mãos, que vesti lentamente. Sentei-me muito ereta enquanto Ruth rapidamente arrumava meu cabelo. Havia uma carta sobre a cômoda, fechada, e algo me disse para pegá-la e colocá-la no bolso. *Preste atenção.*

— Aí está você, minha pequena Gretel!*

Fiquei diante do espelho olhando para a garota de conto de fadas diante de mim. A saia franzida, o cabelo dividido em duas tranças compridas, rematadas com fita verde. *Você não é você mesma.*

— E olhe para mim, querida — ela disse, mexendo com um apetrecho preso no cinto revelando sua fantasia: por toda a sua saia, bengalinhas doces se acenderam ousadamente. — Sou sua feiticeira! Agora vamos engordar você! Está pronta?

Eu sabia que um passo para fora me levaria ainda mais longe. Assim, como Alice diante do espelho, olhei mais uma vez o meu reflexo antes de dizer:

— Estou pronta.

DURANTE TODA A MINHA VIDA, ao lado da torre do Jefferson Market, descendo até o fim de Patchin Place, onde Felix e eu costumávamos nos balançar nos portões de ferro, nunca tinha havido nada além do jardim cercado e vazio. E agora, em seu lugar, subitamente havia brotado um enorme prédio de tijolos, banhado pela luz do crepúsculo. De uma janela com grades, vi o que pensei ser um lençol

---

* Jogo de palavras feito com o nome dela, "Greta", e a fantasia que estava usando baseada em *Hansel e Gretel*, conto de fadas recolhido pelos irmãos Grimm. No Brasil, João e Maria. (N.T.)

torcido, mas logo percebi que era o braço de uma mulher, branco como uma pluma; ficou imóvel o tempo todo em que fiquei olhando. Eu estava fascinada, sorrindo do sonho em que me encontrava.

— O que foi, querida?

Ri e apontei. — Veja! — eu disse. — O que é aquilo?

Ela esfregou minha mão. — A prisão. Agora, vamos.

— Uma prisão? Você também a está vendo? — perguntei, mas ela não conseguia me ouvir em meio ao barulho da multidão comemorando o Halloween ao longo da Tenth Street. Alguma coisa estava ganhando forma dentro de mim. A transformação da minha cidade, a mudança no meu quarto. Meus cabelos longos, minha camisola comprida. — Ruth, pensei que você não ia dar uma festa.

— Do que você está falando? — ela me perguntou, arrastando-me. — Sempre organizo uma.

— Mas você disse...

— Ele me mataria se eu não desse! Cuidado, querida, você parece um pouco instável.

— Eu não sou eu mesma — disse, sorrindo, e ela pareceu aceitar isso.

Saímos dos portões de Patchin Place e, com muita calma, puxei o envelope do meu bolso. "Greta Michelson", era o que estava escrito. "Patchin Place." Meu sobrenome nunca tinha sido Michelson. Mas foi o carimbo que me fez parar no meio da multidão em movimento.

Comecei a rir. Percebi o que tinha acontecido. *Você fez um pedido.* O carimbo explicava tudo.

DIZEM QUE EXISTEM muitos mundos. Todos em volta de nós, compactados como as células do coração. Cada um com sua própria lógica, sua própria física, luas e estrelas. Não conseguimos ir para lá — não sobreviveríamos na maioria deles.

Mas existem alguns, como eu tinha visto, quase exatamente iguais ao nosso — como os mundos encantados com que minha tia costumava nos provocar. *Você faz um pedido para satisfazer um desejo e outro mundo se forma, onde esse desejo se realiza, embora possa nunca chegar a vê-lo.* E nesses outros mundos, os lugares e as pessoas que você ama estão lá. Talvez em algum deles tudo se acerte e a vida seja como você quer. E o que acontece se encontrar a porta? E se tiver a chave? Porque todo mundo sabe: que o impossível acontece pelo menos uma vez para cada um de nós.

Outro mundo.

Fascinada, olhei em volta a versão da minha vida em 1918. Nada diferia de Patchin Place de 1985, exceto a prisão ao lado da torre. O Northern Dispensary, visível na Waverly, tinha o mesmo formato (uma fatia de bolo de tijolo), embora na Seventh Avenue houvesse pilhas de entulho por toda parte, numa violenta onda recente de construções, e mulheres calçando sapatos abotoados até em cima e usando fantasias de rainhas ciganas ou piratas que por ali desfilavam delicadamente. Muitas usavam máscaras de musselina cobrindo a metade inferior do rosto, amarradas por trás da cabeça. Embaixo: antigos paralelepípedos espalhados. Em cima: a lua prateada em forma de anzol. No meio: uma movimentada multidão de estranhos chamando uns aos outros das janelas, dos veículos, das varandas e das portas. Só uma coisinha tinha mudado, apenas uma coisinha.

Que diferença poderia fazer a época em que nascemos?

— É lindo — era tudo o que eu dizia, quase para mim mesma.

Duas pessoas começaram a cantar acompanhando um fonógrafo, uma voz masculina e uma feminina. Ruth disse:

— Precisamos nos apressar. Ele detesta ficar esperando. E tire essa aliança, não seja tão ridícula.

Tirei a aliança para olhar o que estava gravado por dentro: NATHAN E GRETA, 1909. Neste mundo, ele tinha se casado comigo.

As mãos de Ruth emergiram como que por um passe de mágica das longas mangas e tremularam no ar, então uma delas roubou a aliança de mim.

— É Halloween, e você é jovem! E ele está longe, na guerra, ocupado com seus próprios prazeres, abençoado seja. Leo vai ficar atrás de você na festa. — Chegando mais perto, ela se inclinou e pude sentir o cheiro de violetas e de charutos, além do odor adocicado do óleo de canela que ela devia ter usado para arrumar o cabelo. — Amor livre, querida — ela disse, dando um tapinha no meu rosto.

Então, neste mundo, Nathan estava na guerra.

— Cuidado, madame! — Sem prestar atenção ao mundo à minha volta, eu tinha esbarrado em alguém.

— Me desculpe, eu...

Era um jovem fantasiado de gênio. Ele sorriu e tocou meu ombro antes de seguir adiante. O toque dele me deixou sem ar. Tentei recuperar o fôlego enquanto ele acompanhava a multidão.

Ruth pegou minha mão. — Vamos, querida.

Mas eu não conseguia me mexer, olhando-o afastar-se de mim, conversando com seu companheiro e rindo, desaparecendo na multidão.

Senti a pressão dos dedos dela em mim. Seu sussurro preocupado:

— Greta? Você está bem?

— Eu conheço aquele homem — eu disse apontando para onde ele tinha estado, uma centelha ao luar. Senti as lágrimas nos olhos. — Eles estão vivos — foi tudo o que consegui dizer. — Eles não morreram.

— Querida...

— Aquele homem — eu disse, apontando para o gênio que sumia misturado à multidão. — O nome dele era Howard. — Como eu poderia explicar isso? Que, no ano anterior, eu o tinha visto diariamente quando ele me vendia baguetes pela metade do preço na padaria. O mesmo cabelo loiro e curto, a mesma barba clara, o mesmo sorriso de marfim. Exatamente com a aparência que tinha por trás do balcão, meses antes. E acenando para mim tarde da noite na rua, de *jeans* bem justos e na companhia dos amigos. E na fotografia colada em seu caixão.

Rindo novamente, virando-se e olhando para mim: jovens conhecidos aparecendo neste mundo desconhecido. Homens que tinham morrido meses ou anos antes vitimados pela praga milagrosamente vivos outra vez! Mais adiante, vestido com uniforme do exército, estava o garoto que fazia bijuterias com contas de *papier-mâché*; ele tinha morrido na primavera. E aquele soldado, o loiro sueco que saltava do bonde, antes vendia revistas; ele tinha morrido dois anos antes, um dos primeiros: o canário da mina de carvão.* Quem sabe quantos mais estavam na guerra? Vivo, cada um, vivo e mais que vivo — gritando, gargalhando, correndo pela rua!

É claro: era 1918, um mundo bem anterior à praga. Um mundo em que eles não tinham morrido.

A NOITE TINHA CAÍDO quando voltamos, carregando garrafões de cerveja, para o apartamento de Ruth — decorado neste mundo como uma terra da fantasia. O teto cravejado de estrelas prateadas e, na entrada da sala de jantar, uma casa de pão de mel feita de papelão, enfeitada com bengalinhas de hortelã, algumas já caídas no chão. Na parede havia um castelo de papel de onde caía em cascata o cabelo de Rapunzel.

Eu havia ficado perdida nos meus pensamentos em meio à multidão de foliões. — Ruth, vou lhe contar algo impossível.

— Agora não, querida — ela disse, levando-me de volta para fora. Folhas amarelas rodopiavam atrás dela. — Mais tarde, quando estivermos bêbadas.

— Não sou quem você pensa. Certa vez você me disse...

— E então quem é? Vou fazer o ponche — ela me disse, acariciando minha mão. — Precisamos estar fortes para combater a gripe.** E para nos manter nesses tempos insanos. Fique aqui, tenho certeza de que o fizemos esperar.

Ela sumiu para dentro da casa, as luzinhas de seu vestido ainda acesas dentro dos meus olhos.

Outro mundo. Minha vida se eu tivesse nascido em outra época. Ruth era a mesma, mas o que mais teria mudado? Olhei para minha mão, vazia agora, mas ainda exibindo a depressão rosada deixada pela aliança. Casada. Eu devia

---

* Os mineiros levavam canários para as minas para servirem de indicadores das condições. Enquanto cantassem, tudo bem. Quando silenciavam (em geral, mortos) era sinal de contaminação ambiental, e os mineiros abandonavam o local. (N.T.)

** Pandemia de gripe causada pelo vírus *influenza* que se espalhou pelo mundo em 1918, também conhecida como Gripe Espanhola. (N.T.)

ter imaginado que Nathan podia estar na guerra. É claro que não o encontraria aqui, esperando por mim neste mundo.

Olhei em torno e vi, ao longo de Patchin Place, conduzindo exatamente para a porta da minha tia, algo peculiar: uma trilha de pedacinhos de pão sobre as pedras. Senti a estranha contração mágica dos mundos. Fiquei olhando os pedacinhos de pão por um bom tempo antes de segui-los, um a cada intervalo de alguns passos, de volta a Patchin Place, em direção ao portão. Não me ocorreu olhar para cima para ver quem poderia tê-los deixado ali, pelo menos até eu esticar a mão para tocar um e me certificar que era de verdade, e uma voz atraiu a minha atenção:

— Gretel! — Olhei para cima e foi como se um raio tivesse atravessado minha cabeça.

Porque lá, nos portões, estava um príncipe encantado, tirando seu chapéu emplumado. — Fiquei andando pelo quarteirão. Até que enfim você chegou! — ele gritou. Existe algo pelo qual você nutre uma esperança, e então, além de todas as suas expectativas ela...

Com seu ar de raposa, sorridente, com todo o aparato vibrante e intenso da vida, feito de pele, músculos e sangue:

— Por que demorou tanto?

Mal consigo descrever em palavras. Era meu irmão, Felix.

— Você não pode estar aqui — eu disse. — Não pode.

Ele me perguntou, rindo, por que não?

Olhei para ele por um longo tempo antes de responder:

— Porque você está morto.

— Me desculpe por desapontá-la, maninha. Ainda estou bem vivinho. — A risada memorável. O cabelo vermelho cortado rente dos lados, aquelas sardas ainda espreitando sob a pele, olhos claros faiscantes.

— Não — eu disse, me apoiando na parede. — Eu estava lá, vi você, segurei sua mão.

Aquele sorriso novamente. — Bom, é Halloween! Os mortos caminham pela Terra! Vamos entrar e pedir a Ruth para nos preparar uma bebida. — Um grito de dentro, e o som de vidro estilhaçado e de gargalhada.

Mas, quando ele se virou, agarrei seu braço com toda força. Seu braço, sólido, forte e vivo. Não mais esquelético, fino ou fraco. Ele então olhou sério para mim. Pensei na última vez que o tinha visto, tentando engolir uma colher de veneno, a rede de tendões visível naquele braço. E agora. Vivo. Como o coração continua a bater?

— Greta? — ele perguntou, seu rosto concentrado no meu. Ficamos olhando um para o outro, e tenho certeza de que essa era a única maneira que conseguíamos reconhecer nossa semelhança. Os olhos sem cílios que escondiam tanta coisa, os lábios carnudos e vermelhos que revelavam tudo, a cor da pele e a cor do cabelo, que não passavam de variações, como se uma sombra passageira tivesse caído brevemente sobre mim.

— Felix, alguma coisa aconteceu — eu disse com firmeza. — Eu não sou eu mesma.

Ele ficou quieto por um instante e vi seu sorriso tenso à luz da rua. Apertava sua mão e não desviava meu olhar dele. Alto em suas calças de couro, o pescoço exposto ao vento da noite. Era o velho pesadelo, chegando pontualmente como toda noite, dessa vez trazido não pela minha mente adormecida, mas pela varinha mágica do doutor Cerletti.

Alguns festeiros chegaram, olharam para nós e sorriram; alisei o avental que cobria meu saião franzido. Via que, juntos, éramos personagens vagando longe de seus livros de história.

— Sei que tem andado triste — Felix estava me dizendo depois que eles entraram. — Sei que ficou difícil com a partida de Nathan. Sei que é por isso que foi ao médico; tenho certeza de que ele não esperava esses efeitos colaterais.

Olhei para cima e vi que a lua tinha se erguido entre os prédios, mas então percebi que ela estava balançando de uma janela, pendurada numa linha de pesca, iluminada por dentro por uma vela, e vi naquela janela uma moça bonita fantasiada de Arlequim movendo-a sobre a multidão. Por trás dela, um homem vestido de gato preto beijava sua nuca.

Felix acariciou minha mão. Afastou um pouco do meu cabelo do rosto. —
Sei que tem se sentido solitária.

— Sim — concordei finalmente. — Tenho me sentido muito sozinha.

— Me desculpe por ter ficado longe por tanto tempo. O pai da Ingrid queria
que eu conhecesse minha futura família. Mas agora estou de volta. — As luzes
de um táxi que passava brilharam diante do meu rosto. — Estou de volta por
algum tempo. — Um sorrisinho arrogante por trás daquele bigodinho arrogante.

E percebi que poderia dizer as palavras que vinha sussurrando para mim
mesma todos esses meses, deitada na cama e olhando pela janela com os cílios
grudados de tanto chorar. Pelo menos poderia dizer para a pessoa a quem elas
eram endereçadas, a pessoa que eu achava que nunca iria ouvi-las. Ali, diante de
mim, vestindo sua fantasia. Segurei-o bem junto de mim e disse:

— Senti tanto sua falta.

Ele riu um pouco, aceitando meu abraço.

— Senti tanto sua falta. Senti tanto sua falta — eu repeti.

— Também senti sua falta, Gretel.

Afastei-me e mantive sua mão presa na minha. Ele estava sorrindo. Acima
de nós, a lua balançava pendurada em sua linha enquanto uma Colombina
começava a cantar para a multidão lá embaixo. Perguntei-lhe quem era Ingrid, e
ele acariciou minha mão mais uma vez.

— Ingrid — ele disse com voz clara. — Você a conhece. Vai se lembrar. Ela é
adorável, uma garota de Washington, filha de um senador. Você vai se lembrar.
— Ele riu, mas percebi que uma preocupação o afastava dali. — Vou me casar
com ela em janeiro.

— Casar com ela?

O sorriso contido e o trejeito com a cabeça. — Difícil de acreditar que alguém queira se casar comigo, não é? Bom, sou um dos poucos homens disponí-
veis na cidade. De algum modo tenho sorte por ser alemão.

Para meu alívio, me descobri rindo. Meu irmão? Pendurando-se pela mão
num poste, em sua fantasia infantil, girando os olhos e os pulsos, piscando para
mim... será que as pessoas não viam? Não exatamente efeminado, não como tinha sido na adolescência, experimentando meus sapatos e colares; ele se cuidava
para controlar certos maneirismos e desenvolvera outros, e era suficientemente

homem. Mas ninguém diria. Qualquer um que se desse ao trabalho de observar, que conhecesse a vida. — Felix! — eu disse. — Você não pode estar falando sério! Posso estar sonhando, mas você não pode estar pensando em se casar com ela.

Ele fungou, abaixou as sobrancelhas e soltou o poste. — Posso, sim. Você sempre disse que gostava dela; não mude de opinião agora.

— Bom, de minha parte tenho certeza, mas... e o Alan?

— O quê?

— Este sonho é meu. Se tiver que se casar com alguém, deveria ser com Alan.

Rapidamente, sem hesitação, ele disse:

— Casar Alan com quem?

Era a resposta distorcida de um homem que não estava realmente mentindo, mas que havia construído cuidadosamente um mundo — como uma câmara acústica — que engolia a mentira antes mesmo que ele percebesse que a tinha dito. Porque a mente sabe o que o homem não sabe.

— Ah, entendi — eu disse a ele.

Olhamos um para o outro por um segundo. O luar percorria sua trajetória sobre os telhados até o pavimento, numa faixa estreita, rastejando como um gato de rua, iluminando a versão antiga da minha velha vida. O perigo de ter um desejo realizado. Tinha me sido dado um mundo em que meu irmão estava vivo, um em que ele nem mesmo iria para a guerra, mas eu não tinha sonhado de maneira precisa o suficiente; este mundo era uma armadilha.

— Greta — ele começou a dizer, mas parou.

Há uma verdade que todos sabem a seu respeito. Todos nós temos uma; ninguém está imune. Não é um segredo, nem algo escandaloso, mas alguma coisa simples e óbvia para todos os outros. Pode ser simples como uma perda de peso, ou difícil como deixar um marido. Como é terrível perceber que todos sabem aquilo que mudaria sua vida, e ainda assim ninguém é amigo o bastante para lhe dizer! Você precisa adivinhar, sozinho. Até que chega um momento quando a verdade se revela para você, e sem dúvida essa revelação sempre chega tarde demais.

— Papéis de licença — soou uma voz atrás de nós. Um oficial grandalhão de nariz empinado e vestindo um uniforme azul-escuro. Levei um instante para perceber que não era alguém fantasiado.

— Sou dispensado de servir no exército, oficial — disse meu irmão. — Sou alemão.

— Documentos.

— Certo — ele disse, e pude ver o quanto Felix tentava controlar a raiva. — Certo, aqui estão.

Aparentemente eu não havia trazido nenhum tipo de bolsa. Fiquei imaginando se eu tinha documentos. Tentei pensar que documentos seriam.

O que Felix apresentou foi um cartãozinho, que foi parar imediatamente nas mãos do oficial; o homem de rosto rosado examinou-o cerrando as sobrancelhas. Eu consegui ler, no alto do cartão, escrito em negrito, as palavras: REGISTRO DE ESTRANGEIRO INIMIGO.

— Quem é seu empregador? — perguntou o oficial.

— Sou jornalista *freelance*.

— Preciso de um empregador.

Felix virou-se para mim e disse bem baixo e calmamente:

— Vá para a festa. Encontro você depois.

— Não! — eu gritei.

O oficial puxou-o para trás:

— Fale comigo, Fritz, não com sua garota. — Ele perguntou quais comparsas dele estavam na vizinhança e se ele era membro de alguma organização alemã.

— Não! — insisti com Felix. — Não posso perdê-lo novamente!

— Vá, Greta — Felix sussurrou enquanto o oficial grunhia chamando sua atenção, perguntando-lhe se era membro do Partido Comunista. Vi o policial tirar meu irmão de vista. Cabelos vermelhos, pernas compridas, calças de couro: tinha sumido. Parada ali, em Patchin Place, gritei pelo meu Hansel, como se todos os meus ossos tivessem sido quebrados.

NÃO FIQUEI POR MUITO TEMPO naquele mundo na minha primeira visita. Ruth encontrou-me lá, agachada diante da porta da frente, e me levou até o meu apartamento. — Ele se foi! — eu continuava a dizer. — Eu o perdi novamente! — Quando passamos em frente da porta do apartamento dela, só vi fantasias e ouvi apenas risadas e os sons de uma festa. Ela sussurrou:

— Ele vai ficar bem, ele vai ficar bem. Mas, querida, você deveria ter me dito que o médico estava vindo.

Ela me levou para o quarto, e lá estava o doutor Cerletti.

Neste mundo, com pequenos óculos de armação de metal, mas careca como sempre, usando um terno marrom. Ele carregava uma caixa de madeira pela alça de latão. — Tentei ligar, senhora Michelson. Peço desculpas, deveria ter imaginado que esqueceria depois de ontem. Faremos o procedimento em casa. É tão fácil fazê-lo aqui como no hospital.

— Sinto muito — Ruth disse ao médico, sentando-me na cama. — Ela não me falou. Eu não sabia.

Ele não disse nada, mas pôs a caixa sobre uma mesinha, desdobrando a tampa pelo meio como uma caixa de ferramentas. Dentro, aninhada em veludo verde, estava uma garrafa de vidro envolta até o meio em papel-alumínio e com uma maçaneta de bronze emergindo da tampa. Afundado no veludo, em volta dela, havia um aro prateado. Um fio de metal seguia dele até o aparelho. Ele levantou a garrafa e colocou-a diante de mim, depois, com cuidado, removeu o aro com as duas mãos. — Fazemos esse procedimento duas vezes por semana, Greta — ele disse suavemente, segurando-o diante dele. — Lembre-se. Verei você novamente na quarta-feira. Vai chegar um momento em que você mesma poderá fazê-lo.

— Não me lembro deste... — eu disse.

Ele disse que era um capacitor. Uma garrafa de Leyden. Eu só precisava encostar minha mão na maçaneta. Olhei para Ruth, que estava quase chorando. Seu vestido iluminado com eletricidade brilhava no quarto escurecido, deixando nossos rostos rosado acima do aparelho. — Vamos lá — disse o doutor Cerletti. — Você fez isso ontem. — Foi isso que Alice sentiu quando viu a garrafa que disse "BEBA-ME"? Ela sabia que isso ia ajudá-la a chegar lá, ao lugar em que desejava estar. Aquele jardim lindo por trás da portinhola.

Ele colocou o aro delicadamente na minha cabeça. Olhei para a garrafa estranha; aparentemente havia água dentro dela. Seria minha imaginação vê-la brilhando? Depois de um instante, levantei o indicador da mão direita e levei-o à brilhante maçaneta de cobre...

QUANDO ELE FOI EMBORA, Ruth tirou minha roupa e me deu um comprimido para dormir que o doutor Cerletti havia deixado, embora meu corpo não desejasse outra coisa que não dormir. Lembrava-me da centelha brilhante que saltara do aparelho para o meu dedo, a centelha azul que iluminara meu cérebro. Continuei dizendo a ela que ele estava morto, Felix estava morto, e ela continuava tentando me aquietar, me acalmar, quando um grito veio da rua... "Greta!", e no meu atordoamento me dirigi à janela, pensando que era Felix que tinha escapado da polícia. Mas era um estranho. Será que o aparelho já estava funcionando? Um jovem vestindo uma fantasia da Guerra Civil, debaixo da minha janela, trazendo flores nas mãos. Rosto largo e inteligente, olhos pequenos, uma das sobrancelhas erguida. Um enorme sorriso bêbado. Ao luar, seu cabelo brilhava em cachos de brilhantina.

— Veja só, um garoto debaixo da minha janela. Acabou de me mandar um beijo — falei.

— Oh, querida — ela disse —, é apenas o Leo. Agora durma, por favor, durma, faça isso por mim. Eu não sabia, Greta. — Olhei para baixo e ele acenou para mim, o tal Leo, antes que Ruth me puxasse de volta para a cama.

Lembro-me de como o piscar do seu vestido brilhante contra minhas pálpebras fechadas se assemelhava ao brilho de néon dos hotéis piscando VAGAS VAGAS numa longa viagem noturna. Senti como se minha mente estivesse pendurada num galho, pesando, pesando e, antes que eu percebesse, o ramo estalou e eu estava caindo, cega, no vazio.

É QUASE COMO SE REALMENTE tivesse de existir um paraíso. Se outros mundos nos rodeiam, a apenas um relâmpago de distância, então o que nos impediria de escorregar até lá? Se nosso amor nos deixou, então há um mundo em que ele não nos deixou. Se a morte chegou, então há um mundo em que ela foi evitada. Sem dúvida existe o lugar onde todos os erros foram corrigidos, então por que eu não tinha encontrado esse lugar? Em vez disso, eu havia recebido uma vida em que tinha nascido em outro século, crescera com meu irmão gêmeo entre espartilhos e fitas, casara com meu Nathan e o mandara para a guerra. Uma vida em que meu irmão estava vivo, mas não vivia bem.

Então, por que este? Por que não um mundo perfeito em que nada escapasse entre meus dedos? Com certeza, deve haver um paraíso. Talvez minha tarefa fosse construir um.

1º DE NOVEMBRO DE 1941

QUE SONO ESTRANHO FOI AQUELE! DESPERTEI: sol brilhante e luz cintilando alegremente no teto, o som distante de sinos ecoando no ar. Os lençóis eram macios e quentes; me senti renovada como se tivesse dormido cem anos. O som de vozes sussurrando, passos, tábuas rangendo. Mas foi o cheiro que me alertou, antes mesmo que abrisse os olhos. Tinham sumido a luz de gás, a fuligem e o esterco, a canela e as violetas daquele outro mundo. Aqui: poeira e loção pós-barba. Por que loção pós-barba? Meus olhos se abriram para um cenário completamente diferente. Não pude deixar de sorrir. *Não estou de volta ainda*, pensei. *Novamente estou em algum outro lugar.*

Cortinas douradas pendiam diante da janela do meu quarto onde antes estavam as verdes, e fotografias de paisagens no lugar de quadros, mas ainda assim era o meu quarto, a minha casa. Do lado de fora: os mesmos prédios de tijolo aparente de Patchin Place, as folhas de gingko amareladas do outono no meu Village. Mas onde tinha ido parar a prisão? Observei com interesse a penteadeira encimada por espelhos articulados: as caixas de cremes e pós, a escova de cabo longo, os grampos de cabelo arrumados numa lata. Tudo aquilo era estranho para mim, mas eram meus os cabelos ruivos emaranhados na escova. Uma cesta de lixo espelhada captava o sol matinal e espalhava feixes de luz pelo quarto. Era muito bonito. Poeira e loção pós-barba. Tudo indicava que eu pudesse estar em outro lugar novamente, que cada manhã se desdobrasse outra vez como um livro *pop-up* de vidas possíveis. Portanto não me surpreendeu ouvir uma batida na porta. Duas pessoas conversando, mas uma voz em particular... — Senhora Green! — uma frase em particular antes que ele entrasse no quarto:

— Deixei isso para você!

NATHAN, VIRANDO-SE E SORRINDO para mim da porta. Mas ele estava mudado, como todo o resto: bem barbeado quando se inclinou sobre mim, usava óculos de armação de metal e uniforme cáqui. Como era estranho vê-lo sem barba! Parecia tão jovem: o mesmo rosto fino, a preocupação estampada nos olhos, as entradas do cabelo em forma de coração. Sua mão no meu rosto, seu sorriso espontâneo e bondoso, os olhos castanhos pensativos olhando o copo de água perto de mim, que, um instante depois, ele inclinou até os meus lábios e do qual eu bebi. Engoli e ele levantou-se para sair, mas me vi agarrando sua manga com a mão direita. A esquerda parecia pesar uma tonelada.

— Nathan — chamei.

— Shh — ele disse, pressionando meu braço para baixo e abrindo minha mão. — Fique quieta e descanse. O doutor Cerletti disse que as primeiras sessões podem ser desagradáveis.

— Tudo está mudado.

— O médico disse que talvez você não se lembrasse. Não se preocupe com isso agora.

— Está bem — eu disse. Não sou aquela que vai estragar um encantamento. Olhei para o meu braço esquerdo e vi que estava engessado. Com a outra mão toquei a superfície fria. Podia sentir a fratura dentro dele e soltei um gemido de dor.

— O que foi?

Olhei para o rosto dele, tão diferente com o maxilar limpo e macio, o corte rente do cabelo e qualquer que fosse a vida que tivesse levado neste mundo, e ainda assim ele mesmo, o mesmo Nathan teimoso. Eu disse o óbvio:

— Quebrei o braço.

— Sim — ele disse. — Houve um acidente. — Tentei me levantar. — Não tente se levantar — ele disse, me pegando pelos ombros para me pôr de volta na cama, mas eu me esquivei; senti que morreria se ele me tocasse assim, depois de todo esse tempo.

— Não — eu disse. — Alguma coisa mudou.

— O que você quer dizer com isso?

— Não sou daqui. Não sou quem você pensa que sou.

— Querida, você está confusa — ele disse, sentando-se.

Mas eu não o escutava mais, porque vi que a vista da minha janela tinha mudado. Um cartaz, colocado sobre um telhado, com uma mensagem que nunca existiu no meu mundo.

— Em que ano estamos?

Ele tentou não parecer preocupado enquanto acariciava minha mão. — Tenho um comprimido para dormir no outro quarto, o médico disse que não faria mal...

— Nathan, em que ano estamos?

— Mil novecentos e quarenta e um, querida. Primeiro de novembro de mil novecentos e quarenta e um.

— É claro —— eu disse. —— Está tudo voltando para mim. — E enquanto ele tocava meus cabelos, tentei sorrir. Olhei para o cartaz lá fora, com suas letras verde-menta do tamanho de um homem.

MIL NOVECENTOS E QUARENTA E UM — um mundo de outras escolhas, de outras chances! Com táxis antigos buzinando como gansos, e guardas com botões de latão no uniforme gritando na Sixth Avenue, e chapéus femininos gigantescos flutuando pelo portão de Patchin Place como águas-vivas, rapazes uniformizados chamando as moças, o cheiro de cigarros e de castanhas assadas, com a fumaça da fábrica adensando o ar — aqui estava, a Manhattan de outra época, e neste mundo não apenas meu Nathan jamais tinha me abandonado, como tinha se casado comigo.

Assim, havia pelo menos três vidas para conduzir. Uma em 1918, com um marido ausente, na guerra. Uma vida em 1941, com ele ali, ao meu lado. Não havia dúvida de que fora o procedimento que provocara essas impossibilidades, mas como eu poderia voltar? E duraria somente o tempo que a eletricidade durara? Ou eu pularia todas as noites, de estrela para estrela, até alcançar um início? Ou um fim?

— Está tudo voltando para mim. — E enquanto ele tocava meus cabelos, tentei sorrir. Lutava para me encaixar: 1941. *Esteja aqui*, eu disse a mim mesma. *Seja esta Greta.*

Houve um acidente de carro, ele me contou. Quase três semanas antes. Esta Greta que eu estava habitando tinha fraturado mais do que o braço; sua mente também tinha se quebrado e, pelo que entendi, ela havia se tornado uma esposa triste e histérica para este Nathan, vestido em seu uniforme de médico do exército. Fora chamado um psiquiatra, amigo de Nathan — um doutor Cerletti, evidentemente —, e entre sussurros e cortinas descidas ele tinha administrado um "procedimento" para me ajudar a voltar da escuridão. É claro que foi assim que aconteceu. É claro que foi assim que nossas mentes tinham se conectado, naquela centelha elétrica azul de loucura, através da membrana de três mundos, nós trocamos de lugar, duas Gretas e eu, e acordamos em vidas diferentes.

— O doutor disse que suas lembranças voltariam, mas lentamente. — Ele levou a mão à mesa ao meu lado e pegou de lá uma caixa fina de prata, que abriu, revelando uma fileira de cigarros brancos como dentes. Pegou um e o acendeu.

— Você fuma — eu disse.

Nathan me lançou um olhar enviesado e tocou minha testa novamente. — Só descanse. — Enquanto ele se movia, a fumaça lavanda escrevia em letra cursiva em volta do seu corpo. Ele inclinou-se completamente sobre mim e — meu Deus! — eu pude sentir o cheiro de alguma antiga-nova-colônia, e da goma de sua camisa, e da oleosidade coriácea daquilo que estava em seu cabelo, mas debaixo de tudo aquilo eu reconheci o cheiro do meu antigo amante. E era terrível, terrível ser trazida de volta tão meticulosamente, quase tão terrível quanto a próxima coisa que ele disse, sussurrando em meu ouvido:

— Lembre-se apenas que eu te amo.

Nunca pensei que fosse chorar diante dele novamente. Não depois do que ele me fez passar em meu mundo. Há uma coisa pela qual você nutre esperança, e então, além dela, como um prêmio conservado trancado e fora do alcance por trás do balcão, lá está a coisa pela qual você não se atrevia a esperar. Ganhá-la sem expectativa, sem preocupação e — pior de tudo — de algum modo sem merecê-la, é porque o mundo se tornou um lugar mágico. No qual as preces não são atendidas e as injustiças não são corrigidas, nem nada se mantém em equilíbrio, mas castigos e recompensas são dados aleatoriamente, como se concedidos por um rei bêbado ou insano. O que vale dizer: um lugar doloroso para se viver. Tive de olhar para o outro lado para que ele não visse minhas lágrimas absurdas.

— Seu irmão tem passado por aqui, mas a senhora Green foi rígida, e nosso Felix...

— Posso ver o Felix? — eu o interrompi.

Ele riu. — Ele está logo ali, do lado de fora, esperando por você! Ele pergunta por você o tempo todo.

Então ele estava vivo. E como seria o meu irmão dessa vez? Tão teimoso e tolo como sempre, emocionalmente esgotado por algum novo amor, ou um outro, seja qual for a forma que possa ter assumido neste estranho mundo? Certamente os tempos mudaram suficientemente desde a última vez que o vi. Não haveria uma noiva ridícula em Washington, nem um olhar cifrado em seus olhos. Com certeza dessa vez meu Felix seria ele mesmo e, se fosse assim — jurei a mim mesma —, eu jamais fecharia os olhos outra vez, jamais deixaria esta terra em que vim parar.

— Mande-o entrar! Mande-o entrar! — gritei.

— Pelo menos você se lembrou *dele*. Sabe, ontem — Nathan disse, um tanto maliciosamente —, você pensava que era do passado. Ou alguma coisa assim.

— Não somos todos nós do passado? — eu disse, sorrindo. — Contei como era lá?

— Não, mas acho que você pensava que não era nem um pouco parecido com isso! — Ele riu. — Mas agora você está de volta. Está se sentindo bem de verdade para vê-lo? Não queríamos acordar você.

— Sim — eu disse. — É claro, estou ansiosa para vê-lo. — Isso pareceu mexer com Nathan. Seu rosto comprido, ainda chocantemente barbeado, torceu-se num sorriso por trás dos óculos e desapareceu no corredor, falando com alguém lá. A porta brilhava num quadrado de verniz branco.

Sozinha, olhei em torno com os olhos sensíveis de um detetive inspecionando uma cena de crime, procurando por pistas para este mundo. Era muito bem arrumado para um quarto de doente, embora um par de meias desfiadas tivesse sido jogado na penteadeira atrás de um vidro de esmalte. Havia uma pilha de envelopes sobre uma escrivaninha de tampo de enrolar, papel de carta e um tinteiro de mármore. Poeira dourada flutuava por toda parte. Tentei captar tudo mais uma vez. Uma estranha máquina de metal estava num canto, algo como uma lâmpada ultravioleta. Foi quando eu vi meu tríplice reflexo nos espelhos com dobradiças da penteadeira.

Não era eu ali. Aquela que eu crescera vendo, no meu espelho rachado naquele outro quarto parecido com este: alta, cabelos curtos, quadris muito largos nos *jeans*, seios muito pequenos nas blusas, deformada e defeituosa, algumas vezes melhor, outras pior. Era eu, é claro. Só que esta mulher era linda. Seu cabelo ruivo estava escovado para o alto na frente e descia cacheado em ondas volumosas pelos lados do rosto, arrumado tão cuidadosa e artisticamente que eu não conseguia imaginar como ela tinha conseguido isso. Além do mais, de alguma forma realçado pela camisola que eu vestia, estava um corpo deslizando em cetim creme como um manequim, apesar do gesso pesado. Nunca tinha tido essa aparência. Incrédula, me toquei com a mão livre. Porque não me ocorrera que eu não apenas havia mudado para outro eu. Eu havia mudado para outro corpo.

Isso, também, era algo com que aprenderia a me adaptar: a sensação estranha de ter um corpo que não o meu. Levantar um braço e descobri-lo mais macio, mais pálido do que aquele outro de que me lembrava. Sentir o outro todo quebrado. Meus, embora não meus. Tocar o rosto para meus dedos percorrerem uma pele de pêssego e encontrarem um fio de pérolas e descobrir minha mão enroscada numa massa de cabelos que eu não usava desde criança. O rosto afilado que eu tinha visto em todos os espelhos: impreciso, suavizado como o resto de mim. O que outra pessoa tinha feito do corpo com que nós tínhamos nascido.

— Greta? — a voz de Nathan soou da porta, e me vi diante de um novo e espetacular quadro. É claro, pensei comigo mesma, por que eu não esperaria por isso?

Lá, enquadrado pela madeira pintada de branco, vi Nathan carregando um menino de uns três ou quatro anos que se agarrava a ele. Tinha pequenos olhos verdes e cabelos castanhos sedosos. — Felix — ele dizia à criança. — Acalme-se, Fi. Veja, sua mãe está aqui. — Então colocou a criança no chão, e meu filho, deixando cair seu boné de marinheiro, correu alegremente na minha direção.

Nunca pensei em ter filhos. Não, isso não é verdade. Eu pensava neles como as pessoas consideram uma mudança para um país estrangeiro; elas sabem que isso as transformará para sempre, mas que será uma alteração que nunca vão ver. Tínhamos conversado sobre isso, eu e Nathan, durante nosso relacionamento. Logo no início, tínhamos mesmo um modo de conferir as posições de um e do outro. — Só quero saber — ele me perguntava depois de meia garrafa de vinho — como estão seus sentimentos em relação a filhos? Alguma mudança? — E eu, sorrindo para seu comprido rosto barbudo tenso de preocupação, como se repuxado por um cordão, dizia que não tinha pensado neles desde a última vez que ele tinha perguntado. — E quanto a você? — eu retrucava, recostando-me no sofá e abraçando uma almofadinha, esperando para ver se a pergunta dele na verdade era uma declaração, mas ele sempre balançava a cabeça e respondia:

— Não, nenhuma mudança ainda. — Uma pausa, seguida do sorriso de ambos.

Por isso foi um choque, depois que ele me deixou, quando eu soube que ele e Anna estavam tentando ter um filho. Todos os nossos exames semestrais, em que testávamos um ao outro procurando por um sinal daquela doença, um pequenino tumor de desejo, e ele sempre tinha dito que não sentia nada, que amava nossa vida e não queria trocá-la por outra, aquelas noites dando cabo da garrafa de vinho e brindando ao nosso lar estéril. Não era verdade, ou pelo menos não inteiramente. Afinal, Nathan acabou por querer um filho. Apenas nunca quis ter um comigo.

ELE VEIO NA MINHA DIREÇÃO, o garotinho, em suas pequeninas meias brancas. Atirou-se nos meus braços, e eu fui vencida por sua suavidade, pelo cheiro de leite e geleia, pelo leve crepitar do macacão verde passado a ferro que trazia uma tenda indígena bordada na frente, com mangas e colarinho brancos e engomados, o que o tornava peregrino e índio ao mesmo tempo. Ele me abraçou tão completamente quanto lhe permitiam os bracinhos, depois se contorceu numa demonstração de alegria. — Cuidado com o braço da mamãe! — Quando o pai disse que estava atrasado para o trabalho, mas que a senhora Green estava lá para ajudar a mamãe, seu rosto assumiu a expressão de quem tivesse levado um tapa e uma tempestade de lágrimas se desencadeou; Nathan olhou para mim e compreendi que agora eu deveria assumir a situação. Ele tinha sido o bom marido por tempo suficiente e carregara este fardo extra, mas percebi que os cuidados com o garoto cabiam a essa tal senhora Green e a mim. Senti este mundo ligando-se a mim, fundindo-me com a Greta que já vivia nele havia tanto tempo. Segurei-o nos meus braços, aquele pequeno estranho que se contorcia. Meu filho.

— Vou chegar um pouco mais tarde do que de costume — Nathan me disse, embora ele não precisasse dizer isso porque eu não tinha ideia do que poderia significar. Um beijo na minha testa e outro na de Felix, e já com o quepe e a capa de gabardine (quepe e capa militares, com a insígnia de médico) saiu pela porta. Olhei sua partida com um estremecimento de pesar, porque eu sabia algo que ele não sabia: que, no meu mundo, ele não me amava mais.

Como nossa primeira atividade de mãe e filho, brincamos de esconde-esconde.

— Vá se esconder — disse a Felix, e ele saiu em disparada como se soubesse precisamente onde ficava o melhor esconderijo. Essa era a minha oportunidade de examinar no que diferia este apartamento de 1941 do meu e daquele que eu tinha visitado na noite anterior. O corredor, com as silhuetas de prateleiras estranhas e malucas repletas de cavalos de porcelana, deveria ser obra do meu marido, não do meu eu dos anos 1941; não conseguia acreditar que eu tivesse escolhido cada pequeno item tão cuidadosamente e juntado todos eles como estátuas enterradas com os faraós. O quarto eu já tinha examinado. O pequeno quarto do garoto, fora do *hall*, foi uma surpresa; na minha vida comum, a parede tinha sido derrubada para aumentar o banheiro principal, mas aqui havia uma pequena propriedade que pertencia ao meu filho.

Um baú no canto exibia um grupo de soldadinhos de chumbo já gastos (as espadas encurvadas como dentes de arado). Numa gavetinha do baú, um esconderijo: pedrinhas, pedaços de papel prateado e notas de um dólar rasgadas. O mais tocante eram alguns dentes de leite manchados de sangue seco. Uma caixa etiquetada DO TIO X continha um recipiente de talco que tinha sido rotulado novamente como PÓ DA INVISIBILIDADE.

Na sala: um fantasma — não, assim que a fumaça do cigarro se dissipou, vi uma mulher na casa dos 50 anos, num vestido verde-escuro, guardando alguma coisa na bolsa. Tinha o rosto pequeno que ficava mais rosado na direção do centro, um espantoso peitilho de veludo brilhante e um coque loiro salpicado de branco no alto. Esta deve ser a senhora Green.

— Bom dia, senhora Michelson, como está se sentindo?

— Melhor, obrigada. — Senhora Michelson!

— O doutor Michelson disse que a senhora teve uns dias difíceis. — O sotaque era indiscutivelmente sueco. Suas maneiras eram amigavelmente antiquadas; ela possuía a solicitude distante de uma comissária de bordo.

— Sim, sim, mas já me recuperei.

— Isso é muito bom, madame. — Conforme falava, ela apontava com o cigarro aceso. Tinha aparência de eficiência e bondade, e de algum modo senti pena dela. Não saberia dizer se ela era uma empregada regular ou alguém contratado apenas para esta emergência, este "acidente" que tinha quebrado meu braço e minha mente. A senhora Green e meu filho não seriam de muita ajuda; precisava encontrar minha tia Ruth.

— Dei o café da manhã para Fi — ela continuou — e ia levá-lo agora ao parque. Pensei que talvez a senhora precisasse repousar.

Ela me deu mais alguns detalhes em relação ao meu filho, que eu mal entendi, mas balancei a cabeça concordando, e uma informação sobre um empadão de frango meio assado que estava na geladeira e que eu poderia querer colocar no forno.

— Sim, talvez isso seja o melhor.

— Então vou ao mercado fazer umas compras e falar com a lavadeira; a senhora tem alguma encomenda especial?

— Não, não, eu... — comecei a dizer, olhando para o quarto. E lá mesmo, exatamente na minha mesinha de cabeceira, estava uma agenda do tipo que a esposa de um médico manteria.

— Senhora?

— Sim, vou repousar. Ainda estou um pouco zonza e distraída, me desculpe.

— Eu compreendo, a senhora esteve sob muita pressão. Deixe tudo comigo. O que gostaria que eu fizesse para o jantar?

— Aquilo que achar melhor.

— Estava pensando em costeletas de carneiro, batatas e uma salada gelatinosa.

— Ótimo.

— E o seu filho já está pronto? — ela perguntou.

— Não, não. Na verdade ele está escondido em algum lugar.

— Escondido?

— Estávamos brincando de esconde-esconde.

Afinal ela deixou que uma expressão tomasse conta do seu rosto, e imediatamente percebi que tinha feito tudo errado. Ela não disse nada, talvez porque estivesse além do seu entendimento que uma mãe brincasse de esconde-esconde na hora em que o filho deveria estar agasalhado para enfrentar o frio do parque. Talvez agora a terra se abrisse ao meio.

— Vou encontrá-lo — eu disse. Ela sorriu como se eu acidentalmente tivesse apertado seu botão de "ligar", acenou com a cabeça e foi para a cozinha. Não saberia dizer se eu a admirava ou odiava.

Fui até o banheiro e, ao puxar a cortina do chuveiro, achei meu filho encolhido de terror, depois caindo na risada diante da própria esperteza. Entreguei-o à senhora Green, que tinha resolvido trazer o empadão ela mesma e cujos olhos cinzentos fixaram-se em primeiro lugar nas roupas sujas do garoto, depois em sua mãe delinquente. Ela o levou para trocar de roupa. Foi então que me apossei da agenda.

— Senhora Green — gritei, correndo para dentro do quarto de Felix. — Mudei de ideia.

Ela estava em meio a uma operação complicada para enfiar um Fi esperneante dentro de uns calções de lã. Ele parecia tão desesperado quanto um animal que fosse obrigado a usar roupas humanas. A senhora Green olhou para mim com aqueles olhos, e eu quase recuei, mas já tinha me decidido. — Vou levar Fi ao parque. A senhora faz as compras e esquenta o empadão; voltaremos para o almoço.

— Sei — ela disse, sem expressão. — Mas a senhora tem certeza? Não é seu costume sair...

— Tenho certeza. Vista-o, estarei pronta num minuto.

— Sei.

Então corri para o quarto, os babados do meu penhoar farfalhando à minha volta. Olhei o relógio: nove e meia. Tinha o tempo exato. Lá estava, na página aberta da agenda, escrito com minha própria letra: *Felix no Hudson Park às dez.*

✳   ✳   ✳

COMPRE BÔNUS DA VITÓRIA

Já não existia mais a prisão de 1918, nem a horrorosa *el line** na Sixth, mas os cartazes de bônus ainda estavam estampados em todas as vitrines, e os homens em uniforme fumando por toda a parte pouco diferiam daqueles do outro mundo. — Flores! — uma italiana idosa gritava da calçada, curvada sob o peso da cesta de violetas e ervilhas-de-cheiro. — Flores! Flores! — Uma loira do tipo corista, vestindo calças chinesas vermelhas, passeava com seu pequinês, lançando seu sorriso para todos os lados, quando tropeçou e uma de suas sapatilhas caiu numa poça. Eu a peguei e entreguei para ela que, me lançando um sorriso e um olhar desvairado, disse:

— Nossa, agora não posso devolvê-las, posso? — A risada soou como o latido do pequinês. Ela enfiou o pezinho na sapatilha e foi embora, rebolando mais uma vez para os marinheiros de sangue quente.

---

* Linha de trem elevada construída em 1878, que escureceu a Sixth Avenue e desvalorizou os imóveis. Demolida em 1938, foi substituída alguns anos depois por uma linha de metrô. (N.T.)

E então chegamos à parte oeste da Seventh Avenue, em Hudson Park, num quarteirão que eu não reconheci; eu certamente não reconhecia o parque com seu estranho jardim afundado e um memorial para os bombeiros. Não existiam no meu mundo de 1985. Parecia uma fonte drenada, e não especialmente própria para crianças; seria mais adequada para um aparato de luto vitoriano. Deixei Fi correr no *playground*, repentinamente desligado do seu amor por mim, em direção a um desejo mais imediato de ficar com os meninos de calças curtas e bonés.

Minha mente voltou para a casa, mentalmente subindo as escadas, indo na direção da sala, afastando a cortina de fumaça para encontrar a senhora Green ainda lá, olhando para mim com seu ar de eficiência e bondade. Eu imagino — não, eu sei, com certeza, que ela viu, bem no meu âmago, aquilo que todos sabiam. É claro que tinha de existir neste mundo tanto quanto em qualquer outro. A coisa que todos sabiam. Pensei: *Talvez se eu consertar isto, tudo acabará; a cortina cairá numa lixeira e a vida será restaurada, e a sanidade.* Talvez aquele fosse o meu propósito aqui.

Então senti necessidade de algo, e o que aconteceu foi ridículo. Pus minha bolsa no colo — uma peça engraçada feita de couro granulado — e encontrei o que procurava entre lenços e batons. Um maço de cigarros Pall Mall. Tirei um e o acendi com um fósforo, e desfrutei o sabor de morte que ninguém aqui suspeitava. Ah, eu merecia este pequeno prazer. Em que mundo adorável eu havia entrado!

Meu pequeno Fi estava sentado conversando com um menino loiro, tentando fazer com que ele enfiasse seu gorro de tricô; o outro parecia querer, mas tinha a cabeça muito grande. Deduzi quem seria a mãe dele pelo modo como ela me olhava. Escandinava, jovem e de pernas longas, que eu percebia apesar do comprimento do casaco xadrez. Fiquei imaginando como ela fazia isso: lidar com sua vida nesta época estranha. Eu sabia que havia uma guerra, mas que nós ainda não tínhamos entrado nela. Sabia que as mulheres logo fariam o trabalho das massas e no maquinário masculino, e construiriam a nação rebite por rebite, enquanto as bainhas das nossas roupas subiriam para economizar tecido para os uniformes e o náilon iria para os paraquedas com que os jovens pulariam no Pacífico. Mas nada disso ainda tinha acontecido; estava para acontecer; será que esta mulher conseguia sentir isso?

— Ei, maninha, aí está você, e então...?

E ali estava ele. Vivo, mais uma vez. Usando um chapéu ridículo e paletó — outro mundo, outro Felix.

✳   ✳   ✳

— DIGA PARA A GREEN QUE VOU chegar a tempo para o empadão — meu irmão disse, sentado ao meu lado e dando uma tragada no meu cigarro. Eu já o tinha abraçado apertado contra o meu corpo por um minuto, soltando-o depois de ver a expressão confusa do seu rosto.

Tudo o que eu conseguia fazer era repetir, como sempre:

— Senti sua falta.

— Está brincando, garota! Visitas não permitidas. A Green teria me matado. — Ele riu, esta terceira versão do meu irmão. Vestido tão diferente dele mesmo, usando um terno marrom folgado, uma gravata com um nó tão grande quanto um pêssego e um chapéu de feltro cobrindo a parte de trás da cabeça. O cabelo ruivo estava penteado com brilhantina, e seu nariz clássico estava prejudicado por um pequeno corte. O bigode tinha sumido, mas as sardas estavam lá; os brilhantes olhos azuis também estavam lá, um pouco de sua perversidade diluída na luz cinzenta do dia.

— Por que a proibição de visitas?

— Ordens médicas — ele disse.

— Meu velho amigo, o doutor Cerletti — eu disse. Percebi a aliança na mão dele. Olhei para ela por um instante longo e estranho. Felix Wells, um homem casado.

— Se é assim que você o considera... — O rádio de um carro estacionado tocava uma música agitada e irreverente, e o vento trouxe a risada de uma mulher até nós. Ele balançou a cabeça e disse:

— Os turistas estão arruinando tudo.

— Como está Ingrid? — perguntei corajosamente.

— Ingrid? Ocupada com o bebê. Ocupada comigo, sou um pobre marido. — Mais uma risada.

— O bebê — repeti. O céu sobre nós se abriu e deixou ver de relance um retalho azul entre as formas das nuvens.

— Vim para saber de você, maninha. — Sua voz estava mais suave agora, o que em Felix significava que não estava brincando, criança. Senti o calor do reconhecimento; ele continuava a me dar as coisas de que eu sentira falta, coisas que tinha perdido.

— O que o médico disse? Eles não me contaram.

— O médico? Que você se recuperaria, mas era... — Seu rosto inteiro se franziu de preocupação. — Bem, que você tinha ficado muito triste e era preciso uma... ajuda. Um procedimento. Gostaria que tivesse me contado, maninha. — Ele alcançou o cigarro e deu mais uma tragada, fechando os olhos, e ouvi o cigarro queimando lentamente.

— Não me lembro — eu disse. — Não me lembro de nada. O que aconteceu comigo?

Seus olhos vagaram de mim para o meu filho, depois para a mulher sentada em frente e que olhava para nós. Quando voltaram para mim, carregavam aquele olhar que eu conhecia tão bem. A música palpitante saía pela janela do carro, e o motorista a acompanhava tamborilando os dedos. O que todos sabiam, menos eu? — Você está bem, irmãzinha?

Onde estava o meu aliado neste sonho em particular? Onde estava Ruth? — Felix, preciso da sua ajuda.

— O que eles fizeram com você?

— O que aconteceu? Sei que houve um acidente.

— Não precisamos...

— Por favor, me conte, eles não querem falar disso comigo.

Ele olhou para mim com a dor intensa de quem vê o outro reduzido a cinzas. Suponho que ele estava vendo a irmã, que sempre tinha sido estável, normal, comum e boa, desmoronar diante dele.

— Houve um acidente de carro, com você e Ruth. A culpa não foi sua. Você ficou muito ferida e abalada...

— Onde está Ruth? — perguntei.

Ficamos sentados no banco, olhando um para o outro com muita pena e inveja, como fazem os irmãos. — Greta — ele começou.

— Ela morreu, não é? No acidente — eu disse. — Ela está morta.

Ele concordou, balançando a cabeça bem devagar. O vento redemoinhava folhas douradas em torno de nós.

— Ah, Ruth — eu disse, deixando a cabeça cair entre as mãos. Senti as lágrimas começarem a cair e solucei algumas vezes; senti a mão de Felix nas minhas costas. Foi quando a senti outra vez: a sensação de que não estava apenas visitando esses mundos. Porque senti a morte dela intensamente, embora pudesse vê-la viva, de turbante e colar de contas, em outros mundos. Encharquei minhas luvas brancas. Eu não estava apenas tomando emprestadas as outras Gretas; estava me transformando nelas.

— Me desculpe, Greta. Pensei que se lembrasse.

— Não, não — eu disse. — Ah, Deus, como eu preciso dela. Coitadinha da Ruth. O que vou dizer... — Mas nesse ponto eu me interrompi.

— Foi por isso que Nathan procurou o médico. Você desmoronou, Greta. — Ele se inclinou e pôs a mão no meu joelho. — Eu não devia ter dito nada.

Funguei e sequei as lágrimas, depois me endireitei. — Preciso lhe contar — comecei. — Eu não sou eu mesma. — Ele estremeceu dolorosamente mais uma vez. Comecei a sentir minha mão tremer debaixo de uma súbita emoção; deixei cair o cigarro. Não estava acostumada com ele. Naturalmente nesta vida, como na última, sempre desempenhei o papel da irmã equilibrada. E agora... era aquela que entrava em colapso. Era intolerável. Lembrei-me de uma cena que vi de passagem numa autoestrada: um carro esporte com uma corrente presa ao para-choque puxando lenta e cuidadosamente um caminhão velho para fora de uma vala.

Era o que todos sabiam. Para Felix, estava evidente que sua irmã tinha perdido o juízo.

— Há coisas — eu disse — que o deixariam chocado se eu as contasse para você. Coisas que não entenderia. Tenho visto coisas... tenho ido a lugares que...

— Está tudo bem, está tudo bem.

Ele pegou minha mão e senti que ambos estávamos muito frios.

— Felix — eu disse. — Não sou quem você pensa.

Ele me olhou por um bom tempo, digerindo as palavras que eu havia dito. A luz modificou tudo à nossa volta, brilhando em cada pessoa no parque, no meu filho, na mulher, como se iluminasse um grupo de personagens. Então, por fim, ele falou:

— Nem eu, querida. — E nessas palavras eu ouvi afinal meu irmão morto.

Felix se levantou, afastando aquele momento. — Preciso ir — ele disse, pegando o casaco, depois virou-se para mim. — Quero que conheça alguém. Quero que venha almoçar comigo na semana que vem. Ingrid vai estar na casa dos pais. Tenho que ir embora. — Ele olhou com um meio sorriso, as maçãs do rosto coradas. — Maninha, eu entenderia qualquer coisa que me contasse — ele disse. — Qualquer coisa. — Então enfiou o casaco e virou-se. — Estou indo agora — ele disse, piscando. — Te vejo depois.

O que é perder um gêmeo? Meu irmão não tinha sido somente o garoto com quem eu cresci; ele esteve presente em toda a minha juventude. Não tenho recordações em que ele não estivesse presente. Desde o início fomos aliados, com uma linguagem nossa (fruto da combinação de família alemã com babás hispânicas), nossos próprios monstros e divindades e portais para outros mundos. Eu compreendia tudo o que ele fazia, e por quê. Conhecia seu corpo e sua coragem e sua insensatez. Mais velho e ainda mais velho, e nada ficava diferente, nenhuma ruptura, nenhuma mudança. Quando me contou que gostava de garotos, isso fez muito mais sentido — afinal, *eu* gostava de garotos. Portanto Felix também deveria gostar. Nós gostávamos de tudo juntos. Espaguete e salsicha frita e *ketchup*. Que agora pudéssemos falar de garotos significava um tremendo alívio. E perdê-lo.

Fiquei olhando meu irmão afastando-se pelo parque, tirando o chapéu para uma idosa envolta num xale verde brilhante. Perdido mais uma vez para mim, perdido de uma maneira totalmente nova. Mas me lembrei de suas palavras. E, como numa gota de água, dentro da expressão "qualquer coisa" um mundo girou.

NAQUELA NOITE, supus que estava me despedindo daquele segundo mundo e me preparei para a possibilidade de acordar num terceiro! Por isso retive cada momento com ternura. Meu filho me dando um beijo desajeitado de boa-noite. A senhora Green guardando novelos na sacola. Nathan escovando os dentes. Era estranho olhar as pessoas em suas atividades rotineiras, quando você é a única que sabe que é uma despedida.

Naquela noite, por exemplo, fiquei olhando Nathan despir-se. Abrir os botões das calças — um gesto antiquado — e pendurá-las num cabideiro de madeira, ficando apenas com a roupa de baixo de cintura alta. Sentado lá, quase nu, sem ter consciência que não deveria estar fazendo isso, que não deveria estar comigo, e eu não podia dizer nada para detê-lo que não parecesse loucura. Não podia dizer: — Pare, está errado, no meu mundo você não me ama. — Não podia dizer: — Não me torture. — Assim, fiquei lá enquanto ele tirava a camiseta, a cueca e ficava nu até as calças listradas de um pijama o cobrirem e ele deslizar na cama ao meu lado, bocejando como se nada tivesse acontecido. Um beijo de boa-noite, um "Boa noite, amor". E, quando fechei os olhos, me senti culpada como se fosse uma *voyeuse*.

Mas, no dia seguinte, acordei com o mesmo rosto estreito... — Bom dia, amor — e vi pela janela o mesmo cartaz. Nenhuma mudança, nenhuma viagem. Sem dúvida fora o procedimento que me lançara viajando à noite, e eu teria de esperar uma semana até a próxima sessão, mas no momento pensei que poderia ficar presa ali para sempre. Acordando todas as manhãs com um garotinho espiando pela porta, correndo para mim. Dormindo todas as noites com Nathan ao meu lado. E isso seria muito ruim?

O MAIS MARAVILHOSO nessas jornadas, acredito agora, era que só eu podia apreciar a beleza desses mundos. Nenhuma pessoa comum em 1918 achava a oscilante luz de gás estranha ou bela, ou via as velhas casas do mercado holandês além de sua feiura; para eles, o mundo estava tanto desmoronando como se reunificando. Em 1941, da mesma forma, para aquelas pessoas tudo era muito moderno e muito antigo. Os antigos cartazes e engraçados sons metálicos de vida, o modo como as mulheres movimentavam as saias, e como os homens estavam sempre tirando e pondo seus chapéus, coisas que se foram para sempre; e que não significavam nada para eles. Eu era a visitante que vem para um país e o descobre charmoso e ridículo ao mesmo tempo. Por que alguém usaria aqueles chapéus? Aquelas saias? E por que perdemos a simples cortesia de cumprimentar estranhos na rua? Mas para aqueles que viviam naqueles tempos, é claro, nada disso parecia estranho. Era a vida comum, com todos os seus problemas, e somente quando, por um instante, eram arrancados dos trilhos eles viam o quanto estranho e belo era tudo ao seu redor. Arrancados pelo amor ou pela morte. Nunca pensavam que aquilo pudesse desaparecer, ou que pudessem sentir falta da neve que caía quietamente na Fifth Avenue, diminuindo a velocidade de seus Ford de Bigode, ou o cheiro terrível das conchas de ostras e de esterco de cavalo, ou dos vagões verdes que tapavam a vista de suas janelas. Eu era a única que sabia que isso se perderia.

— SEU IRMÃO NESTE momento está ao telefone, mas a senhora Wells está no salão com Baby.

Nunca pensei que ouviria aquela frase em minha vida. Mas eu havia parado de imaginar o impossível; suponho que os olhos se adaptem num mundo de espelhos.

— Obrigada — eu disse à empregada, uma loirinha de nariz adunco e, na mão, uma garrafa de Coca-Cola cheia de água, provavelmente para passar a roupa.

— Me leve até lá. — E ela atendeu ao meu pedido, chacoalhando a garrafa, guiando-me pelo que parecia ser a casa do meu irmão, embora sem seu estilo. Aqui, havia papel de parede listrado e estofamento envelhecido. Sem dúvida tinha sido decorado por uma mulher, essa esposa que esperava por mim numa espécie de sala rosa com "Baby".

Para minha surpresa, eu havia ficado naquele mundo de 1941 por quase uma semana; precisava esperar pelo doutor Cerletti para viajar, o que significava que eu acordava num novo mundo somente às quintas e sextas-feiras. Como eu descobriria mais tarde, isso só me dava um dia em alguns mundos, uma semana inteira em outros: um dia em 1918, esta semana em 1941, seguida de um dia em 1985, uma semana em 1918, e assim por diante. Todas as minhas viagens seguiriam este padrão — ou quase todas.

E assim aqui estava eu, na casa do meu irmão. A senhora Green tinha me dado o endereço sem fazer perguntas e ficara cuidando do pequeno Felix. Do lado de fora, é claro, um mundo em que eu tinha aprendido a navegar. Soldados e marinheiros, e crianças com flautas irlandesas silenciadas por suas mães empunhando bolsas do tamanho de bigornas. O metrô ainda me confundia um pouco, já que eu tinha esquecido a diferença entre as linhas IRT, IND e BMT* e como se comprava um bilhete, mas não estava mais atrapalhada do que o casal francês lutando com as moedas que, com suas efígies de índio e de Mercúrio, eram tão exóticas para mim quanto para eles. No trem pintado de verde-escuro, sentei-me ao lado de uma balconista exausta, em seu melhor vestido desbotado de tanto ser lavado e passado e usando um boá de penas flácido como uma enguia, que suspirava enquanto tirava os sapatos no vagão. E marinheiros por toda a parte, com rostos vermelhos e olhos desejosos e alertas, oscilando com as voltas do vagão como se estivessem em navios, descansando as poderosas mãos de agricultor sobre as calças imaculadamente brancas. Quando a linda balconista olhou na direção deles, os marinheiros pareceram tão assustados quanto se estivessem diante de um ladrão de banco.

A casa de Felix ficava em East Eighties, no que chamavam de Yorkville. Fiquei surpresa quando percebi que a vizinhança tinha traços germânicos, e a rua dava provas disso: padarias e confeitarias alemãs, além de cafés e associações masculinas. Nós éramos alemães, é claro, trazidos ainda crianças por nosso pai. Mais tarde, eu descobriria que nossa nacionalidade havia dispensado Felix do serviço militar em dois mundos, mas não o livrara das complicações numa nação em guerra com nosso país natal. Numa ladeira, dois garotos conversavam, o que ainda estava montado na bicicleta (as pernas da calça seguras por prendedores brilhantes) gritava *"Tote mich!"** até o outro puxar uma arma tremendamente realista e dizer "Bang!" — e uma rolha pequena saltava da boca do revólver, depois balançava, pendurada do seu barbante invisível, enquanto os dois gargalhavam. Somente numa vitrine de padaria percebi um aviso sobre uma reunião; meu alemão estava enferrujado, mas ainda assim era impossível ignorar a mensagem. No alto, impressa em preto, uma suástica. E ao lado ficava a casa do meu irmão.

---

* Interborough Rapid Transit Company (IRT), Independent Subway System (IND), Brooklyn-Manhattan Transit Corporation (BMT). Antigas siglas que acompanhavam o nome da linha de metrô. (N.T.)

** "Mate-me!", em alemão. (N.T.)

No salão rosado, sentada de lado numa poltrona sem braços, encontrei uma mulher de cabelos ligeiramente castanhos, numa roupa própria para amamentar, carregando um bebê recém-nascido. A empregada disse meu nome, e a jovem olhou para cima tranquilamente — e então seu rosto se alterou, por um instante, com uma expressão da mais completa surpresa! Eu diria que era medo, quase como se ela estivesse fazendo algo errado e eu pudesse castigá-la, mas misturado a isso havia algo complicado, sutil. No momento seguinte seu rosto estava sereno novamente, exibindo um sorriso aberto quando se levantou, segurando o bebê enrolado na manta, dizendo docemente:

— Greta, agora estou contente por ter ficado na cidade. — Andei em sua direção para abraçá-la, e senti seu cheiro de lilases e pó de arroz.

— Ah, o nenê é lindo! — exclamei (sem saber o sexo), e ela sorriu orgulhosamente e puxou a manta abaixo do queixo da criaturinha. — Posso...? — eu disse, esticando as mãos. Vi sua boca crispar-se de preocupação, olhando para o meu gesso. Compreendi: Não éramos amigas.

— Aceita um chá? — ela ofereceu, sentando-se novamente com o bebê e sorrindo para ele. — Ou alguma coisa para comer? Não, você vai sair com Felix para almoçar.

— É isso — eu disse descuidadamente. — Ele queria me apresentar um amigo.

— Ah? Ele não me disse nada sobre isso. Que amigo?

O rosto dela se levantou para mim, os olhos faiscando, e uma voz soou do corredor:

— Ingrid, você se lembra que lhe disse que eu e minha irmã íamos almoçar... Ah, oi, Greta!

Mais tarde, enquanto seguíamos para o restaurante de táxi, contei que tinha me atrapalhado ligeiramente na minha conversa com sua esposa, e Felix olhou para mim com o lábio inferior projetado para fora. Ele estava pensando em alguma coisa.

— O que quer dizer? — ele perguntou. — Lógico que isso não tem importância, apenas me esqueci de dizer a ela. Ingrid conhece Alan, ele fez meu testamento. Não a faça pensar que minha vida é tão misteriosa, maninha. — Ele riu, depois ficou olhando pela janela como se costuma fazer em táxis, o indicador no queixo, e compreendi quão profundamente ele estava mergulhado na situação.

QUE ESTRANHO. Entrar no Oak Room,* em meu vestido de veludo e um chapéu explodindo em plumas, a bolsa debaixo do braço como se fosse uma baguete, a luz do lustre brilhando nos ombros de todos, e ver Alan lá!

Sentado à mesa, o garçom ao lado, as mãos formando uma tenda, o cabelo cinza cortado em estilo militar, um paletó com ombreiras, mas o mesmo rosto quadrado de sempre! Os mesmos olhos verdes craquelados! Grande, encorpado e saudável, como era quando o conheci, muitos anos antes. Quis correr até ele e contar algumas antigas piadas que só eu e Felix sabíamos e ver seu semblante do meio-oeste ficar rubro de prazer. Então ele poderia dar uns tapinhas no meu braço para me consolar. Pelo seu amante morto.

Mas eu não podia. Felix não estava morto. Estava ao meu lado, falando com o *maître*. E não podia correr até Alan porque ele não me conhecia. Agora, eu estava apenas — enquanto ele ficava em pé e engolia a saliva visivelmente nervoso — me encontrando com ele pela primeira vez.

— Olá — eu disse sorrindo e pegando sua mão —, então você é o amante do meu irmão?

É claro que eu não disse nada disso! Todos os banqueiros derramariam seus martínis no colo. Manhattan inteira entraria em curto-circuito. Em vez disso, peguei frouxamente sua mão firme e disse:

— Então você é o advogado do meu irmão?

Ele disse que era e que tinha ouvido falar muito de mim. Os dois trocaram olhares diversas vezes, como atores que esqueceram a próxima fala.

Disputaram quem puxaria a cadeira para mim — o garçom acabou fazendo isso, chegando miraculosamente no momento certo, depois evaporando — e quem deveria fazer o pedido para todos nós.

— Eu faço — falei. — Felix, você vai comer costeletas de porco com cebola. Alan, você parece um homem que gosta de filé de costela malpassado, com espinafre. Eu vou querer a mesma coisa. E martínis — eu disse para o garçom, entregando-lhe o cardápio. — Com gim para os homens e vodca para mim. —

---

* Restaurante do Hotel Plaza de Nova York. (N.T.)

Oliver Twist?* — perguntou o garçom. — Azeitonas — eu disse e me recostei na cadeira sorrindo à minha volta na salinha iluminada.

Os dois olharam para mim espantados. — Bem, uma mulher tem certos talentos — admiti, arrumando o guardanapo.

— Mas como você sabia qual o ponto em que eu iria querer a carne?

— Felix falou tanto a seu respeito — expliquei, olhando para Felix e vendo seu rosto ficar vermelho —, que sinto como se já o conhecesse. Você parece o tipo de homem que gosta de filé de costela malpassado. Um homem que faz a barba sem espelho. — Um sobressalto de Felix me fez ver que tinha ido longe demais. Agora, Alan estava olhando para o colo.

— Greta vai trabalhar — Felix ofereceu como contra-ataque, e dessa vez quem ficou chocada fui eu.

— Vai? — Alan perguntou, voltando-se para mim. — Que tipo de emprego estão dando às mulheres nestes tempos?

— Ah, deixe que Felix conta para você — eu disse.

Meu irmão sorriu. — As mulheres estão conseguindo todo tipo de trabalho. É realmente fascinante. O trabalho de Greta..., você tem certeza de que quer que eu fale?

Dei de ombros. — Você é tão mais charmoso com as palavras.

— Ela está fotografando prédios grandes, por dentro e por fora. Para o caso de entrarmos na guerra e os alemães bombardearem Nova York. Assim poderemos reconstruí-los exatamente como eram, não é interessante?

Alan levantou as sobrancelhas. — Vocês são como o *griot* africano, o contador de histórias. Vocês estão preservando nossa civilização para nós.

— Dificilmente — disse Felix. — A maioria dos fotógrafos só pensa em luz e sombra, não liga a mínima para o significado do objeto da foto.

Concordei. — É triste, mas ele está certo. Ah, os martínis!

Meu irmão tamborilava o tampo da mesa com os dedos acompanhando o piano e olhava em torno como se não estivesse interessado em mim ou na sua mulher ou em qualquer outra coisa, mas em algum compromisso que estava

---

* Nome de um coquetel que faz trocadilho com o título do livro *Oliver Twist*: "*olive*, azeitona" e "*twist*, espiral", no caso espiral de casca de limão. (N.T.)

perdendo. Era muito estranho. Era irritante, e tão parecido com meu irmão, mas não da maneira como eu tinha esperado. Desejara tanto que este Felix fosse aquele, que fosse mais parecido com meu irmão do que sua versão de 1918 (todo cheio de *slogans* e sorrisos), e naturalmente me esqueci de que quando o morto volta à vida ele retorna com todas as coisas de que não sentimos falta. A culinária ruim e os atrasos, e o hábito de desligar o telefone sem dizer "gosto de você". Eles não são consertados, apenas voltam. E aqui estava ele, franzindo a boca como se estivesse entediado. Eu poderia ter jogado nele um pãozinho do jantar. Entediado? Aqui estávamos nós! Nós três, vivos, juntos! Então o que interessava se somente eu sabia as falas, que sabia como as coisas seriam? Eu apenas queria dizer: fique aqui sentado e pare de se contorcer, Felix.

Mas, então, percebi que o estado de espírito de Alan era igual. Para um olhar desacostumado, eles pareciam dois homens profundamente entediados pela tagarelice de uma mulher. Acenando com suas cabeças cor de cobre e de prata, brincando com o *mix* de castanhas na mesa, engolindo os drinques como se fossem remédio (as azeitonas submergindo aterrorizadas). Mas eu sabia que eles não estavam entediados; eram ladrões que tinham um esconderijo em algum lugar do salão e o estavam entregando, não por olharem para um lugar determinado, mas olhando para todo o resto, os olhos vagando pelo teto, pelo chão, pelo tampo da mesa. Eles o estavam entregando completamente. Qualquer detetive teria encontrado o esconderijo imediatamente, levantado as tábuas do chão, puxado os diamantes e dito: — Achei! Vocês, seus tolos! — Eu vi tudo nesses homens nervosos, tamborilando e se contorcendo, entre anéis e tópicos de conversação, e garfos e facas. Sem roçar um no outro uma vez sequer. Percebi que tudo estava errado. Se tivessem silenciado o tinir dos pratos e da prataria, o barulho e o burburinho das pessoas bebendo drinques no almoço, os sons da rua e da cozinha, teriam ouvido a água do gelo pingando na mesa de tanto seus corações baterem. Tão simples: dois homens apaixonados.

— E a comida que não chega — Felix disse, olhando para o seu drinque e descobrindo que não tinha sobrado nada. — Estou morrendo de fome, vocês não estão? — ele olhou para cima com um meio sorriso, as bochechas coradas.

Homens apaixonados. Eu queria avançar sobre a mesa e juntar suas mãos. Mas é claro que não podia fazer isso; nem mesmo deixá-los perceber que eu sabia.

— Ah, eles querem que fiquemos bem e bêbados — eu disse.

— Ah, então estou pronto! — Alan disse jocosamente.

Então já tinha começado. Eu estava preparada para conhecer o homem, um amante de uma época anterior, que, como uma planta tropical que nunca floresce fora do seu ambiente, não passaria de um amigo platônico pelo qual meu irmão suspirava. Mas aqui estava tão evidente! Não precisavam ser induzidos. Já eram amantes.

— Alan, me conte novamente como vocês se conheceram.

Ele olhou para mim com ar profissional. — Deixe-me lembrar, foi numa festa, não foi?

— Acho que foi numa daquelas reuniões de um dos dramaturgos de Ingrid — meu irmão interrompeu, recostando-se na cadeira e olhando para fora da janela. — Antes havia uma estreia, logicamente perdemos o espetáculo, penso que se tratava de fantasmas irlandeses e um drama de família, mas a festa era na casa de uma milionária na Park Avenue. O ascensorista não me deixaria entrar a menos que dissesse o nome da anfitriã e do dramaturgo. Graças a Deus Ingrid estava lá, eu não sabia o nome de nenhum dos dois!

— Era Amanda Gilbert, eu tratei do divórcio dela — Alan informou. — Um bando de gente vazia. Não tinha ninguém com quem conversar, só seu irmão.

— Cabeludos, lésbicas ou matronas ridículas.

Como funcionava o relacionamento dos dois? Saíam para longos almoços e se encontravam num hotel? Iam para o campo em fins de semana a trabalho, ou a desculpa seriam drinques no fim da noite com clientes? Quais eram as mentiras que contavam às esposas ou namoradas ou secretárias? Quais as mentiras que diziam a si mesmos?

— Ah, agora me lembro! — Alan disse, com uma risada contida. — Uma senhora idosa cheia de plumas gritou com um garçom por lhe trazer lima em vez de limão, e eu vi este jovem virar-se para ela e dizer... O que foi mesmo?

Felix fingiu não saber e pegou uma castanha-do-pará.

— Você se lembra! — Alan insistiu, pedindo minha ajuda. — Ele se virou para ela e disse: "Madame, quando era garotinha, era *esta* a mulher que a senhora sonhava se tornar?", e eu soube que precisava conhecê-lo.

E finalmente eles se olharam e riram. Qualquer um saberia então; eles quase se tocaram diante daquela lembrança, mas, em vez disso, levaram as mãos até as taças. Certamente seus olhos tinham ficado presos naquela festa e cada um, naquele momento, viu a "deixa" que deviam ter aprendido ao longo dos anos, a centelha de interesse que parte da mente compreende no brilho de um instante... e depois silencia como atingida por uma bala, como se fosse uma testemunha que falaria demais, assim isso é esquecido e um deles pode se aproximar e se apresentar ao jovem ruivo corado com a bebida, sem mais malícia do que um advogado diante de um possível cliente, entabulando uma conversa inteligente e entregando um cartão de visita. Ninguém que estivesse olhando perceberia, exceto uma esposa prevenida, e fico imaginando se Ingrid tinha atravessado a sala, observando cada movimento, como um espião fica de olho numa pasta entregue numa estação de trem. Porque os olhos deles devem ter revelado tudo. O olhar de um jamais abandonando o do outro. Não interessa o que disseram. Certamente as palavras não passam de fundo musical quando a paixão acomete uma alma.

— Estou muito feliz por tê-lo conhecido, Alan — eu disse. — Vocês já parecem ser grandes amigos.

Eles não sabiam o que dizer diante disso, mas felizmente a comida chegou naquele momento. Eles riram para seus pratos como se lessem neles a promessa de uma felicidade fantástica.

Foi só depois, enquanto eu e Felix esperávamos por nossos táxis (Alan já tinha ido embora, descendo o quarteirão), que tive coragem de dizer:

— Alan parece fantástico.

Felix sorriu calorosamente e disse:

— Achei mesmo que você iria gostar dele. — O porteiro abriu a porta do táxi e ficamos lá por um instante prestes a falar. Estorninhos ou algumas coisas estavam rodopiando acima de nós. Uma freada brusca, e uma mulher com um xale verde brilhante deu um pulo para trás, gritando, fazendo estardalhaço, mas não olhamos naquela direção. Olhávamos os lábios abertos um do outro. Como dizer? Frases rodopiavam em nossas cabeças, como estorninhos ou andorinhas ou algumas coisas, tentando achar modos possíveis de dizer o que era para ser dito. *Quero que você saiba* era uma forma de começar. Ou: *Compreendi tudo.* Olhamos um para o outro. A mulher gritava, o taxista gritava. — Felix...

— Depois — ele disse, e se enfiou num táxi. Batida da porta, o assobio do porteiro, e ele seguiu novamente pela Fifth Avenue. Por todos os motivos ridículos, as lágrimas encheram meus olhos e eu me virei. Ele estava vivo aqui, descuidado, passivamente vivo, com todos os insignificantes problemas e preocupações que a vida tem. Uma esposa, um filho, um amante; esses tipos de problema. Mas então ele se foi, novamente. E o sentimento veio, mais uma vez. Ele não sabia, nem ele, nem Nathan ou o pequeno Fi, que minha permanência prolongada aqui tinha acabado; o procedimento seria daí a poucas horas. Hoje: o táxi indo embora. Amanhã: a casa. Cada vez era uma pequena morte que eu sentiria. Menos como um viajante do que como o inseto que dura um dia, uma semana, depois morre. Reencarnada em mim mesma novamente, lutando com a porta de tela, mais uma vez. Dois procedimentos: já realizados. Vinte e três sessões pela frente.

Logo descobri como o procedimento neste mundo diferia dos realizados nos outros. Cheguei em casa e encontrei meu filho entretido em algum jogo sueco da senhora Green, no qual ele devia ficar escondido atrás do sofá enquanto ela tricotava. Eu era uma mãe muito novata para protestar, e o levantar de sobrancelhas da senhora Green (como uma aranha tecedeira, seu tricô nunca parava) me silenciou. A cabeça de Fi surgiu repentinamente — um teatro de fantoches — e ele revirou os olhos e sorriu mecanicamente antes de correr para mim e abraçar minhas pernas. — Mami, a senhora Green me contou uma história sobre um fantasma, uma mulher que morava aqui, você sabia disso? Sabia que ela anda pelo corredor à noite? Posso ficar acordado esta noite para vê-la, mami, posso? — Ponto tricô e ponto meia seguiam na teia da velha garota, as sobrancelhas ainda levantadas, e quem era eu para discutir. Talvez o fantasma a que ela se referia fosse apenas uma visão rápida de mim mesma, deslizando entre os mundos durante o sono.

— Mami precisa tirar uma soneca, querido. Mais tarde eu vou com você ao parque.

— Não, eu quero agora! Fiquei aqui dentro o dia inteiro!

— Daqui a pouquinho. Preciso trocar de roupa.

— Madame — soou a voz da senhora Green, e eu me virei, o chapéu pendendo da minha mão. Os olhos dela pareciam querer me dizer algo em código. O que poderia ser? — Talvez tenha esquecido — ela disse, delicadamente. — O médico está no quarto, à sua espera, e a enfermeira também.

— Sei. — Fiquei lá um pouco, sentindo o peso do chapéu na mão, a trama áspera do tecido, as peninhas irritantes que raspavam no meu vestido com um som audível. Meu olhar passeou por toda a sala, como um pássaro à procura de uma janela. Embora não houvesse nada a fazer a não ser ir para o quarto, nada a dizer exceto o que eu disse.

— Obrigada, senhora Green.

Fiquei imaginando de onde ela havia tirado a louca que passeava pelos corredores.

Eles estavam lá esperando por mim e interromperam o que estavam conversando assim que entrei no quarto com tanta dignidade quanto pude reunir. O calvo doutor Cerletti sorriu profissionalmente enquanto acenava com a cabeça; estava vestido com um terno marinho e óculos prateados, suas maneiras de certa forma tinham se abrandado no seu eu contemporâneo. — Senhora Michelson, aqui está a senhora. — Ele não usava o jaleco branco de médico, nem a enfermeira (a mesma moça, o cabelo era de um loiro tingido de outra tonalidade) usava uniforme. Estavam em trajes civis; mais tarde descobri que isso era uma cortesia para o meu marido, como era também essa visita domiciliar para um procedimento normalmente feito no hospital. Olhei em torno e vi que a lâmpada ultravioleta tinha sido transportada através do quarto e estava ao lado da cama, coberta apenas com um lençol. A máquina estava ligada na tomada da parede.

— Deite-se, por favor, senhora Michelson.

Uma confusão havia começado na rua — parecia uma briga de soldados —, por isso a enfermeira fechou a janela e puxou as cortinas, deixando o quarto escuro, exceto por uma barra de ouro vertical que brilhava entre as pregas e se duplicava na parede à minha frente. Tirei os sapatos e o vestido, colocando o chapéu sobre a penteadeira onde, da aba, pássaros pareciam olhar para mim. Deslizei para o lençol e respirei fundo.

— Hoje, vamos avançar um pouco. A senhora não deverá sentir qualquer diferença. Agora deite-se e relaxe. A mesma coisa de sempre. — A enfermeira esfregou gel na minha pele, apenas do lado direito. O médico pegou dois discos de metal e os colocou nas minhas têmporas.

— Espere, não estou pronta.

— Relaxe. Terminará num minuto, e a senhora vai se sentir muito melhor. Sem sonhos diurnos.

— Espere.

Mas ele não esperou. A enfermeira sentou-se ao meu lado na cama, e ela tinha algo de mais gentil nesta versão, mais piedosa e boa, como uma filha triste ao lado de um leito de morte, quando pôs um maço de algodão na minha boca e segurou minha mão livre com força. Ela a esfregou duas vezes, como se para me consolar, mas percebi que era um sinal para o médico, e por um segundo senti a carga percorrendo meu corpo — por um tempo mais curto do que nos outros mundos, mas movendo-se como uma onda dentro da minha mente. Gemi audivelmente e esperei que meu filho jamais ouvisse esses lamentos, esses sons não maternais vindos do quarto; o que a senhora Green tinha dito que eram? Eram eles o fantasma do qual ela havia falado? Ele se lembraria deles ou apenas da história que ela criara a respeito deles? Senti um esgar animal tomar conta do meu rosto e eu já estava mudando. Algo como um fio de metal se moveu através das minhas veias até que se tornassem metálicas e fizessem meu corpo dobrar, e então a visão azul fantástica encheu o quarto, uma teia de luz, e chorei ao ver meus pensamentos explodirem, em grupos, como sementes de dente-de-leão. Eu os vi flutuar e sumir. Lá se ia meu filho. E meu marido. E, de todas as coisas surpreendentes, lá se ia o jovem Leo. Para fora e para longe. O que havia de tão errado com os sonhos diurnos?

7 DE NOVEMBRO DE 1985

A LUZ COANDO PELAS PERSIANAS DE METAL, CRIANDO LISTRAS no meu corpo na cama, já devia ter me contado tudo. Mas, ainda assim, acordei com prazer diante do pensamento dos novos milagres que o doutor Cerletti tinha me dado, e me vi chamando Nathan em voz alta. Mas ninguém apareceu. O vento soprou pela abertura estreita e chacoalhou as lâminas, e o som era muito familiar. Afastando as névoas dos sonhos, vi as três fotos abstratas em suas molduras, e a cadeira com as roupas empilhadas, e reconheci minha antiga vida esperando por mim, me reprovando por sempre pensar que a vida podia ser aperfeiçoada. Que a vida poderia ser em qualquer lugar, menos aqui e agora.

— Minha teoria — disse tia Ruth, servindo-me champanhe numa xícara de chá e gesticulando febrilmente com a mão livre — é que você está vivenciando a transmigração de almas budista! — É claro que eu tinha contado tudo a ela. Afinal, não tinha outro aliado para fazer minhas confidências.

Naquela tarde de 1985, ela vestia seu quimono preto e branco. O cabelo grisalho estava despenteado e ela permanecia perfeitamente imóvel enquanto algum rádio oculto zurrava através da parede, fazendo os vidros sobre a cômoda tilintarem ameaçadoramente a cada batida. *I can't get no*, dizia uma voz abafada. *Satisfaction.**

— Transmigração de almas? — perguntei.

---

* *(I can't get no) Satisfaction*, sucesso dos Rolling Stones lançado em 1965. (N.T.)

Mais uma vez ela gesticulou febrilmente. — Bem, os budistas acreditam em milhares de mundos fora do nosso, com seus próprios *boddhisattvas* dispostos como pétalas de um lótus.

— Ruth, alguma vez você já tomou chá nas suas xícaras?

— E os físicos têm a mesma teoria — ela me disse. — Matematicamente suas fórmulas fazem mais sentido se um átomo, em lugar de ir para a esquerda ou para a direita, for nos dois sentidos. Ele forma então dois mundos, o mundo esquerdo e o mundo direito. E esses outros mundos são formados constantemente. Como as pétalas de um lótus!

— Não sei nada a respeito disso. Só sei o que eu vi.

— Bom, eu sei — ela disse, levantando uma sobrancelha. — Casada com Nathan. E Felix vivo! — Fiquei olhando enquanto ela tirava a capa da gaiola do periquito e ele pulava ao longo do poleiro em direção a ela. — Tantos mundos.

— Ruth, talvez eu devesse falar disso com o doutor Cerletti.

I can't get no, dizia a parede. *Satisfaction*.

Ela colocou uma sementinha na vasilha do passarinho, enquanto dizia:

— Claro, querida, se é isso que quer. Mas você sabe o que ele vai dizer. Que está tudo na sua cabeça. — Ela andou um pouco e bateu na parede.

— Eu suponho.

Ruth voltou a sentar-se no sofá, coçando atrás da orelha e olhando lá fora as últimas cores do outono no jardim; nuvens deviam ter encoberto o sol por algum tempo, porque as folhas amarelas do gingko lentamente pulsaram com brilho, como se alguém tivesse mexido num interruptor. Distraidamente ela puxou um fio de uma almofada. — É fácil dizer que alguma coisa está só na sua cabeça. É como dizer que um pôr do sol está só nos seus olhos — ela disse, gesticulando, franzindo os lábios com ligeiros acessos de raiva. — Isso é idiotice, não tem sentido. Não existe cérebro para a beleza.

— Mas ele poderia me tirar dessa paranoia...

— Bem, você sabia o que ele diria. E sabia o que eu diria. — *I can't get no*. Ela se levantou e bateu na parede. — E o interessante é que você me procurou. Imagine o que Felix diria.

— Tenho outra sessão hoje. Voltarei para 1918 por uma semana. Poderei então perguntar para ele.

Ela sorriu.

— Ruth — eu disse baixinho. — Estou tão sozinha aqui. — Ela pôs a mão sobre a minha. Finalmente a música cessou, e no silêncio pudemos ouvir o canto melancólico do periquito de Felix, lá da sua gaiola.

8 DE NOVEMBRO DE 1918

ACORDEI NA MANHÃ SEGUINTE COM O RELINCHAR DE UM CAVALO, o badalar de sinos ecoando no meu cérebro, e soube imediatamente onde estava.

— Madame? — ouvi do outro lado da porta. — Quer tomar café?

Acontecera o que eu esperava: minhas viagens seguiam um padrão lógico. De 1918, para 1941, para o meu mundo, e de volta novamente. Como escalas de piano. *Você pediu para voltar*, pensei. *E aqui está você.*

— Sim, Millie — me vi respondendo enquanto olhava pela janela o novembro gelado de 1918. — Vou descer para ver minha tia.

NAQUELA MANHÃ DE 1918, eu estava estranhamente envolvida no tipo de conversa que tinha tido com outra Ruth, em outro mundo.

— Aperfeiçoá-los? — Ruth estava me dizendo enquanto me servia champanhe numa xícara de chá. — O que você quer dizer com aperfeiçoá-los?

Aparentemente, a Greta de 1918 tinha confidenciado suas próprias viagens a outros mundos, e Ruth tinha me cumprimentado com o piscar de olhos de alguém que conhecesse todos os meus segredos. E na verdade ela conhecia. Sentei-me em seu canapé, com travesseiros nas costas e crisântemos surgindo de dentro de um vaso verde ao meu lado. O trançado prateado do papel de parede — tão berrante, tão semelhante à minha tia — lembrou-me estranhamente os efeitos de luz que eu tinha visto enquanto dormia, quando o mundo desaparecia da minha pele e uma treliça elétrica, como uma antiga porta sanfonada de elevador, desdobrava-se por trás das minhas pálpebras enquanto presumivelmente algum ascensorista invisível operava a alavanca — e eu descia. Primeiro andar: gripe. Segundo andar: guerra. E lá estava Ruth sentada, exatamente na minha frente, num quimono rosa e pequenos óculos de aro de metal que aumentavam seus olhos transformando-os em objetos de admiração. Champanhe em xícaras de chá, cabelos brancos, quimono.

— Você já fez isso antes — eu lhe disse. — Ontem, você me serviu champanhe numa xícara de chá. Vestida com seu quimono.

— É meu último champanhe — foi tudo o que ela disse. — Senti sua falta esta semana. Outra Greta estava aqui, só que não tão encantadora.

Ri diante da ideia. — De verdade? É engraçado pensar sobre isso, mas é claro que outra Greta deveria estar aqui. Ela também está triste?

— Não tão encantadora — ela repetiu. — Ela pensou que eu fosse uma alucinação.

— Pelo menos ela lhe contou tudo.

Uma centelha de raiva surgiu no seu rosto. — Ninguém gosta de ser chamado de alucinação. Então meu próprio ser voltou, para este mundo. Foi ela quem me contou. Você quer aperfeiçoá-lo, era o que estava dizendo. Foi o que ela disse também.

A gata dela materializou-se no meu braço e começou sua caminhada de equilibrista, vibrando delirantemente através das almofadas das patas, olhos fixos e hipnotizadores. Fiquei imaginando as outras Gretas, no que elas diferiam de mim. Isso era possível? — Pensei apenas que esse era o propósito. Três mulheres que queriam fugir de suas vidas, e foi o que fizemos. Só que somos todas a mesma mulher. Por isso talvez eu consiga aperfeiçoar suas vidas. E talvez, quando eu não estiver presente, elas possam aperfeiçoar a minha.

Ruth pegou a gata e carregou a criatura repentinamente desprovida de energia para uma poltrona rosa no canto, sem parar de falar.

— O que você desejaria que elas mudassem em você?

— Quem sabe elas vejam coisas que eu não enxergo. Talvez elas me consertem.

— E você, o que mudaria nas outras Gretas?

— O que aconteceu com Felix? Está preso?

— Não, não — ela disse. — A polícia só o estava assediando. Ser alemão não é muito popular, você entende. Ou ser um jovem que não está no campo de batalha.

— Não acho que ele esteja feliz aqui — eu disse a ela. — Não é como o irmão que eu conhecia.

— Então você também quer mudar outras pessoas.

— Bem — eu disse confiante —, eu sei como elas *poderiam* ser se as coisas fossem diferentes. Se tivessem nascido numa outra época. — Olhei a gata enquanto ela estudava sua poltrona, e então, com uma das garras e depois de pensar um pouco, puxava o fio de uma almofada.

Ruth levantou-se muito ereta. — Espero que não esteja tentando *me* aperfeiçoar!

A imagem que me veio foi a do seu túmulo em 1941.

— Não, não, Ruth, eu não conseguiria mudá-la, mesmo que tentasse. Agora você vai me dizer — eu falei — o que me levou a passar pelos procedimentos aqui. O que aconteceu?

De repente a luz do sol desenhou uma caixa brilhante sobre a manta, incluindo a gata, que se espreguiçou numa apoteose de pelos. Ruth pensou por um momento, depois disse:

— Foi uma época muito difícil. Mas você a superou. — Ela então olhou para mim. — Nathan ficou íntimo de outra mulher. Não foi grande coisa. Já faz alguns meses.

Prédio de tijolos aparentes, o sorriso em zigue-zague, dois vultos.

O som estridente de uma campainha ecoou. Ela deu um tapinha no meu joelho e disse:

— Ele chegou!

A velha porta de Ruth rangeu (será que em nenhuma das épocas ela lubrificou as dobradiças?) e ouvi uma voz masculina falando na entrada. Depois, o som de passos. Eu me levantei do canapé, toquei meu cabelo (ele estava arrumado como se fosse um enorme brioche), e troquei um olhar com Ruth, cujos olhos e mãos cintilaram voltados para mim com todo o brilho de suas gemas.

— Talvez isso deixe as coisas mais claras para você — ela disse. Apertou o turbante em volta da cabeça, espantou a gata, que olhou para as flores com um olhar maligno. Risadas vieram do *hall* de entrada.

— Felix! — gritei.

Ele sorriu, confuso. Porque não era Felix quem estava ali.

O RAPAZ, PERPLEXO, ficou lá parado com um buquê de rosas numa das mãos e o chapéu na outra.

— Leo! — Ruth exclamou, e para minha surpresa ela foi até ele e o beijou! — Ah, você, tão adorável como sempre! Não é verdade, Greta? — Uma piscadela aumentada pela lente, e eu o reconheci: o jovem da rua no Halloween. Ele levantou uma das sobrancelhas e sorriu ligeiramente para mim, formando uma covinha de um lado do seu rosto bonito, a face brilhando pela barba recém-feita, embora aparentemente ele não conseguisse ficar barbeado por muito tempo; o queixo já estava azulado com a sombra dos pelos. — Mas precisamos arranjar-lhe um terno novo e um barbeiro melhor. Escute, eu o estou tratando como a um sobrinho. Preciso trazer para baixo um pacote que está no escritório e você prometeu que ia me ajudar! Vai vê-lo logo, é um pacote embrulhado em papel pardo.

Dois Felixes, duas Ruths, um novo Nathan e, agora, esse tal de Leo. Eu era alguém trocando os canais de televisão, tentando controlar os personagens.

— Farei isso com prazer — ele disse. Tinha uma voz de baixo surpreendente para um jovem. — Mas bem depressa. Só queria entregar os ingressos, preciso ir ao teatro. Aqui estão eles. Ah, e estas são para você. — Ele fez um pequeno malabarismo com o chapéu, as flores e os bolsos para conseguir retirar um envelope. Quase entregou o chapéu para Ruth, mas ela pegou os outros dois com muita delicadeza.

— Você, meu menino querido. O escritório, papel pardo. — Leo acenou com a cabeça e olhou para mim.

Mais baixo do que eu me lembrava, mas mais ereto e confiante em seu terno azul de sarja. Cílios longos cercando os grandes olhos castanhos, brilhantes de inteligência, que abarcavam tudo o que se referia a mim, tudo o que estava no quarto. O cabelo castanho e grosso parecia pronto para saltar da pomada que o mantinha para o estado selvagem que deveria exibir pela manhã. Mais tarde eu iria descobrir que ele era um jovem de personalidade forte, mais propenso a vagar por Washington Square, remontando cenas de Wharton e James,* do que ficar sentado fumando maconha no Mad Hatter** e falando coisas sem sentido. Talvez por isso ele se sentisse atraído por uma mulher mais velha. Outro sorriso.

— Volto já. — Quando ele saiu, percebi uma leve claudicação: ficaria sabendo depois que tinha sido por um acidente na infância e, algumas vezes, quando dava um passo em falso, ele conseguia risonhamente transformar isso num passo de dança. Fora isso que o tinha deixado fora da guerra.

Ruth girou sobre um dos pés e se voltou para mim.

— Eu o vi pela janela, lá fora, naquela primeira noite — eu disse.

— Ela o havia conhecido um pouco antes. Numa peça no beco — ela disse. — Você compreende, não é? Por causa de Nathan, pelo que ele fez. Ela está muito solitária.

— Eu compreendo, mas não sei o que se espera de mim — eu disse. — A propósito, quantos anos ele tem?

— Vinte e cinco, acho que foi o que ele disse.

— Vinte e cinco?

Ela pôs um dedo na frente dos lábios para que eu me calasse. — Só diga a ele que está ansiosa para ver o espetáculo hoje à noite. Ah, estas duas cartas são para você.

— O espetáculo?

— O espetáculo dele, querida. Vamos ao teatro. — Ela tirou o quimono e eu vi que, por baixo, ela usava um elaborado vestido de seda preta com preguinhas costuradas, uma rosa negra surgindo do peito. — Sou sua acompanhante mais velha.

A CASA DE ESPETÁCULOS ERA, para minha surpresa, não no Village, mas num quase irreconhecível Lower East Side, na Grand Street. Lá, entre picles e carroças, me vi andando por uma rua que parecia pavimentada com blocos de madeira manchados de alcatrão, e por todo lado mulheres pobres e judias olhavam para

---

* Edith Wharton e Henry James, escritores nova-iorquinos do começo do século XX. (N.T.)
** *Pub* nova-iorquino. (N.T.)

mim com seus bebês nos braços. Vendedores ambulantes vendiam bananas, botões, cobertores, qualquer coisa que o coração pudesse temer ou imaginar. Duas moças estavam diante de uma carroça, testando lentes de óculos lendo um jornal que o vendedor tinha pregado num poste. — Compramos roupa — outro homem nos dizia, os olhos vermelhos como brasas —, compramos roupa — repetia como se nem ele acreditasse nisso. Quase em seguida chegamos ao teatro.

Ou, antes, quartel de bombeiros. Aparentemente o antigo quartel de bombeiros tinha sido transformado em teatro, e uma pequena catraca tinha sido instalada dentro do portão vermelho automático. Lá dentro, um homem de terno sentado num barril de picles recolhia as moedas. Ele mordia cada uma com os dentes de trás antes de deixá-la cair no barril; o processo era interminável. O cheiro de picles chegava até nós mesmo depois de termos conseguido assentos perto do palco. — Você quer que Leo a veja aqui — Ruth sussurrou. Ela havia me contado que iríamos assistir a *A Essência da Paixão.** Eu tinha lido o livro na faculdade, mas mal me lembrava dele, exceto uma visão da pele excessivamente branca de Lily Bart, mais clara ainda pela overdose que ela tomara. Fiquei imaginando qual seria o papel interpretado por Leo, e recordava tanto de um bonito amigo platônico como de um fracassado homem casado. Não conseguia imaginá-lo em nenhum dos dois papéis. E também não conseguia imaginá-lo na minha vida, em qualquer papel.

Foi nesse momento que me lembrei das cartas. Entre as franjas de contas da minha bolsa achei o fecho e abri a primeira carta que trazia um selo militar. Que sensação estranha, naquele outro mundo, ver aquela caligrafia, minha velha conhecida, que eu costumava ver diariamente nas listas de compras e contas para despachar, e nos bilhetinhos de amor que encontrava nos livros que estava lendo:

20 de outubro de 1918
Querida Greta,
      Este tem sido um mês difícil aqui em..., mas receio que o pior ainda esteja por vir. As pessoas falam de paz, mas onde estou parece não ter fim o número

---

* Baseado no romance *The House of Mirth*, de Edith Wharton, no Brasil o filme recebeu o título de *A Essência da Paixão*. [N.T.]

*de rapazes trazidos com ferimentos, sofrendo, chamando por suas mães. Mas
não temos sofrido nada em comparação com os moradores locais. Basta viajar
um pouco e só se veem cidades de viúvas, todas de preto, agarrando-se a você e
pedindo um pedaço de pão ou palavras de consolo. Trincheiras inteiras repletas
de vítimas da gripe. Não conseguimos tratá-las nem curá-las. Deus sabe o que
aconteceria se nosso pessoal ficasse doente! Existe uma pequena esperança
de que alguns rapazes sobrevivam e fiquem bons em alguns dias, apenas
para em seguida entrarem na luta.*

*Mas não quero deprimi-la com esses pensamentos. A paz virá, talvez logo,
se os bárbaros forem rechaçados como os generais dizem que serão. Suas cartas
têm me feito muito bem. Só penso em você e no filho que teremos quando eu
voltar, se Deus quiser! A guerra vai acabar. Eu voltarei. A cortina de fumaça
se dissipará e veremos um ao outro como nos víamos quando éramos jovens.
E estarei em casa.*

Com meu eterno amor,
Nathan

As velhas lições de história da escola pública ficaram longe das pilhas de
escombros da juventude. Armistício. Hoje era o dia 8 de novembro. Os alemães
seriam rechaçados; o *kaiser* logo abandonaria seu posto e o país; a guerra estava
perto do fim, e eu ainda me surpreendia, olhando em torno, que nenhum deles
soubesse! Sem dúvida os documentos estavam repletos de negociações e con-
cessões; certamente a guerra tinha acabado semanas antes e a famosa data de
11 de novembro — a décima primeira hora do décimo primeiro dia do décimo
primeiro mês — era apenas uma formalidade. Mas, não; ouvindo as conversas e
lembrando os cartazes de Bônus da Liberdade nas janelas, percebi que estar tão
perto da paz, do fim de todo esse horror, não era como estar próximo do final
de um romance; não era possível contar quantas páginas ainda faltavam para
acabar. Eles não sabiam. Viviam amedrontados, sem saber que os últimos dias
estavam pairando sobre eles. E a Greta de 1918, recebendo cartas do marido
no mesmo teor dessa, também não sabia. Que logo a guerra estaria terminada.

Eu seguia o fio dos meus pensamentos, mal prestando atenção enquanto
abria a segunda carta e a lia.

— Ruth — sussurrei audivelmente, sem conseguir arrancá-la da conversa. — Ruth!

— Sim, querida.

— Há quanto tempo eu conheço Leo?

— Há um mês, mais ou menos. Comecei a receber flores mais ou menos nessa época. Sabia que na verdade eram para você. — Ela acrescentou que ele tinha sido visto em Patchin Place, olhando para a minha janela. — Tenho medo de dizer isso a você — Ruth falou baixinho enquanto soava a batida de um gongo vindo de algum lugar dos bastidores —, mas o rapaz está muito apegado.

— Ele é meu...?

— Seu namorado, eu diria — e ela continuou. — Seu admirador. Nada mais sério aconteceu até agora.

Mostrei-lhe a carta. A mensagem era breve, e dei um jeito de observar a reação nos seus olhos antes que as luzes diminuíssem e o barulho da plateia aquietasse. Ela pôs a mão sobre a minha e acariciou-a. As coisas de repente tinham ficado mais complicadas do que o esperado. Primeiro um marido amoroso fazendo alusões a seu arrependimento. E agora isso. *Greta*, começava assim.

Jamais me esquecerei da noite em que disse que me amava...

O teatro agora estava tão escuro quanto uma floresta. Um piano começou a tocar uma valsa antiga. À meia-luz podíamos ver a cortina se abrindo diante de algo quadrado e branco, e então, um instante depois, o lençol brilhou com as milagrosas palavras A *Essência da Paixão*. Acontece que eu havia entendido tudo errado sobre a exibição que estávamos vendo e qual seria o papel de Leo. Não era uma peça. Era um filme.

Surgiram pequenas luzes à esquerda e à direita, revelando dois jovens em duas banquetas: uma garota com olhos delineados com lápis cajal, vestindo uma roupa ainda mais antiga do que a usada pela plateia, e Leo, num terno de lã justo, chapéu-coco e sombra nos olhos. Ambos seguravam megafones, e Leo imediatamente levantou o seu e leu o título em voz alta, juntamente com o nome dos atores, um dos quais era uma Barrymore da qual eu nunca tinha ouvido falar. Abriu-se uma cena silenciosa de uma linda mulher caminhando por uma rua de Nova York pavimentada com pedras marrons, sorrindo num dia ensolarado. A garota com vestido de anquinha leu as palavras que apareciam na tela: "Lily Bart tinha perdido o trem das três e quinze para Rhinebeck". Eles estavam ali para ler as legendas do filme, enquanto o piano variava a melodia de acordo com a ação; a moça lia as falas femininas, e Leo, as masculinas. No início pensei que fosse a teatralização do filme, mas depois de um bom tempo percebi o motivo real... e fiquei envergonhada. Não havia nenhum objetivo teatral, era porque a maior parte da plateia não sabia ler.

Um homem apareceu na tela, um homem sarcástico usando uma gravata larga cobrindo o peito, e Leo leu: "Ah, não sou perigoso". Algumas pessoas na plateia riram. Mas eu fiquei olhando para o meu jovem com o bigode pintado.

Tão engraçado sentar, olhar um estranho, e alguém lhe dizer: — Este é seu amante. — Aquele na cadeira? Não, na banqueta, de chapéu. Aah, obrigada, doutor. Parecia estranho o fato de outra versão de mim amar aquele jovem que me olhara abertamente no beco; no *hall* do apartamento da minha tia; um metro e tanto de juventude obstinada.

Não lhe faria nenhum mal, a carta continuava. *Por isso seja boa comigo.*

Levei um instante para perceber que ele tinha me visto. É claro; diferentemente do teatro, aqui a plateia era iluminada pelo brilho do filme; ele podia me ver quase tão bem quanto o víamos. Quem saberia dizer por quanto tempo eu o olhava fixamente? Ou ele a mim? Mas fomos pegos fora dos personagens. Os olhos presos na luz branca do projetor, sem esconder nada. Por isso me diga: Quem éramos nós então?

— ORA, NÃO FOI DIVERTIDO?! — Ruth disse, apressando-se na direção de Leo, quando ele saiu pela porta do palco. — Deveriam fazer isso com todos os livros! Ter você lendo por cima do meu ombro todas as partes masculinas seria bem mais divertido, não acha?

— Desde que escolhesse um livro curto — Leo respondeu, enquanto ela me enviava um olhar que dizia: *Invejo sua juventude, se tivesse a sua sorte e a sua aparência, não hesitaria nem por um instante, a vida é muito curta*, e ele deu uma risadinha intencional e disparou-me um olhar que dizia: *Veja como me encaixo bem na sua vida, veja como seria bom ter-me por perto; tente por um tempinho.* Eles tagarelaram e flertaram. E tudo por uma mulher que não era eu.

Tacitamente ficou decidido que Leo nos acompanharia até em casa, e no caminho comentamos o livro e o filme, que Ruth parecia saber de cor. Eu olhava os carroceiros e os barris de picles e arenque gordo e homens em volta. Sentia os olhos das pessoas em mim, agora no escuro mais do que antes. Ficava imaginando onde meu irmão poderia estar. Sentado ao lado da noiva? Esperando por mim em algum lugar? Pelo menos eu sabia que não estava na cadeia.

— Me desculpe — ouvi Leo dizer, interrompendo o fluxo de palavras da minha tia. — Gostaria de mostrar para as duas algo que acho que vão gostar.

— Do que se trata? — ela perguntou.

— É segredo — ele disse, levantando a sobrancelha com ar brincalhão. — Meu amigo é jardineiro aqui.

Eu ia perguntar "Onde?", porque tinha me perdido (as ruas pareciam ter mudado — ou melhor, ainda não haviam mudado), mas percebi que estávamos justamente no limite do Washington Square Park. Meu coração poderia ter pulado pela boca como um peixe do aquário: eu o vi como ele costumava ser. Sem o brilho das lâmpadas na fonte; sem grupos de esqueitistas, jovens visitantes, velhos *hippies* curtindo uma noite gelada. Apenas os velhos olmos nos quais, dizia-se, eram pendurados os criminosos para serem exibidos ao público. Um pensamento surpreendente: alguém vivo lembrava-se daqueles dias. E havia o arco, chocantemente branco, é claro, mais limpo pela diferença de 67 anos, mais ainda a mesma boca pálida aberta para a Fifth Avenue, e demorei um pouco para perceber que estava faltando uma das estátuas de George Washington. Imaginei que algum escultor ainda a estava cinzelando dentro do prazo estabelecido.

Leo olhou embaixo de uma pedra branca por algum tempo. — Achei! — ele disse, sorrindo, e descaradamente pegou minha mão, levando-me para o lado leste do arco. Ruth nos seguiu, levantando a saia que roçava na grama molhada. Nunca tinha percebido a portinha que existia ali recortada na pedra, ou o minúsculo buraco de fechadura; nunca tinha me ocorrido que o arco não fosse de mármore sólido. Leo enfiou a chave na fechadura e, com um rangido convincente, a porta se abriu para a escuridão. Tudo o que conseguíamos ver eram os primeiros degraus de alguma escada. Leo, com um sorriso cheio de atrevimento:

— Ninguém vem aqui. Ninguém sabe sequer que isso existe.

TRÊS TAÇAS DE VINHO repousavam, agora vazias, sobre a saliência de mármore do arco, ao lado do chapéu de Leo. Aparentemente ele tinha tudo preparado; as taças e a garrafa de vinho tinham sido escondidas na escada lá embaixo. A lanterna estava desligada... — Muito arriscado — Leo sussurrara. — No ano passado, alguns artistas conseguiram a chave para uma festa e foi um inferno. — ... assim, na nossa visita, fomos presenteados com a escuridão, o silêncio e a visão de uma cidade que não era a minha Nova York: fábricas de gás produzindo ondas de vapor dourado; o negro Hudson, como a vitrine de uma joalheria, pontilhado com as luzes dos barcos; ao norte de nós, algumas lâmpadas piscando nos sótãos de criados; as fogueiras dos mendigos brilhando ao sul.

Leo havia se sentado ao meu lado e Ruth tinha se acomodado mais afastada. Eu a vi, as mãos juntas, observando a cidade, estranhamente em silêncio.

— Veja — Leo disse, e ela virou para onde ele apontava. — Ali é o tribunal de justiça. E lá está Patchin Place.

Era mais fácil imaginar do que realmente enxergar, mas talvez houvesse na escuridão um vislumbre dos portões, exatamente entre o tribunal de justiça e a prisão. A luz do poste do nosso pequeno beco.

Ficamos olhando sem dizer uma palavra. No escuro eu podia sentir os olhos do rapaz sobre mim.

De repente, soou a voz de Ruth. — Me contaram uma história — ela disse —, sobre um feiticeiro chinês que queria viver para sempre. Por isso, ele cortou fora seu coração e o colocou numa caixa, escondendo-o num lugar onde ninguém jamais o encontraria. — Olhei para ela para ver a luz capturando o brilho de suas joias. — Agora, onde vocês pensam que ele o escondeu?

Por trás de mim, ouvi Leo dizer: — Não sei.

— Tente adivinhar — ela disse. — Um castelo protegido por um dragão? O pico de uma montanha?

— Eu o esconderia num poço — eu disse.

Ela riu. — Certo, algo assim. Num saco de farinha. O último lugar em que algum jovem herói iria procurar.

— Muito esperto — disse Leo, mais perto de mim agora.

A voz de Ruth ficou mais séria. — Fico imaginando onde Nova York escondeu seu coração.

O silêncio do parque ocupou o espaço que ela deixou.

— Eu imagino — Leo disse suavemente.

Olhei para ele e Leo sorriu abertamente. Aqueles olhos me olhando de tão perto. Ele era realmente bonito.

Eles conversaram um pouco, só os dois, cochichando enquanto eu me inclinava sobre a borda para olhar a cidade. Suas luzes piscantes. Fiquei pensando na outra Greta, que havia enfrentado o mesmo que eu — um marido que se afastara —, só que ela não o tinha perdido. O seu Nathan tinha voltado, tinha ficado, mas eu entendia sua necessidade de ser consolada. Por alguém, talvez alguém muito jovem, que a lembraria de que estava viva. Um jovem ator, as sobrancelhas levantadas, tão evidentemente apaixonado. Por que não? Afinal ela tinha escolhido a descarga elétrica, como eu. Seria tão impossível escolher também a paixão?

Um murmúrio de Ruth:

— Estou com frio, acho que chegou minha hora de partir. Não se apressem, a descida vai levar um tempo com esta saia...

Com uma risadinha, ela passou pelo alçapão, chegando na pequena câmara de tijolos abaixo dele da qual ninguém, em Nova York, suspeitava. Olhei para as luzes uma última vez antes de me virar para ir embora.

Leo tocou meu braço e começou a sussurrar com insistência:

— Greta...

— Deveríamos ir ajudar a Ruth...

— Eu preciso perguntar uma coisa — ele disse. — O que eu significo para você? Quando você pensa em mim.

As luzes da cidade suavizavam seus traços. Os lábios estavam levemente entreabertos, os olhos preocupados. Eu podia sentir o rosto e o peito se aquecendo sob o seu olhar, com seu toque. Pensei no Nathan de 1941 e disse:

— Não vamos falar disso agora...

Sua voz ficou mais grave e ele abaixou o olhar. — Quero saber. Qual é a palavra que você usa para mim na sua mente?

— Não me pergunte agora — eu disse, tentando não olhar para aqueles olhos. Eu compreendi a atração que ela sentia, só que o que ele queria não era eu; era a outra versão de mim. — Mais tarde, me pergunte depois.

— O que eu quero dizer é, quando você pensa "Ah, vou me encontrar com Leo", ele é meu... o quê?

— Não me pergunte isso agora, eu... — voltei à velha frase: — Eu não sou eu mesma.

— Quem eu sou para você, Greta? — ele perguntou.

A escuridão tinha exaurido todas as cores, estávamos nos tons de um filme mudo, o rosto dele parecia asas mosqueadas de uma mariposa cinza. Podia vê-lo arfando tão pesadamente quanto uma máquina com uma carga além da sua capacidade de carregar; podia jurar que ele tinha sofrido em silêncio por tempo demais, tinha prometido a si mesmo que ficaria quieto, não estragaria a noite, mas também que, se ficasse a sós comigo, arriscaria tudo. Em todas as minhas viagens, em minhas ansiedades, eu tinha pensado apenas nos problemas da minha vida. Um irmão que ressuscitara, um marido que voltara, um filho que nascera, mistério após mistério disparando a cada esquina, coisas recuperadas e tiradas novamente; toda a mágica terrivelmente linda da minha vida. Ainda não tinha pensado nisso. Que a vida de outra pessoa dependia de mim.

— Leo — eu disse, tocando sua face. Ele recuou; o rosto afogueado.

Eu ainda não tinha pensado nisso. Que ao chegar nesta época recebera uma arma que meu outro eu tinha comprado, limpado, carregado e posto na minha mão, sem a trava de segurança. Vinte e cinco anos de idade. Bonito, inteligente, com aqueles olhos. O que ele era para mim? Pensei na única coisa que poderia dizer, a única coisa que eu sabia:

— Você é meu namorado.

Ele sorveu a palavra como um homem que está sofrendo e toma um remédio esperando que funcione.

— Você é meu namorado — repeti, e ele me abraçou e rapidamente me beijou. Não ofereci resistência.

Um instante depois, ele recuou e olhou para mim como se procurasse pela tranca que me abriria. Ofegante, o rosto manchado de vermelho, fechou os olhos, e quem sabe o que viu lá? Só sei que me segurou afastada dele e abriu os olhos.

Balançou a cabeça e disse:

— Ah, seu namorado. — Era quase o suficiente. Mas não o bastante, eu podia dizer. O remédio não tinha surtido efeito. Ele me soltou, caminhando até a amurada. — Vamos atrás da sua tia, os degraus são difíceis. — Ele riu para si mesmo.

— O que foi?

A sua mão alcançou o alçapão.

— Não é isso que sou para *você*? — perguntei.

— Não, Greta — ele disse, olhando ao longe, para o leste onde aquelas nuvens de vapor, iluminadas pela luz de gás, elevavam-se como espíritos no céu noturno, em direção às estrelas que eu nunca tinha visto antes na Nova York esfuziante de luz, e que, para vê-las, precisara viajar até Saratoga, num verão, num passeio noturno com minha mãe, olhando para cima e perguntando que nuvem estrelada era aquela. E ela respondera: *É a Via Láctea, querida, é a galáxia em que flutuamos, nunca a tinha visto antes?* E ali estava ela, sobre nós, como jamais seria vista na cidade novamente. Espectral, prateada, a coluna dorsal da noite. Ela não pertencia a este lugar; eu não pertencia a este lugar. Este rapaz que não era meu, em pé junto à balaustrada, de costas para mim, pensando tanto sobre o que eu havia perguntado a ele, esperando um bom tempo antes de respirar fundo e dizer, rindo um pouco: — Greta, você é o meu primeiro amor.

Felix veio me visitar, mas não quis me contar muita coisa sobre seu encontro com a polícia, embora eu pudesse dizer que aquilo tinha mexido com ele. Ele só ficou um pouco, e o tempo todo sentado junto da janela, fumando, olhando os pássaros. — Não contei a Ingrid sobre isso — ele disse. — Não queria preocupá-la. Foi só maldade do policial, mas ela é muito delicada. Ela significa uma chance tão boa para mim. — A luz de outono banhou seu comprido rosto sardento, e fiquei pensando o que fazer com ele. Se ao menos eu lhe pudesse falar sobre sua vida. De repente ele abriu o velho sorriso de que eu me lembrava tão bem e me deu um beijo de despedida.

— Até logo, maninha. Não fique tão preocupada. A guerra tem de acabar logo.

E acabou. Dias depois, naquela semana, escutei as cornetas nas ruas. A multidão gritando: — Acabou! — e saí para ver as pessoas se abraçando de alegria.

A que cena estranha e mágica fui convocada a assistir. Voltei para casa, onde Millie me entregou um bilhete dobrado — Leo queria me encontrar às oito, debaixo do arco —, depois me informou resignadamente que as pessoas estavam se reunindo na casa da minha tia. O apartamento já estava lotado quando fui até lá. De algum lugar vinha o som de um *ragtime*... — *C'mon and hear! C'mon and hear!** — ... competindo com marchas militares que tocavam em outro lugar, e obviamente não dava para conversar em meio ao falatório e às risadas. No sofá, um homem moreno de toga falava a um grupo de moças bem-vestidas reunidas a seus pés; quando eu estava passando, ele beijou cada uma delas na testa e elas desmaiaram. Mais adiante, enfim reconheci minha tia, sentada debaixo de uma luminária ridícula com um Prometeu trazendo o fogo para os mortais (o fogo era uma lâmpada elétrica), seu colar de contas negras voltado para mim, brilhando como uma chuva em cascata. Logo ela se virou e me viu. Sua expressão era uma explosão de alegria. Gritou algo para mim que não consegui ouvir. Gritou de novo. Só entendi na terceira tentativa:

— Está acontecendo! A guerra está acabando exatamente quando você disse que acabaria!

— Eu disse? — Deve ter sido aquela fofoqueira de 1941.

— Você disse 11 de novembro. Na décima primeira hora.

Pensamos que podemos produzir um efeito em cascata na vida, e talvez possamos. Ou talvez, pelo menos no meu caso, não na própria história. Não em grandes acontecimentos, como guerras, eleições e doenças. Como eu poderia ter pensado isso? Uma pessoa tão pequena dentro do vasto mundo. Alguém nessa sala, certamente, poderia fazê-lo em livros, ser objeto de estudo e de artigos. Se tivesse viajado a outros mundos, em outras épocas, as coisas poderiam ter se movido como num terremoto. Algumas pessoas são assim. Tia Ruth, talvez. Mas não a ruivinha Greta Wells.

Tia Ruth inclinou-se; podia sentir pelo cheiro que ela tinha bebido algo mais forte do que vinho tinto. — Minha querida, você é uma profetiza.

Isso eu era, no mínimo. Fiquei imaginando o que mais eu poderia contar a ela, o que seria útil para ela ou outra pessoa que eu conhecesse. Que, sim, a

---

* "Venham ouvir! Venham ouvir!", refrão da composição de Irving Berlin, *Alexander's Ragtime Band*, de 1911. (N.T.)

guerra acabara, mas outra iria começar praticamente dentro de vinte anos — vinte anos! — e que nessa ocasião haveria outros novos horrores? Que a epidemia de agora também acabaria e, da mesma forma, seria substituída em sessenta anos por algo tão mortal quanto? Por que nenhuma Greta do futuro, alguma profetiza ou anjo, não vinha até a minha época para nos dizer que nosso próprio problema acabaria, que os rapazes parariam de morrer aos milhares? Que o mundo se importaria com a doença e a curaria, em vez de zombar dos corpos alinhados para o sepultamento? Onde estava essa mulher? Por que eu tinha sido escolhida por último, a versão final de mim mesma? Certamente havia uma melhor, mais sábia, que poderia nos mostrar como tudo acabaria.

A música gravada parou e o som rascante das vozes subiu inicialmente, depois se quebrou numa onda de murmúrios quando a melodia de um piano começou a tocar. Vi o *barman* de cabelos longos batendo estridentemente nas teclas e cantando. O quê, eu não conseguia ouvir. Ruth inclinou-se para mim novamente, um brilho novo em seu olhar e os lábios abertos para falar. Então, de repente... um som coletivo de alegria:

Johnnie, get your gun, get your gun, get your gun...*

Eu poderia ter chorado. Ao vê-los tão bêbados e aliviados, porque afinal o horror tinha terminado. Que muitos tinham morrido era indiscutível. Mas ninguém mais morreria. Lá longe, na lama, estavam todos salvos.

Take it on the run, on the run, on the run.
Hear them calling, you and me,
Every son of Liberty.**

---

* "Johnnie, pegue sua arma, pegue sua arma, pegue sua arma...", parte de *Over There*, canção composta em 1917, muito popular entre os soldados americanos nas duas guerras mundiais. Era uma música de propaganda para motivar os jovens americanos a se alistar no exército e lutar contra os "bárbaros". (N.T.)
** "Pegue-a correndo, correndo, correndo. / Ouça que estão chamando, a mim e a você, / Todos os filhos da Liberdade. (N.T.)

Aquele que vendia pão, o que adestrava cães, o *barman*, o garçom. Todos os que foram para a guerra, certamente para morrer como os outros tinham morrido, estavam voltando para casa! Estavam salvos. Ah, o pensamento deles sendo salvos. Eu precisava me afastar de Ruth. Os soluços estavam incontroláveis, o choque que sentira no Halloween e vira os rapazes, o pensamento de que outros viriam para casa. Que tinha terminado. A ideia de um horror chegando ao fim, como eles poderiam saber que eu compreendia? Que eu nunca tinha pensado que poderia ver um dia como esse? Os meninos estavam salvos.

Over there, over there,
Send the word, send the word over there,
That the Yanks are coming, the Yanks are coming,
*The drums rum-tumming everywhere.**

Um velho bêbado vestindo um robe chinês comprido estava batendo no peito. Duas jovens o abraçavam; certamente eles amavam alguém. Os mesmos soldados voltariam para casa, sem falar jamais do que tinham visto, e se casariam com aquelas moças e criariam seus filhos, e eles mandariam essas crianças para a guerra mais uma vez. Novamente contra a Alemanha. E estaríamos aqui, outra vez, neste salão, cantando a mesma canção. Fiquei ali, atônita, diante da loucura disso tudo.

We'll be over, we're coming over.
*And we won't come back till it's over over there!***

FELIX SÓ CHEGOU MAIS TARDE, e quando o vi rindo em sua sobrecasaca e segurando uma cartola, senti meu coração disparar, ridiculamente, como um cachorro deixado sozinho por muitos dias... — Felix! — ... e ele me olhou curiosamente. Ele já estava corado pelo vinho, do queixo até o cabelo bem penteado, e parecia

---

* *"Para lá, para lá / Envie a mensagem, envie a mensagem para lá, / Que os yanks estão chegando, os yanks estão chegando, / Os tambores rufam / em todos os lugares."* [N.T.]
** *"Iremos para lá, estamos indo para lá. / E não voltaremos até tudo terminar por lá!"* [N.T.]

mais frágil do que nunca. Uma rosa branca murchava presa na lapela. Puxei-o para mim. Mas assim que comecei a falar com ele percebi que estava enganada; ele não havia acabado de chegar, tinha estado aqui por algum tempo, escondido no meio das pessoas, e naquele momento estava saindo. Felix disse que estava indo a outra festa.

— Vou com você — eu disse.

— Não desta vez, maninha — ele disse, ficando vermelho. — Não é uma festa para senhoras casadas. — É claro que era mentira.

Eu ri. — Posso fazer o que quiser.

Isso o surpreendeu. Ele tinha retirado a rosa da lapela e a desfazia com os dedos, deixando as pétalas caírem numa tigela. Meu comentário o fez parar. — Sei que isso parece loucura vindo de mim, depois do modo como agi nos últimos anos — ele disse, rindo, depois ficando sério. Coçou o queixo. Podia ver que estava escolhendo as palavras. E então disse algo realmente notável: — Mas quero que pense na reputação da nossa família. Daqui a dois meses vou me casar com a filha de um senador. Eles são sensíveis com relação a essas coisas.

Perguntei-lhe do que estava falando.

— As pessoas aqui estão cheias de ideias — ele disse significativamente. — Amor livre. Outras coisas. Não caia nessa, acredite em mim. Vá por mim, Greta.

Uma mudança no clima, e somos uma pessoa diferente. A divisão de um átomo, e mudamos. Por que eu deveria esperar que meu irmão fosse o mesmo que eu conhecia? Um espírito livre, corajoso, egoísta, tolo, bebendo e fumando e rindo demais, exibindo os dentes da frente separados? É preciso tão pouco para nos fazer pessoas diferentes!

Quem saberia por quais situações este Felix tinha passado? Que dia nublado, ou nevasca, ou átomo deslocado o tinha transformado neste conformista-zinho? Noivo da filha de um senador, falando sobre reputações, meu irmão, que uma vez teve vestidos de lantejoulas pendurados em seu *closet*? E agora era impossível mudá-lo? Ou era tão simples como se outro átomo se virasse, desta vez na minha direção?

— Você enlouqueceu — eu disse, depois acrescentei corajosamente: — Neste momento você está indo para uma festa que gira em torno de sexo.

Ele ficou vermelho novamente, dessa vez de raiva. — Estou indo para um evento político de alto nível. Repleto de homens de altíssimo nível.

Diante disso, eu ri, e ele sorriu para mim e, sem dizer mais nada, foi embora. Ele estava mentindo para si mesmo, ou apenas para mim?

Fiquei na festa por mais tempo que imaginara — principalmente porque os recém-chegados tinham bloqueado a saída — e porque afinal sucumbira à folia dos bêbados, tomando uns goles do "ponche Versalhes" que minha tia agora estava servindo, uma bebida terrivelmente doce feita com champanhe francês, gim inglês, limões americanos e licor de mel alemão. Parte dele tinha ido parar no tapete persa, e suponho que a empregada não comemoraria o Dia do Armistício de amanhã. Passei um bom tempo conversando com um bonito professor barbudo, vestido com um terno azul acinturado, que falava sobre a necessidade de um sistema nacional de saúde. O piano ainda soava — dessa vez com uma moça cantando uma canção de amor desconhecida para mim —, e a bebida me fazia rir e piscar para todo mundo. Olhei para o relógio sobre o console da lareira.

— Ruth — eu disse, indo na direção dela. Havia agora um cheiro muito familiar que eu associava com a minha época, e percebi o *barman* com uma moça de vestido longo verde, bordado com margaridas, passando um cigarrinho. Minha tia se apoiava num relógio de pé, e seu colar balançava em sincronia com o pêndulo. — Ruth, estou indo embora — eu disse.

— O quê, agora?

— É por causa do ator.

— Sim? O quê? — ela perguntou, depois deixou que minhas palavras penetrassem sua mente alcoolizada. Ela franziu a testa. — Você sabe que ele vai ficar muito triste.

— Estou bem, posso lidar com ele.

Ela inclinou-se para trás, os olhos grandes piscando. — Os soldados estão voltando para casa.

— Sim, sim...

— Minha querida menina — ela disse, levantando as sobrancelhas e aprumando a cabeça —, Nathan está voltando para casa.

ELE ESTAVA LÁ, debaixo do arco: uma versão amarfanhada do jovem que eu tinha visto algumas noites antes. Aqueles olhos não tinham dormido, e o rosto jovem não vira uma lâmina; ainda assim, Leo, sempre um ator, estava lá em pé, confiante, sob o arco, as mãos nos bolsos enquanto olhava o parque em torno. Uma névoa fina criava um halo nas luzes por trás dele. De todos os lados vinham sons de confraternização e espingardas disparando, e de algum ponto invisível chegavam as marchas tocadas por uma banda, ao vivo ou numa gravação, em volume mais alto do que o necessário. Olhando para Leo debaixo do arco, pensei que talvez ele fosse a única pessoa em Nova York para quem a paz seria uma infelicidade.

Entrei na área iluminada, ele me viu na mesma hora, e supus que daria um passo atrás, de amargura, como um homem num duelo. Entretanto, ele sorriu.

— Greta, você veio.

Eu me encolhi e me enrolei no xale. — Minha tia estava dando uma festa, a cidade inteira enlouqueceu.

— Eu sei — Leo disse, concentrado. — Meus vizinhos estão atirando um prato atrás do outro na parede.

Eu ri. — São notícias maravilhosas.

— Sim — ele disse, abaixando o queixo mas mantendo o olhar em mim. — Você sabia que ia acontecer. — Eu não disse nada. Ele continuou: — Mas fingimos que nunca aconteceria.

O sorriso havia desaparecido. Ele pôs as mãos de volta nos bolsos, levantou o queixo e me olhou. — Soube dele recentemente? — perguntou por fim.

— Uma carta, nesta semana.

— Então ele está bem?

Percebi um pouco horrorizada o que Leo estava me perguntando. O quanto o amor pode ser egoísta, embora nunca pensemos nele desse modo. Pensamos em nós como heróis, salvando uma grande obra de arte da destruição, correndo em meio às chamas, retirando-a da moldura, enrolando-a e escapando através da fumaça. Achamos que somos generosos. Como se a estivéssemos salvando para outros que não nós mesmos, e o tempo todo não nos preocupamos com o que está se queimando, desde que esse quadro esteja a salvo. Por nós, a galeria toda pode virar cinzas. Que aquele amor precisa ser resgatado, além de toda lógica, revela a loucura no seu âmago. Veja o Leo, tão bom e carinhoso. Olhe para ele. Perdoe-o por ter esperado que meu marido estivesse morto.

— Não, ele está vivo — eu disse seriamente. — Está voltando para casa. Talvez venha cuidando dos feridos.

Ele balançou a cabeça. — É claro. Quando você acha que eles vão voltar? Os soldados?

— Não sei. Realmente não sei.

— Andei perguntando — ele disse, engolindo em seco. — Soube que alguns voltarão em poucas semanas. Outros, talvez no Natal, quem sabe em janeiro.

— Pode ser. Tenho certeza de que ele me escreverá assim que souber.

— É claro.

Fez-se um silêncio em que era possível ouvir o assobio de um rojão descendo. Quando Leo se virava para mim, dava para ver como a névoa tinha umedecido seu rosto. Seu olhar tinha uma sombra raivosa. Muito perigoso quando se trata de alguém apaixonado. É como ficar parado ao lado de um tigre.

— E agora, o que acontece? — ele perguntou.

— Não sei.

Uma pequena centelha de fúria. — O seu marido volta, e o que vai acontecer? Uma vez você me disse que sempre poderia me ver. Como vai ser isso? Você quer dizer quando ele for trabalhar? Ou viajar? É isso que tem em mente?

— Eu... suponho que sim, realmente não sei.

— Seu namorado — ele disse, não com amargura, mas resignado. — O que há de errado no seu casamento para você estar aqui comigo?

Por causa de Nathan, pelo que ele fez. Ela está tão solitária. — É uma noite muito emotiva. Não consigo lhe dizer nada agora.

Leo não estava ouvindo: — Você não o ama de verdade, não pode. Na outra noite, pensei que tivéssemos tempo e talvez você devesse deixá-lo. Assim pensei, ao diabo com tudo, eu a amo.

— Isso é lindo, Leo.

Ele levantou a cabeça num repente. — Mas você não vai deixá-lo.

Em algum lugar, um grupo de homens começou a cantar uma velha canção de guerra.

— Não, Leo — eu disse. — Não vou deixá-lo.

Quem sabe o que se passa na cabeça dos outros? Ficamos debaixo do arco, à distância de um passo um do outro, mas tão longe quanto se houvesse uma fronteira nacional entre nós. E ele não se mexia, só olhava para mim, os olhos repassando cada parte, uma por uma, mãos e braços, cada detalhe do meu rosto e do meu cabelo. Não havia nada de mim que ele não estivesse vendo, agora. Sorri, mas ele não retribuiu. Leo apenas ficou lá e me internalizou. Quem sabe que batalha se travava dentro dele? Ela prosseguiu, silenciosamente, por alguns segundos, mas tenho certeza de que foi uma luta longa enquanto ele inventariava a mulher que amava, os pedacinhos dela que ele não podia viver sem, as palavras que disse, as promessas e mentiras e verdades, a esperança que ela lhe dera antes que um lado vencesse afinal. Ele piscou três vezes e balançou a cabeça.

— Então, adeus — ele disse e se foi, caminhando entre as árvores.

NÃO PARECIA NADA além de névoa, mas quando cheguei vi que me molhara, e meu casaco preto e o absurdo chapéu com véu estavam enfeitados com pequenos diamantes. À minha volta os grupos começavam a se reunir, como no Halloween, só que dessa vez com roupas comuns. Moças bonitas estavam por toda a parte, talvez levadas pela impressão enganadora de que os soldados estariam mágica e instantaneamente em casa, e homens idosos tinham vestido seus trajes militares para ficarem juntos fumando cachimbo nas esquinas. Eu queria gritar: — Não se esqueçam disto! Vai acontecer novamente! Vocês vão deixar que aconteça! — porque é claro que eles iriam deixar, esses jovens exultantes; algum dia seriam eles os velhos soldados nas esquinas, fumando cachimbo, aprovando uma nova guerra. Pareceria boa e justa. Certamente para mim também. Não poderia detê-la, mas queria que eles se lembrassem disso, do horror que enfrentariam. Não para festejá-lo.

E, ainda assim, como poderiam eles deixar de fazê-lo? Como poderia eu não ser atraída pela comemoração? As moças nas ruas, com os vestidos úmidos, mas não seus espíritos, segurando garrafas de uísque para oferecer aos passantes, que davam grandes goladas como se não houvesse uma epidemia de gripe, os meninos maltrapilhos correndo por toda a parte, sem saber bem o que estava sendo comemorado, esperando nas esquinas com os chapéus estendidos pedindo uma moeda — nossos futuros soldados —, e bêbados de toda espécie, cartolas e chapéus-coco amassados, cantando canções que eu não conhecia, apoiando-se nas balaustradas e postes num mundo que oscilava, e então, fogos de artifício! Eles espiralavam centelhas e produziam mais barulho do que luz, assobiando bruxuleantes sobre a cidade, e que profetiza cruel poderia gritar que outra guerra estava por vir? Quem se atreveria? Talvez eles soubessem. Há sempre um outro futuro, como havia mesmo agora, enterrado na poeira pelo meu pé, a semente do carvalho que iria rachar a calçada. Tenho certeza de que na minha própria época, quando chegasse a cura para a peste da minha época, alguma profetiza má estaria lá, enquanto comemorávamos nas ruas, para gritar: — Seus tolos! Outra está a caminho! Vocês não vão se lembrar! — Mas ela estaria errada. Os humanos lembram-se de tudo muito bem; somos assim, e sofremos por isso. É a arte de viver, ao beber e dançar e amar, para esquecer. Então deixe-os, Greta. É a guerra deles, não a sua.

Tinha ficado chocada com o que Leo fizera. Desaparecer tão rapidamente entre as árvores pretas e gotejantes. Mas certamente eu tinha chegado no fim da conversa, longa, que ele tivera comigo a noite inteira — sem que eu estivesse lá —, na qual ele repassara tudo o que eu havia dito como se fosse novinho em folha, talvez fizesse discursos em seu quarto apertado em que me persuadia a deixar Nathan ou estabelecia regras para o nosso caso quando meu marido voltasse, e outros implorando e destilando raiva e perdão. Tenho certeza de que Leo ensaiara todas as formas de dizer essas palavras. Afinal, ele era um ator. E assim, quando me viu, ele já tinha passado por toda e qualquer conversa possível. Estou certa de que ele próprio não sabia, mas só estava esperando por uma resposta. E eu a dei. E ele viu que não havia mais necessidade de apelos ou discursos — já os tinha dito, em todos os tons — porque eles não iriam mudar nada. E ele disse adeus, a única coisa que não ensaiara para dizer.

Bem, o que está feito, está feito, pensei. Para o melhor, imaginei. Ainda assim... senti a dor da solidão. Cada Greta tinha encontrado alguém para consolá-la. E eu voltaria para o quê? Para a mesma solidão? Os mesmos meses sem tocar outra alma? A única promessa que tinha, em todas essas viagens, era a que elas tinham feito para mim: um marido para me abraçar à noite. Um amado para roubar um beijo debaixo de um arco. Que não fosse realmente meu marido, ou meu amado de verdade que me havia me deixado — no final, tinha alguma importância?

Eu ouvia a festa ferver na casa de Ruth, mas não estava com disposição para isso. Pensei talvez em me deitar. Era desgastante, tudo dando errado.

Abri a porta da frente, e lá estava Millie, o rosto turvo de lágrimas por alguma preocupação pessoal — um rapaz, é claro —, mas eu não estava a fim de descobrir (provavelmente a patroa nunca estava), por isso pedi a ela para fazer um bule de chá de camomila e eu me arrumaria para deitar. — Amanhã, tire folga — eu lhe disse. — É feriado em toda parte — ao que ela agradeceu, obrigada, senhora, mas já era o dia de folga dela, mas não era verdadeiramente grandioso? Ver os rapazes voltando para casa? Sim, eu disse, jogando a roupa no móvel com suas absurdas gavetas divididas. A cama estava milagrosamente quente — como poderia? — e então senti, nos pés, a garrafa de água quente que Millie deveria ter posto telepaticamente. Ou, talvez, rotineiramente. Era delicioso ter supridas necessidades que eu nem sabia que tinha.

O chá estava ao meu lado, acompanhado de dois biscoitos leves que se dissolveram na boca como areia. Dei um piparote no lampião a gás, e o quarto ficou violeta, exceto pela vela da minha cama, ofegante como um cachorrinho. E ela se apagou — mas meus pensamentos tinham acendido outra vela em meu cérebro.

Felix não era o meu Felix aqui. E Nathan não estava. Que consolo tinha restado? *Estou tão só*, eu havia dito certa vez para tia Ruth. Parecia que isso era uma verdade em dois mundos agora. Senti o sono chegar, as folhas mortas do meu pensamento empilhando-se por trás dos meus olhos, então...

Uma batida forte na porta. Ouvi alguém tropeçando no corredor. Da janela: o som da festa do armistício irrompia por todos os lados. Peguei um penhoar e fui para o corredor.

Diante da porta aberta do meu apartamento: tia Ruth. Cintilando em suas contas negras e, no ombro, um papagaio branco. Completamente bêbada. A fala arrastada e um olho semiaberto:

— Ele voltou. Ele não quer nada além de você. Se eu fosse jovem, iria com ele neste minuto, e é o que você vai fazer. Eu não o teria para mim de qualquer maneira. — Para a moça atrás de mim: — Millie, não vá fofocar. — Para mim: — Vamos nos divertir enquanto podemos, está certo? Vista-se e vá, agora! Vá antes que tenha a chance de pensar. — E ela desceu cambaleando pela escada, não antes que o papagaio falasse duas vezes, cacarejando uma risada, olhando para mim: — Beba! Beba! — Ouvi a festa rugir escandalosamente quando ela entrou em seu apartamento.

Lá, sob a luz da rua, apoiado nos tijolos e segurando uma garrafa de vinho: um Leo sorridente. Por que estava sorrindo?

O coração só ouvirá um som. Um "não" passará despercebido, e um "adeus" será ouvido apenas como um adiamento da esperança; o futuro está ileso, empurrado por acontecimentos, mas intocado por eles, porque o coração enxerga apenas um futuro perfeito com o objeto do seu amor, e ouve somente as notícias desse futuro. O resto, como se diz, é ruído. Só consegue ouvir um som. Existe somente "sim".

Ele levantou a garrafa em saudação e encolheu os ombros como para dizer: O que você esperava? O prisioneiro na cela gritou em louvor à paz, e de uma janela choveu papel picado, que se espalhou no nosso caminho e pousou em seu cabelo. Olhando para mim, alguém. *Você devia ter esperado. Você a teria tido, aquela que o ama. Esta noite: ela tem Nathan, e você tem a mim.* Sorri para ele da porta, lembrando-me de que em meu mundo eu era uma mulher solteira e solitária. *Que assim seja.*

Não na casa dele, mas na de um amigo — um sujeito chamado Rufus que encontramos num bar —, que estaria vazia naquela noite. Achei que estava muito bêbada, mas aceitei mais champanhe quando Rufus me ofereceu. Depois, rumo ao apartamento. Cinco lances de escada acima, uma fechadura dupla confusa que precisava de uma manobra e de um tranco do quadril, e estávamos lá dentro, a luz acesa, e começamos a rir. Como não rir? Lá, esticada a partir de todas as portas, maçanetas e puxadores, estava uma teia de varais e, nela, todas as peças de roupa que Rufus possuía, úmidas e penduradas para secar. Meias absurdamente longas e camisetas sem mangas, todos os itens ocultos do vestuário masculino do início do século XX estavam lá para me divertir. Colarinhos enfileirados, livres de suas camisas, e punhos também. Acessórios compridos de lã pendiam como homens enforcados. — Ah, Deus — Leo suspirou, e mergulhou sob um varal, sua cabeça surgindo com um sorriso. Ele me ofereceu a mão e eu mergulhei também, e desbravamos nosso caminho até o meio do quarto. — Ainda temos tempo. Vamos embora. Meu pai tem uma fazenda ao norte daqui, vou levá-la para lá, poderíamos apenas cozinhar, dormir e andar na neve. — Ele me ofereceu um último gole de champanhe e eu o bebi. O quarto era escuro, mas olhei em volta e vi como as luzes da rua brilhavam através dos lenços, iluminando-os como lanternas chinesas penduradas, brilhando em torno de nós. Estranho como a vida breve vale a pena. Beijei-o ali, com as luminárias de roupas nos varais, não parecendo nem um pouco um quarto, mas um parque agradável à noite, com luas suspensas. — Ah — ele disse, enquanto minhas mãos moviam-se naturalmente, afinal, sou uma senhora do século XX. — Ah, espere, ah, não. — Ele lutou nos meus braços, depois cedeu. Suponho que deveria ter me ocorrido que estávamos em 1918 e ele ainda era virgem.

14 DE NOVEMBRO DE 1941

ACORDEI, ALGUNS DIAS DEPOIS, COM UM NATHAN ADORMECIDO AO MEU LADO, sua cabeça tão imóvel e bonita como se esculpida em pedra, e fiquei ali olhando para ele por um longo, longo tempo. Dormindo tão calmo ao meu lado: um marido, um pai. O rosto eriçado com a barba do novo dia, o nariz marcado pelos óculos que repousavam na cabeceira, os lábios ligeiramente abertos num sonho. Nossos corações são tão elásticos que podem se contrair numa ponta de alfinete, nos permitindo horas de trabalho e de tédio, mas se expandem quase infinitamente — enchendo-nos como um balão — para vivermos aquela hora única em que esperamos a pessoa amada acordar.

Afinal ele despertou: vi, na luz difusa, seus olhos brilhando ao olhar para mim, os lábios abertos num sorriso. — Como está se sentindo...? — ele perguntou. Eu respondi que me sentia ótima. — Poderíamos...? — ele perguntou, levantando minha camisola com uma das mãos e abrindo os dedos. Beijei-o e disse que sim.

E depois, quando ele se levantou para ir ao banheiro enquanto eu permanecia estendida na cama, pensei em como eu acordaria no dia seguinte, ao completar seis sessões. Quem me esperava lá? Nem irmão, nem amante, nem marido. Não tinha sido capaz de consertar aquele mundo, mas talvez tivesse sido trazida aqui para consertar este. Para ouvir o som familiar de Nathan bocejando e suspirando no banheiro ao lado. Tinha tão pouco tempo. Os japoneses já estavam codificando mensagens, fazendo planos, e eu o perderia também...

15 DE NOVEMBRO DE 1985

ACONTECEU DEPOIS DA MINHA ÚLTIMA CONSULTA COM o doutor Cerletti.
— Você vê que realmente não existem efeitos — ele disse, simpaticamente, ajustando seus óculos de meio aro —, exceto uma recarga do espírito.

Mais uma vez a enfermeira sorriu para mim com seus olhos sombreados de azul e o cabelo com permanente, e de novo os ruídos da Nova York do fim do século se fizeram ouvir do lado de fora: as buzinas, os gritos, os grandes rádios portáteis repercutindo as batidas da minha vida. Certamente algum viajante de outra era chegaria aqui e acharia tudo tão singular e retrógrado quanto eu em relação a meus outros mundos. Tão estranho como agora eu sentia o meu próprio eu.

Eu disse que não, nenhum efeito. De fato, acrescentei, eu devia interromper nossos pequenos encontros. Quem mais fora atingido por um raio, não duas, mas 25 vezes? Vi sua testa se franzir de preocupação e fui embora rapidamente.

De volta ao meu apartamento, procurei entre os discos algo que acalmasse a minha mente. Dylan, Pink Floyd, Blondie e Velvet Underground, até que afinal eu o encontrei. Pus o prato para girar, levantei o braço com a agulha e coloquei-a na faixa.

C'mon and hear! C'mon and hear! Alexander's Ragtime Band ...

Aquela noite, eu iria dormir, como sempre, pensando na vida para a qual eu voltaria. O jovem Leo me esperando naquele mundo. Nathan no outro. Sorri diante da estranheza de tudo aquilo. Esta era a mulher que eu sonhava em me tornar quando crescesse?

Fechei os olhos e fiquei olhando enquanto um pequeno fogo-fátuo azul subia, piscando, dividindo-se em dois, em quatro e em oito, formando uma teia para me arrastar do meu mundo, de volta para 1918...

Mas não acordei em 1918.

Parte Dois

NOVEMBRO

A

DEZEMBRO

4 DE DEZEMBRO DE 1985

A LÔ, *GRETA. É O NATHAN.*
Começava a voz na secretária eletrônica.

Três semanas haviam se passado desde a minha noite com Leo, e eu tinha sofrido uma estranha falha técnica antes de ouvir aquela mensagem em 1985. Eu conseguia imaginar claramente Nathan: sentado em sua poltrona vermelha, vestindo uma malha marrom, cheirando à fumaça de cachimbo, alisando a barba antes de reunir coragem para me telefonar. *Foi ótimo ouvir sua voz outro dia, estou contente por você estar bem. Adoraria almoçar com você, mas acho que tenho de enfrentar uma batalha com Washington. Rumo à guerra! Quando eu voltar, lhe telefono. É muito bom estarmos em contato novamente. Até logo.*

Fiquei lá no *hall*, olhando o aparelhinho com sua luz piscante. Outra Greta tinha estado manipulando minha vida enquanto eu estava fora. Nada além, é claro, do que eu andava fazendo com a vida delas. Como eu desejava que as coisas voltassem a ser o que eram.

Deixe-me voltar para a primeira manhã em que percebi que alguma coisa não tinha corrido bem.

✳   ✳   ✳

EU TINHA ACORDADO, três semanas antes, para descobrir algo errado. O dia anterior tinha sido quando o doutor Cerletti inclinara-se sobre mim, em 1985. O dia seguinte: — Bom dia, querida, como está se sentindo? — Nathan, novamente. Meu braço engessado, 1941 em vez de 1918.

— Está errado... — comecei, mas é claro que não podia dizer o resto.

Ele franziu a testa e perguntou:

— Alguma coisa errada? Foi a sessão?

Vamos embora. Meu pai tem uma fazenda ao norte daqui. Ela tinha partido com Leo, e a garrafa de Cerletti não tinha sido usada.

O que aconteceria se uma de nós perdesse a sessão? A resposta era esta: aquela porta se fecharia. Nossa jornada era como uma linha circular de metrô, e se uma de nós perdesse uma sessão — se uma estação estivesse em obras —, bem, o trem passaria direto. Aquela Greta tinha saído. Assim, as outras duas só podiam trocar de lugar até ela voltar. Eu não podia explicar a Nathan que as Gretas estavam fora de sincronia, fora da sequência: três contas falhadas num fio.

— Nada, querido, estou bem. Parece que Fi já se levantou.

— Ela faltou no Cerletti — contei a Ruth no dia seguinte, quando acordei novamente em 1985. — Só posso vir para cá e ir para 1941 até ela voltar.

— Me conte sobre seu filho.

Minhas viagens eram uma fonte inesgotável de fascinação para minha tia. E eu lhe contei como ele lambia o dedo e o mergulhava no açucareiro quando ninguém estava olhando, formando torrõezinhos, o Pó da Invisibilidade que o Tio X lhe tinha dado e que ele ainda tentava usar em si mesmo, embora já tivesse acabado havia muito tempo. — E Nathan deve ficar engraçado sem barba — ela disse sorrindo. Mas eu sentia, embora ela nunca perguntasse, que, como qualquer um de nós, ela estava realmente procurando por pistas a respeito dela mesma. Eu cuidadosamente evitava esse assunto e seguia falando sobre a senhora Green andando a passos largos em volta da casa como a empregada de um conto gótico.

— Parece — ela disse — que você sente falta dos dois mundos.

E assim segui alternando para trás e para a frente — a sessão de quarta me mandando na manhã seguinte para 1941, a sessão de quinta me despachando de volta para 1985 —, fazendo uma comida para meu marido e meu filho, caminhando pela minha outra vida solitária, acordando todas as vezes tentando imaginar quando ela voltaria, quando voltaríamos todas ao padrão. Não sabia que sentiria tanta falta disso. Não esperava ter tanta inveja de sua vida.

Eu TINHA LIDO O DIÁRIO QUE GRETA havia deixado daquele tempo que ficara separada de nós. Tinha visto os bilhetes de trem, os recibos de bagagem entre as páginas. E foi assim que imaginei o tempo que tinha passado com Leo, a quem ela amara:

Tinham tomado um trem para Boston, os avisos do tempo da guerra aconselhando a não viajar desnecessariamente ainda espalhados por toda a parte. Em Boston, a espera de quatro horas por outro trem, quando eles vagaram pela cidade coberta de neve e compraram uma aliança de ouro barata para ele numa loja de penhor, para evitar perguntas mais adiante. Quando chegaram à estação de destino, desembarcaram num pátio encascalhado onde havia um barracão pequeno, sem nada além de um fogareiro a lenha para os funcionários da ferrovia, que olhavam para eles com má vontade. Ele soprava as mãos frias e sorria até que, finalmente, apareceu um trenó puxado por um cavalo acinzentado e velho, como uma visão extraída de um romance russo. Seguiram através da neve, juntinhos, bebericando café, sentindo as mãos um do outro escondidas nas peles, nos casacos e nas luvas. O céu era uma flanela cinza, as árvores passavam como numa gravura sem fim. Não havia animais. Nem casas, nem pessoas.

Era uma pequena casa de pedra, onde se viam apenas um fogão, uma lareira e uma cama com almofadas à guisa de sofá. A casa se fundia a uma longa parede de pedra feita com os pedaços das rochas que os fazendeiros tinham amaldiçoado por séculos, e cruzando-a podia-se ver outra casinha, com uma janela estilhaçada, na qual apontava a cabeça branca de um *sheepdog*, olhando a estrada a distância. — O que é que ele está procurando? — ela pensou em voz alta, e o cocheiro quebrou seu silêncio para responder:

— Seu dono. Ele não se interessa por mais ninguém. — E balançando a cabeça os fechou dentro da casa. Junto da porta havia uma sacola de mantimentos que ele devia ter trazido mais cedo; Leo foi até ela e tirou de lá uma salsicha que começou a mastigar alegremente. Dava para ouvir as patas do cavalo batendo na neve. Ela ficou olhando aquele cenário silencioso de inverno. Assim que se virou, Leo começou a beijá-la.

Ela escreveu no diário que eles viveram, por um curto espaço de tempo, no paraíso dos amantes. Fora o fogo, não havia nada para fazer, além de alimentar o fogão e cozinhar nele, abrir a mesa presa com dobradiças à parede, e preencher a cama macia. Acima dela, uma janela comprida deixava entrar a escassa luz azulada do inverno, e enquanto seu jovem amante dormia, Greta apoiava-se no cotovelo e olhava para o *sheepdog* lá fora, enquanto ele mesmo olhava para a estrada.

— Gosto dos seus olhos — ele disse num lapso de inocência. — Gosto das linhas ao redor deles.

Ela riu. — Não sei se esta é a coisa mais apropriada para se dizer.

— Por que não? Eu realmente gosto delas.

— Elas não passam de um sinal da minha idade.

— Certo, e o que dizer dos sinais de como sou jovem? Não me diga que não gosta deles — disse, sorrindo maliciosamente e puxando-a para junto dele.

Falaram coisas sem sentido, e ela deixou que Leo falasse de coisas impossíveis, porque algo ligado ao seu isolamento, à neve e ao fogo dizia que até coisas impossíveis podiam ser mencionadas. Como mudarem juntos para o Brooklyn, para uma casa, com um cachorro do tipo que ele gostava. Ele disse isso estendido no chão diante do fogo, olhando para as vigas do teto. — E um jardim para você, atravessado por um caminho que dê para um palquinho, onde nossos amigos possam cantar quando estiverem bêbados. — Não tinham vinho, mas havia a claridade do luar que ele bebericava; ela não podia porque lhe dava dor de cabeça. — Teremos uma faxineira italiana e ela vai nos roubar! Mas vamos adorá-la — ele disse, ainda olhando para cima. Ela contemplou seu rosto macio, o corpo esguio enrolado num cobertor, acabando em duas meias pretas e gastas. — Luz elétrica, um fogão elétrico e uma babá para... bem, primeiro uma faxineira. — Ela olhou pela janela para o cachorro, e pôde sentir o olhar dele em suas costas nuas. Talvez ele tivesse falado além da conta.

Embora tivesse visitado dois mundos naquelas semanas, vi apenas uma versão das pessoas que conhecia. Um Nathan dando nó na gravata na frente do espelho. Uma Ruth, caçando o canário pelo apartamento. Um Felix, deixando-me num táxi para ir jantar com Alan. Como era estranho — banal — achatar meus mundos desse modo. Um almoço com Felix se destaca: num restaurante alemão, e eu estava atrasada. Felix já estava sentado a uma mesa coberta com uma toalha manchada, batendo papo com a garçonete gorda e feliz, o cabelo trançado como uma lustrosa *strudel*. Nas outras mesas, os homens inclinavam-se protetoramente sobre suas canecas, como se soubessem que Pearl Harbor seria atacada dali a apenas duas semanas e que alguns seriam levados para interrogatório. Apenas porque tinham nascido do lado errado. Mas é lógico que eles não sabiam. Só eu sabia.

Felix reclamou que nunca me via, sempre tão ocupada com Fi e Nathan. — Felix — eu disse, surpreendendo-o. — Felix, preciso que me diga uma coisa agora, antes que falemos de qualquer outra coisa.

Ele se curvou, apoiando-se numa das mãos.

— Não estou aqui para falar de mim. É com você que estou preocupada. Você o ama? — perguntei.

— Greta! — ele exclamou, depois olhou para o prato. Eu lhe disse que sempre soube e que não me importava. Não fazia diferença para mim.

Ele levantou os olhos para mim. — Greta, pare — ele sussurrou severamente. — Não vim aqui para ouvir isto. Vim...

— Não tenha medo de mim. Seja você mesmo, por favor, Felix. Passei por muita coisa para acabar perdendo você.

— Chega, Greta. Quem está falando não parece você.

— Eu o conheço, Felix — eu disse enquanto ele punha o guardanapo no colo. — Conheço você. — Mas então um grupo de cantores alemães ficou ao nosso lado, agitando suas canecas e balançando em uníssono, a garçonete gargalhando. Em seus paletós marrons surrados e chapéus gastos, os rostos vermelhos e cansados, os imigrantes da terra natal do nosso pai nos cercaram com sua música de boas-vindas ao verão e ao sol, e eu e meu irmão não pudemos fazer outra coisa além de ficar ali sentados, ouvindo.

*Ohhh, willkommen, willkommen, willkommen Sonnenschein...**

E, EM 1985, um almoço com Alan.

Falamos do outono, e de Felix, é claro. Conversamos a respeito das minhas sessões, da programação dos seus remédios e seu afastamento do trabalho. Como era engraçado vê-lo, depois de outro almoço em que ele era um completo

---

* "Ohhh, bem-vinda, bem-vinda, bem-vinda luz do sol..." (N.T.)

executivo em seu terno azul impecável. Agora: camisa de *cowboy* novamente, em tons de cinza desta vez, e *jeans* surrados; as veias pulsando nas têmporas sob a curta cobertura de cabelo prateado. Uma bengala ao lado da cadeira. Como devia ter sido lindo quando jovem.

Falamos de festas de tempos atrás e rimos delas. Conversamos sobre como ele cedera em relação a seu novo interesse e o vira com mais frequência do que deveria. Ele estava bebendo vinho novamente. Mas o que me lembro mais dessa ocasião em 1985, antes que eu voltasse a viajar novamente, o que me recordo daquele almoço com Alan foi uma história que ele me contou sobre Felix.

Eles tinham ido a um teatro no East Village, degradado e pequeno, não muito diferente daquele em que Leo tinha atuado em *A Essência da Paixão*. — Não me lembro exatamente do espetáculo. Algo sobre guerra, com marionetes, aquela coisa horrorosa. Mas havia um livro na saída para que o público escrevesse comentários. Felix gostava de ler esse tipo de coisa. — Alan sorriu em direção da janela para o ponto por onde passava um rapaz de chapéu que tinha algo de familiar. — E ele me chamou para mostrar o que uma francesa tinha escrito; suponho que era francesa, o nome era francês. Era muito engraçado. — Ele riu consigo mesmo, remexendo a salada. — Não entendi nada! — ele reproduziu com sotaque francês. — Mas foi um grande espetáculo!

Eu ri e olhei novamente, mas o rapaz tinha ido embora.

— Eu deveria ter colocado a frase na lápide de Felix. Ela o resume, você não acha? — Concordei e sorri por compartilhar outra lembrança com ele. Alan endireitou os ombros e sentou-se bem ereto:

— Não entendi nada, mas foi um grande espetáculo!

E ASSIM, três semanas depois, uma mensagem deixada naquela tarde:

Alô, Greta. É o Nathan.

Que mistério curioso era estar ali, no meu *hall*, com o casaco, o chapéu e um cachecol, quente demais no meu apartamento aquecido, olhando a secretária eletrônica e ouvindo a voz de Nathan. Um lembrete, primeiro, da triste condição da minha vida aqui. E, segundo, da presença das outras Gretas. Porque aquela outra mulher havia tirado vantagem do seu tempo neste mundo e telefonara para ele.

Eu tinha me empenhado para tentar consertar minhas outras vidas. Fiquei imaginando, quais seriam os planos dela para a minha?

Quando eu voltar, lhe telefono. É muito bom estarmos em contato novamente. Até logo.

Ali de pé, no meu velho *hall*, ouvindo a voz do meu velho amor, que em outros dois mundos havia se tornado meu marido. A outra Greta havia tirado minhas fotos, atendera ao telefone e encontrara os amigos para uns drinques, como eu tinha feito durante a depressão mais profunda, quando eu cumpria essas tarefas cotidianas como se tivessem sido programadas por outra pessoa. Antes, o mundo parecia estranho porque eu afundara debaixo dele. E agora também parecia estranho porque eu sabia que podia ser outra coisa.

Onze sessões realizadas, restavam catorze para mim. Novembro já virara dezembro e eu ficava imaginando quanto tempo a Greta de 1918 ficaria afastada da sua garrafa elétrica. Quando decidiria deitar-se novamente, adormecer e olhar as luzes por trás de seus olhos juntarem-se num túnel partindo do seu mundo. Quando eu veria aquelas outras pessoas, naquele outro mundo, que pareciam amigos de uma viagem feita havia muito tempo.

Fiz um jantar para mim e o comi na frente da tevê. As imagens do ônibus espacial me pareciam agora ficção científica. E na minha mente havia dois pensamentos conflitantes. Um era que eu queria continuar minhas viagens, continuar a me aventurar, eu estava destinada a isso. E o outro, é claro, que eu também poderia dar um basta. Acordando amanhã com Nathan e lhe dizendo que estava curada, que não precisava mais do doutor Cerletti. Afinal, qualquer uma de nós poderia parar tudo. Seria muito terrível ficar presa lá? Então ele poderia ficar dormindo ao meu lado para sempre. No mundo em que eu nunca o tinha perdido.

Mas quem iria querer ficar no meu mundo? Que outra Greta conseguiria amar este lugar, descobrir algo ou alguém por quem valesse a pena sacrificar sua vida?

Fui até a secretária eletrônica, mas não consegui apertar o botão Apagar.

E NAQUELA NOITE, finalmente, viajei para aquele outro mundo.

5 DE DEZEMBRO DE 1918

O TOQUE DOS SINOS NA RUA, NÃO APENAS NA MINHA CABEÇA; os sons de um mundo em 1918 preparando-se para o Natal. O quarto estava acolhedor e calmo, como se esperasse por mim, e uma fresta da janela deixava entrar o ar frio que virava as páginas de um livro ao lado, uma depois da outra, na velocidade em que um fantasma deve ler. Sinos e vendedores e cheiro de castanhas. Vozes italianas. O cheiro da luz de gás e fogareiros a carvão.

Eu estava de volta.

Na cozinha, para minha surpresa, encontrei minha tia inspecionando a geladeira.

— Bom dia — eu disse. — Estou de volta. Está fazendo meu café da manhã?

Ela vestia seu quimono branco e parecia estar precisando de um conhaque.

— É para mim — ela disse, passando a mão no cabelo desalinhado. — Fiquei sem leite. E parece que você também, e não culpo a empregada, culpo a patroa. — Ela deu as costas para a geladeira.

Enfiei as mãos nos bolsos da camisola. Ela era, de fato, a mesma Ruth sólida que eu tinha conhecido durante toda a minha vida? Porque, olhando para ela apoiada na geladeira, eu via pequenas diferenças que não tinha percebido antes. Por exemplo: ela estava visivelmente mais magra; mal podia manter as pulseiras no braço. Havia uma ilustração comum naqueles dias representando duas mulheres em tempo de guerra. Debaixo da figura de uma sorridente e gorda mulher usando antigos óculos de uma haste, lia-se: "O desperdício engrossa a cintura". E sob a versão orgulhosa e mais magra daquela mulher: "A guerra desenvolve o espírito". Nunca tinha pensado na minha tia, com suas festas e excessos, na pele da última. Mas suponho que ela também tenha passado por privações durante a guerra; em vez de moderação, como a maioria das donas de casa, tudo era banquete ou penúria, e suas festanças eram seguidas por semanas de um sucedâneo de café e mingau. É claro que ela não tinha leite. E aí estava ela, vasculhando minha geladeira.

— Não sei lidar com empregadas — eu lhe disse. — Me faça um café. Fiquei longe por muito tempo, mas agora estou de volta.

Ruth levantou os olhos e me examinou, depois sorriu. — É você?

Eu me coloquei diante da porta como um cartaz em defesa do lar. — Sou sua sobrinha que veio de 1985.

As pulseiras retiniram em volta daquele pulso magrinho enquanto ela me olhava de cima a baixo. — Ah — ela suspirou. — Estou feliz por ser você. Aconteceu muita coisa. Acabou.

— Sei, a guerra. Eu estava aqui. — Olhei em torno da cozinha e vi que estava em desordem; Millie devia ter tido um dia ou dois de folga, e meu outro eu não se incomodara com a arrumação.

— Não estou falando da guerra — ela disse balançando a cabeça.

Fui até ela e me ajoelhei. — Ruth, me conte o que houve.

Ela piscou e disse:

— Ela terminou com Leo.

Tentei entender como isso poderia ter acontecido, já que fora o desejo de estar com Leo que a havia mantido neste mundo. — Mas — comecei — eu pensei que eles tivessem ido embora...

Ela pegou minha mão e deu uns tapinhas. — Ainda bem que está de volta. Minha própria Greta está inconsolável. Você quer mesmo um café? Tudo o que tenho lá embaixo é champanhe.

— O QUE ACONTECEU NA cabana? — perguntei a ela quando chegamos em seu apartamento. Ela disse que era sua última garrafa, e eu lhe implorei que não a abrisse, que a guardasse para uma ocasião melhor, mas, é claro, ela disse que só eu para pensar que haveria alguma ocasião melhor, não se pode nutrir tais esperanças, elas não serão fiéis a você.

— Ela não aguentou — Ruth me contou, em pé diante do trançado prateado do papel de parede. Flores novas enchiam o vaso verde: lírios. — Teria que fazer promessas a Leo que não iria cumprir.

Tentei imaginá-los na cabana nevada, Leo sentado no chão e falando com aquela voz baixa, apaixonada. Eu na cama, balançando a cabeça. E ainda não fazia sentido. Será que tinha entendido mal? Afinal ela não o amava realmente?

— Que promessas? — perguntei.

— Ele queria que ela abandonasse Nathan, é claro — Ruth disse, puxando a garrafa de champanhe de um escaninho da estante. — E ela não faria isso.

— Eu até entendo — disse, olhando à minha volta com estranheza. — Mas isso não parece coisa dela. — Percebi que tinha ficado com raiva dessa outra versão de mim, como se fica com raiva de algo que fez na noite anterior quando estava bêbada e que agora parece sem sentido e idiota. Sentada naquela cabana e negando a si mesma o que mais desejava.

Ruth puxou para cima as mangas do quimono enquanto segurava a garrafa. — Se tivesse sido você, talvez tivesse funcionado. Foi você quem finalmente assumiu o risco, foi quem a fez ir embora com Leo. — Ela sorriu. — Aquilo me fez tão feliz, no meio desta guerra e de tantas mortes. Você deu vida às coisas. E era a única, acho, que poderia tê-lo conservado. Quando Nathan voltasse. — A rolha estourou: pop! Ela me olhou por baixo das sobrancelhas recém-tingidas. — Mas ela não é você.

Fiquei lá, em silêncio, enquanto ela despejava champanhe em pequenas xícaras de chá de vidro.

— Ela não é você — repetiu, tomando um golinho. — Ela realmente o ama.

— Sim — eu disse, sabendo disso bem lá no fundo. — Sim, ela o ama. — O champanhe estava morno.

— Ela disse que não era justo com ele. E estava com medo de Nathan, do que ele pudesse fazer com Leo — Ruth disse penosamente. Soava como um medo estranho em relação a um homem tão gentil. — Não foi isso que ela disse a Leo. Amantes não vão embora se sobrar alguma esperança. Ela apenas disse para ele nunca mais voltar. Despedaçou seu coração ter que dizer isso.

— Ah, é tudo muito triste.

— Como é terrível ver duas pessoas que se amam se separarem — Ruth disse —, quando não precisam fazer isso. — Ela pareceu absorta nesse pensamento, e sentamos por um instante em silêncio. Imaginei Greta deixando Leo na Grand Central Station, onde ele ficou chamando seu nome, e ela se afastando e se esforçando para não olhar para trás. Eu conseguia imaginar com facilidade a dor dentro dela; tinha sentido a mesma coisa com Nathan. Não uma dor semelhante, mas exatamente igual.

— O que acontecerá com ele? — perguntei.

— Provavelmente vai se casar. É o que os jovens fazem. Sei disso. — Ela olhou pela janela e fiquei pensando que lembrança estava passando pela sua mente. — Eles se casam e alguns anos depois você recebe uma carta pedindo para vê-la mais uma vez, em nome das velhas lembranças — ela disse, agora olhando bem dentro dos meus olhos —, e digo a você que não aceite fazer isso. Você não vai querer ver a expressão no rosto dele. Vai ficar sentada no café esperando por ele chegar com as mesmas flores e olhos fundos, e ele também estará esperando por isso, mas ele virá pela rua e, ao vê-la, não conseguirá esconder. O choque.

— Porque os sentimentos dele se dissiparam.

— Não — ela disse com tristeza —, a constatação de que você envelheceu. — Tia Ruth olhou o champanhe, que segurava com as duas mãos. Contra o papel de parede de treliça, ela parecia uma mulher do Oriente. Pensou um pouco e depois perguntou, olhando para mim com pena:

— Você acha que teria conseguido amá-lo?

Pensei naquele moço bonito. O toque dele quando estávamos no arco, seu beijo, aquela noite com as roupas penduradas em volta de nós. A aparência dele de manhã. Se meu outro eu havia lhe dado as costas, eu teria feito a mesma coisa. — Meu coração está com Nathan.

Surgiu um vinco em sua testa. — Não sei nada sobre os outros Nathans — ela disse, depois gesticulou com a mão surgindo da manga do quimono. — Mas, lembre-se, ainda não conhece este.

6 DE DEZEMBRO DE 1941

A MANHÃ ESTARÍAMOS EM GUERRA. AMANHÃ, TODAS AS RÁDIOS interromperiam a transmissão do jogo dos Dodgers para o anúncio do ataque japonês, seguido pela declaração do nosso presidente. A guerra estava distante apenas algumas horas, e eles não sabiam disso.

Gritos matinais e jornais da manhã, e a expressão de perfil de Nathan enquanto se barbeava, e meu filho tão sonolento perambulando pelo corredor. Ovos e *bacon* e geleia vermelha brilhante. Tantos sorrisos. Mande um salame para seu garoto no exército. Eu queria de algum modo poder reter esse momento antes que ele se fosse para sempre. A chegada da senhora Green cheirando a noz-moscada e a despedida de Nathan com uma beijoca. Uma casa a ser limpa e brinquedos para se tropeçar e afastar do caminho, tudo com um braço no gesso. As últimas horas de uma vida sólida.

— Até logo, minha esposa! — Nathan disse da porta, tocando a aba do chapéu. — Um bom dia para você!

Ser a esposa de Nathan! Como meu antigo eu se arrepiara diante dessa ideia. Sempre tínhamos sido contra o casamento, sabendo muito bem o quanto ele levava a combinar xícaras de café e filhos ("um para mim, um para você") e logo uma prisão para executivos nos arredores da cidade, em que os carros conheceriam nossos corpos melhor do que nossos esposos. Sentíamos que vivíamos acima de tudo; não nos casaríamos, não nos colocaríamos num contrato de negócios. Éramos confusos e instáveis. E felizes.

E contudo — e contudo! —, aqui eu não tinha escolha, era uma esposa. Preciso admitir que era uma sensação agradável andar pelo Village com bolsa, chapéu e aliança de ouro, dar cada passo com o orgulho de uma mulher casada. Eu era uma mulher moderna dos anos 1980, mas levou muito pouco tempo para eu me acostumar às estranhas roupas de baixo, bainhas e meias dessa época e a tratá-las como um traje símbolo de dignidade — uma beca acadêmica ou um uniforme feminino do exército —, com o pensamento de que aqui eu era uma senhora casada. Alguns dias eu pegava meu filho pela mão e o levava ao parque. Outros, fazia compras e procurava por moedas minúsculas em minha bolsa. Meu chapéu era de palha com rosas, nada espalhafatoso. Era tão engraçado andar empertigada e arrumada. Parecia tão estrangeiro. E guardas cumprimentando com a cabeça, e homens abrindo as portas, e crianças sendo afastadas para que eu pudesse passar, tudo para a esposa de um médico rico e suas saias amplas — imagine! Um aceno com o dedo, e os garçons me traziam vinho! A mão levada à testa, e um assento se abria no metrô! Ridículo. Greta Wells, que tinha marchado pela igualdade dos direitos. Que tinha ido sem sutiã ao Washington Square Park. Tinha me tornado o tipo de mulher que eu costumava odiar. E adorava isso.

Esticando as capas protetoras nas poltronas. Lambendo meu polegar para limpar uma sujeirinha do rosto de um Fi indignado. Observando-o fazer uma corrida de dois sapatos no tapete: um dele e um meu. Me comovendo com isso e aquilo. Como firmar as coisas antes de um terremoto? Ninguém realmente sabe. Mesmo eu não sabia, porque havia outro terremoto a caminho que eu não havia previsto.

Já era noite, final do dia, e a senhora Green tinha preparado outra torta de frango e estava arrumando suas coisas para ir embora (ela tinha tricotado pelo menos cinco malhas desde que eu a conhecera, todas para o esforço de guerra, todas num verde horroroso), quando recebi um telefonema de Nathan, dizendo que ia se atrasar na clínica de novo. — Ah, que pena — eu disse antes de desligar e, então, enrolando o fio do telefone no dedo, me virei para a senhora Green e perguntei a ela se poderia ficar por mais uma hora. Queria surpreender Nathan e levar-lhe o jantar. A clínica era perto, bastava virar a esquina, seria rápido e não custaria nada para mim. — Posso lhe fazer uma sugestão, senhora — ela começou como sempre. — Deixe o senhor Michelson jantar sozinho. — Sacudi a cabeça, julgando que ela não tinha sensibilidade para o romance.

No caminho, fiquei estudando o estranho mundo ao qual estava me acostumando, o mundo à beira de uma guerra. Numa estranha inversão do mundo de 1918 — onde de repente a febre cedera, o paciente tinha se recuperado e a morte tinha sido banida para sempre —, aqui as ruas estavam cheias de pessoas que não sabiam que a guerra estava chegando no dia seguinte. Na vitrine de uma padaria, um cartaz pintado à mão: UM DESTINO INDEPENDENTE PARA OS ESTADOS UNIDOS! E virando a esquina, numa loja de aparelhos elétricos: WESTINGHOUSE TEM UM E POR EXCELÊNCIA! SERVINDO A MARINHA, PRONTA PARA A AÇÃO! Era como se dois caminhos estivessem sendo preparados: um para a guerra e outro para a paz, e esse mundo estava tentando ter os dois, como uma noiva se preparando ao mesmo tempo para dois casamentos, dependendo de quem a pedisse. Somente eu sabia quem a pediria: a Morte. Havia rapazes de uniforme por toda a parte, e garotas sentadas em grupos nas lanchonetes, dando risadinhas e os admirando. Podia perceber como antigos sofrimentos tinham sido esquecidos; seus próprios pais ou avós tinham perdido braços ou pernas na guerra, as mães ou avós tinham chorado por um filho ou irmão. Mas lá estavam elas, tomando seus *egg creams** junto das janelas, como as garotas séculos antes deviam ter olhado as legiões passando em alguma estrada romana. Acenando, rindo e suspirando com prazer. Mais cedo eu ficara imaginando sobre a Cassandra que poderia prepará-las. Eu era essa profetiza.

— Ele saiu há uma hora, como sempre, senhora Michelson — o enfermeiro da recepção me comunicou. — Ele não ligou para a senhora?

Fiquei olhando um vaso de narcisos que ficava ao lado da sua roliça mão esquerda. Os caules verdes e firmes, as pequenas pétalas brilhantes já começando a encrespar nas bordas. Eu me inclinei; não tinham perfume. Ouvi novamente o meu nome e puxei meu casaco contra o corpo, depois peguei a vasilha de cerâmica com o jantar. Sim, sim, ele tinha me telefonado; sentia muito por tê-lo incomodado. Saí e joguei o jantar num latão de lixo; minhas mãos tremiam demais para poder carregá-lo.

---

* Bebida não alcoólica feita na hora, com leite, calda de chocolate e água gaseificada, e que, apesar do nome, não leva ovos nem creme na receita. (N.T.)

— Onde ele está? — perguntei à senhora Green.

Ela permanecia em pé na cozinha, dentro do seu vestido comprido, liso e cor-de-rosa, os braços cruzados e os lábios apertados, como se para se impedir de manifestar qualquer lampejo do que ela sabia. Uma chaleira para fazer chá estava sobre um círculo azul de gás. Meu filho já estava na cama, e os olhos da senhora Green iam seguidamente na direção da porta fechada do quarto dele. O garoto tinha sono leve. Ainda assim ela não disse nada enquanto eu gritava.

— Você sabe muito bem onde ele está. Sei que sabe. Você está conivente com ele.

— Senhora Michelson — ela disse baixinho. — Se posso fazer uma sugestão como amiga ...

— Você não é minha amiga! Tem escondido coisas de mim para protegê-lo.

— Não, senhora — ela disse, travando as mãos diante de si como o fecho de uma bolsa.

— Tem, sim! — gritei.

Pelas finas cortinas da cozinha, vi a luz do vizinho ser acesa. A senhora Green também devia ter visto, mas não se moveu um milímetro, não separou as mãos, porém ficou lá destacada pela nova luz de fundo, me olhando como se soubesse que o que ela estava prestes a falar nos mudaria para sempre. Não somente eu, mas nós duas. As mulheres devem ter cuidado com o que dizem uma para a outra. Somos quase tudo o que temos.

Ela ficou ali, pensando com cuidado nas palavras que diria. — Não, senhora — ela disse vagarosamente, sem afastar o olhar. — Para protegê-la.

Ouvi a chaleira começar a vibrar sobre a boca do fogão e vi os olhos dela irem naquela direção. — Diga-me onde.

Seu olhar voltou para mim. Em voz baixa, disse:

— Não vá. — A chaleira lutava de encontro ao calor. — Você não se lembra de nada que aconteceu antes, lembra?

Os olhos dela, curiosos, cercaram-se de ruguinhas. Eu disse:

— Não, não, eu...

— Nós costumávamos conversar sobre isso, você e eu — ela falou, afinal estendendo a mão até o fogão e salvando a chaleira. Colocou-a sobre um bloco de madeira, onde ela tremeu e assobiou um pouco até se acalmar. Continuou:

— Sabia que teria de descobrir tudo novamente.

— Diga-me onde.

— Não vá — disse-me, olhando diretamente para mim agora. A luz do vizinho se apagou por trás dela. — Greta, não vá. — Era a primeira vez que me chamava de Greta.

ISSO ME LEMBRAVA um coquetel em 1985, alguns meses depois que Nathan me deixara, quando encontrei uma mulher charmosa, toda vestida de branco, que era decoradora e que, depois de conversarmos um pouco, começou a contar um trabalho recente que tinha feito. — Você não deve conhecer o cliente, Nathan não sei de quê — ela me disse, que era sem dúvida o meu Nathan não sei de quê, num apartamento com sua namorada nova. Sem revelar minha identidade, perguntei-lhe sobre seu trabalho: a mobília, o quarto, o banheiro; não a deixei ir embora até me contar tudo. Fiz isso, embora cada detalhe fosse uma estocada no meu coração. E por quê? Que força magnética nos empurra para cenários dolorosos e palavras que nos ferem? *Você já viu isso*, falei para mim mesma enquanto caminhava para aquele apartamento. *Você já viu isso, já passou por isso, precisa se poupar.* Ainda assim, fui. A dor passará — sempre passa —, mas não antes de nos forçar a fazer coisas absurdas e a nos machucarmos, e de trazer sofrimento, porque a dor, esse parasita, acima de qualquer coisa não quer morrer, e só nos terríveis momentos que cria consegue se sentir impelido para a vida.

E dessa vez o medo era diferente. Ao sair de Patchin Place, eu me imaginei diante do mesmo prédio baixo e de tijolos aparentes, respingada de chuva e fuligem, a escada de incêndio e seu sorriso em zigue-zague, sabendo que a janela era aquela, com a luz acesa.

Lá, ao lado do aquecedor a carvão, em seus roupões, com copos de uísque ou de vinho nas mãos, o cabelo dela esparramado sobre um travesseiro como um polvo. O sorriso dele mais feliz do que aquele que eu havia conhecido. Não era só a dor de ser traída; já tinha sofrido isso e formado um calo em volta para que não doesse novamente. Não, aquela dor tinha acabado. Não conseguiria revivê-la mesmo que quisesse. Dessa vez, era a dor de compreender que ele não era diferente, este Nathan. Tinha pensado que uma pequena mudança de época o tinha mudado, como tinha mudado Felix, que sem a minha negligência e nosso arranjo não matrimonial ele seria um homem melhor. Ele era um homem melhor em muitos aspectos: mais gentil, mais atento, mais amoroso. Mas não se tratava dos detalhes das nossas vidas. Como vivíamos ou o que dizíamos ou fazíamos. Não fora o tempo que vivêramos juntos que deformara nosso amor, com liberdades que não eram liberdades, egoísmos, problemas modernos ou medo. Era a maldita ordem das coisas. Como eu pude imaginar que isso mudaria?

Ainda assim, uma diferença: eu. Eu tinha mudado. O que ele tinha feito: eu mesma já tinha feito. Havia sentido a solidão da liberdade, as pressões da guerra e do casamento, e aproveitara um abraço acolhedor quando ele se oferecera. Por que não?, eu tinha pensado. Qual o dano que havia causado naquele outro mundo, eu ainda não sabia. Mas podia avaliar o dano aqui. Eu o tinha vivido dos dois lados. A mente, entretanto, é apenas uma figura decorativa acima daquele ditador oculto: o coração. Não fiz nada para evitar a raiva. Ou a dor de sentir Nathan se afastando, talvez, mais uma vez.

VOLTEI PARA MINHA cozinha molhada de chuva, as flores de papel do meu chapéu arruinadas, suas cores escorridas. Encontrei a senhora Green na sala, olhando as gotas de chuva pela janela, cada uma delas contendo um pequeno poste de luz. Ela virou a cabeça para mim.

— Não fui — eu disse. — Não havia necessidade.

Ela concordou. — O que vai fazer, Greta?

— Nada — eu disse. — Foi o que eu fiz antes.

— Sim, foi — ela disse com voz grave. Mas eu me referia ao meu mundo, quando tinha deixado o caso do meu Nathan seguir seu curso. Mas ela se referia a este mundo. Eu me surpreendi ao descobrir algo, de repente.

— Era a mesma mulher?

Ela não respondeu.

— A mulher do parque? Eu a vi, olhando para mim e para Fi. Vestindo um casaco xadrez.

Ela pegou um cigarro, acendeu-o e envolveu-se na fumaça. — Sim, é ela.

Ele voltou para casa naquela noite muito silenciosamente e pareceu surpreso quando me viu — e sorriu, fechando o guarda-chuva que, molhado, tinha um brilho sedoso. Eu estava sentada de camisola, lendo um romance de Colette (logo o quê!) sob o brilho quente do abajur; ele me beijou e disse:

— Cigarros — então eu lhe ofereci um, sentamos e fumamos juntos enquanto a chuva batia na janela como uma criança malcriada. Ele disse que tinha sido uma noite longa e o exército o estava preparando para interromper suas horas na clínica e devotar seu tempo aos recrutados. O projeto ainda não estava confirmado. Com Roosevelt no comando, as conversas sobre ficar fora da guerra tinham diminuído um pouco, mas é claro que nos quartéis havia sempre rumores de guerra, nunca de paz. Eu não vi motivo nenhum para lhe dizer o que estava para acontecer, apenas balancei a cabeça concordando.

A senhora Green tinha me amedrontado novamente? — Não — eu disse. — Não, ela se tornou uma amiga. — Ele sorriu e disse que era bom, que todos precisam de um aliado. Eu disse:

— Pensei que você era meu aliado. — Ele sorriu e disse que era, me beijou, depois foi se arrumar para se deitar. Eu fiquei olhando por um bom tempo para a cesta de costura da senhora Green, o tomate de feltro vermelho todo espetado com alfinetes.

Melhor em algum lugar. Perfeito em algum lugar. Pensei que seria aqui, neste mundo com Nathan. Havia enganado a mim mesma pensando assim, como se um planeta com água implicasse algum tipo de vida, um mundo em que os maridos se mantinham comprometidos com algum tipo de lealdade. Mas é necessário um pequeno milagre para a vida, mesmo nas melhores circunstâncias, alguma fagulha errante. Aparentemente, não havia milagre aqui. Por que haveria? Se ele não me amava no meu mundo?

No dia seguinte, me desmanchei em lágrimas quando a transmissão do rádio foi interrompida com as palavras: "Da Central de Jornalismo da NBC em Nova York. O presidente Roosevelt declarou hoje que os japoneses..."

QUEM PODE ADIVINHAR o que a guerra trará? Eu mal tinha tido um descanso de algumas semanas, e estávamos em guerra novamente. Com a Alemanha, de novo. Pensei que estivesse mais preparada do que ninguém.

Embora estivesse enganada, eu tinha suposto que tudo ficaria tomado por bandeiras e terror como da última vez, mas não foi o que aconteceu nem por um instante. A guerra é muito menor do que se pensa. É a mente que a faz pequena. Gritaríamos de horror se não conseguíssemos fragmentá-la: polir os sapatos, combinar os pés de meia, fazer bolos sem açúcar, ou manteiga, ou farinha. Treinar com fuzis, treinar com máscaras de gás. Porque amanhã é impossível, você planeja hoje. Planeja a hora. Bebe seu veneno um pouco de cada vez.

The Yanks are coming, the Yanks are coming...

Quem consegue adivinhar aquele a quem a guerra levará? Nunca imaginaria Felix.

HOUVE UMA BATIDA policial num bar do Village, o Paper Doll, em que vinte homens tinham sido presos por má conduta sexual. Seus nomes foram anotados num papel, juntamente com seus endereços. Entre eles estava meu irmão, Felix.

— Sei como deve estar preocupada — disse Alan, quando lhe telefonei. — Mas tenho certeza de que ele está bem.

— Ele precisa de fiança?

Uma pausa no telefone. Ele me contou que Felix não tinha sido levado para a cadeia com os outros homens. O FBI o tinha separado e levado para outro lugar.

— Não entendo.

— Eles têm rondado alguns alemães e japoneses proeminentes. É a guerra, Greta. Não estavam procurando por ele especificamente, mas o levaram quando o acharam.

— Alan, Felix precisa de você — eu disse, e ele me respondeu que sabia disso. Que faria tudo o que fosse possível.

A senhora Green estava no *hall* comigo, uma das mãos em volta da cintura e a outra vasculhando o bolso do avental à procura dos seus cigarros. Ela puxou o maço sem mesmo olhar para baixo e acendeu um. Senti que ela era uma boa mulher para se ter ao lado numa crise.

— Alguma notícia? — ela perguntou.

— É Pearl Harbor, deixou todo mundo paranoico. Eles estão pegando alemães e... — Mas eu não sabia o que se seguiria a isso. Tinham encontrado Felix num bar *gay*, portanto a polícia certamente não o trataria bem. E se os outros prisioneiros soubessem?

— O senhor Tandy deve estar contrariado — eu a ouvi dizer. — Sei o quanto seu irmão é importante para ele.

Virei para observá-la melhor.

— Sim — eu disse. — Sim.

Suponho que ela era uma mulher que via através de absolutamente tudo e suportava o fardo disso. Como devia ter sido frustrante olhar para nós completamente cegos para tudo ou fingindo não ver, quando era tão óbvio se a pessoa apenas olhasse diretamente cada um, e escutasse devidamente o que dizia, e visse o que fazia, e se preocupasse o bastante para imaginar sua vida. Nós, com nossas mãos levantadas, nos recusando a entender outra pessoa. Enquanto lá permanecia a senhora Green, consciente de tudo. E condenada a não dizer nada, a não fazer nada, a apenas olhar a farsa encoberta.

— Acho que o senhor Tandy é uma pessoa com quem pode contar — ela disse, medindo as palavras.

— Acredito que posso contar com a senhora também — retruquei.

Fiquei olhando como, sem nenhuma expressão, com a mão direita segurando o cigarro e a esquerda tateando o avental para guardar o maço, ela escutou minhas palavras e disse apenas:

— Obrigada, madame.

DE TODAS AS MINHAS preocupações, o fato do meu irmão estar preso era a pior. Por isso senti um enorme alívio quando Alan ligou e disse que tinha descoberto onde Felix estava detido: surpreendentemente em Ellis Island. Ele tinha dado um jeito para que eu pudesse visitá-lo — naquela tarde, se eu quisesse. Eu me vesti da maneira mais sóbria possível: um casaco com cinto e sem gola e uma blusa; parecia o conjunto adequado para uma prisão do governo. Alan, com sua cabeleira abundante e prateada, sorriu quando me viu na porta de casa. — A perfeita garota americana — ele murmurou.

— Ótimo, ótimo. — Ele mesmo estava de terno e usava um alfinete de bandeira na lapela e uma tarja no braço exibindo uma Estátua da Liberdade dourada sobre um fundo azul. Perguntei, e ele me respondeu que era a sua divisão na guerra anterior, a Septuagésima Sétima de Manhattan. Não sei por que nunca tinha me ocorrido que os veteranos da última guerra estavam tão próximos da seguinte. Ele pegou meu braço.

— Vamos?

Primeiro um táxi, depois uma balsa passando pela própria Estátua da Liberdade, verde, manchada e surpreendente como sempre; depois um longo processo de identificação em Ellis Island. Esperamos no lindo saguão principal até eu me encontrar numa pequena antessala com uma mesa e Felix sentado numa cadeira, um sorriso sarcástico estampado no rosto. Vestido com uniforme cinza, ele parecia chocantemente magro. Imediatamente, a alegria de vê-lo me levou a atravessar a sala e abraçá-lo.

— A Ingrid, como está? — foi a primeira coisa que ele me perguntou. — E Thomas? — Seu filho.

— Estão na casa do pai dela em Washington. Alan enviou-lhe um telegrama contando que viríamos visitá-lo. — Falei isso rapidamente, depois acrescentei:

— Eles estão bem.

— Onde está o Alan? — ele perguntou, olhando em torno, embora não houvesse mais ninguém na sala além de nós e um guarda ruivo, que fumava um cigarro e espiava as minhas pernas.

— Ele precisou ficar lá fora, só os parentes podem visitar — eu disse. O guarda captou meu olhar e eu me enfureci, o que apenas o fez sorrir.

— Como você está? Como tem sido? Ah, meu Deus, estou tão feliz de vê-lo, pensei que o tivessem despachado para Wyoming.

Felix agitou a mão. — Está tudo bem. Eu estou bem. Maninha, isto aqui é infernalmente aborrecido. — Alguma coisa nos seus olhos dizia que era mais do que aborrecido, embora o tédio já seja o bastante para homens como ele.

— Vamos tirar você daqui — eu disse, segurando sua mão. — Bem, não eu, que não tenho poder para isso. Alan vai fazer isso.

— Veremos. Eles nem me disseram por que estão me mantendo aqui.

— É o pânico. É para parecer que estão agindo. Alan disse que estão começando a mandar alguns homens em liberdade condicional, aqueles que realmente não apresentam risco. Precisamos persuadi-los de que você é um deles.

— Tenho me comportado muito bem.

Eu lhe disse que isso era incomum, e ele afinal deu uma risada. Não estava abatido, não ainda. Não era do feitio dele abater-se facilmente.

O guarda disse que estava na hora e abriu a porta. Eu relutava em me levantar.

— Diga a Ingrid que a amo — Felix disse, esfregando a minha mão, e ficamos em pé. — E diga a Alan... — ele começou, e seus olhos se encontraram com os meus com muita tranquilidade. — Diga-lhe que agradeço o que está fazendo.

— Aguente firme. Nós o amamos. — Fui até a porta, na direção do guarda sorridente.

— Sinto saudades de você, maninha.

O guarda pegou o meu braço, mas eu o sacudi para me livrar dele. Virei para o Felix e lhe disse:

— Não há um dia em que eu não sinta a sua falta.

✻   ✻   ✻

— ELE NÃO OFERECE perigo para ninguém — eu me vi desabafando colérica com Nathan, já em casa. — Ele não é membro do... Bund* ou de qualquer outra organização.

Nathan corcordou. Sentávamos em cadeiras separadas, entre nós uma mesinha redonda de bordas levantadas, grande o suficiente para apoiar dois copos grossos e suados. Eu vestia um vestido liso de lã e esfreguei os pés naquele gesto, que de alguma forma se perdeu, das mulheres cansadas de um dia sobre saltos altos. Nathan usava uma velha malha cinza com retalhos de camurça nos cotovelos, refeita pela mão admirável da senhora Green, que disfarçara os pontos perdidos, e enchia o cachimbo para fumar. Dava para perceber que ele se esfor-

---

* Bund Germano-Americano, organização formada nos Estados Unidos que pretendia favorecer o apoio norte-americano aos países do Eixo, na Segunda Guerra Mundial. (N.T.)

çava para relaxar o corpo e a mente. Será que estava pensando na guerra? Ou na outra mulher? Nós não falávamos disso. Conversávamos sobre Felix.

— Ele é um escritor — Nathan disse —, e eles sempre se preocupam com escritores.

Peguei um lenço e assoei o nariz. — Ele é jornalista. E é jornalista de um jornal americano.

— Ele é um alvo fácil — disse, e acrescentou —, por todos os motivos.

— O que quer dizer com isso?

— Ele deveria ter sido mais discreto.

Fiquei chocada com o que Nathan tinha dito, e aparentemente ele se recolheu em si mesmo depois disso, refugiando-se no uísque e no cachimbo e desviando os olhos dos meus. Escutei-o murmurar qualquer coisa a respeito da condição dos Estados Unidos agora que estávamos em guerra, e como nossos amigos do mundo artístico precisavam ter cuidado; eu o percebi recuando, cuidadosamente. De alguma forma eu presumi que, naquela época, o que meu irmão era não entrava na mente das pessoas comuns. Não só era impensável, como não podia ser mencionado. Um homossexual na família; todo mundo tinha um. Vistos saindo de bares de má fama, na companhia de homens de má fama; afinal, a cidade não era tão grande. Fazia quanto tempo que meu marido, médico e observador, tinha conhecimento disso e escondera de mim? Quem saberia dizer quantas visitas e jantares tínhamos tido com Felix em que ele estudara e classificara meu irmão como um paciente com uma doença? Lamentando internamente pelos segredos da família, como sempre fazemos com as famílias dos outros, com pena delas por não se enxergarem? Sorrindo consigo mesmo? Eu queria muito deixá-lo saber que eu havia compreendido o que ele tinha dito. Que se fosse para caçoar do meu irmão, talvez devêssemos abrir fogo contra todo homem que interpretava o papel de homem casado, mas que realmente estava com o coração em outro lugar. Assim sendo, Nathan devia se preparar para o primeiro tiro.

— Nathan... — comecei.

Embora levantar a questão seria desfazer todos os pontos que tínhamos dado em nosso casamento. O sexo ficaria exposto, e o amor, e o coração despedaçado, e a humilhação e o desejo, e tudo, todo o aparato do coração humano batendo em suas molas e engrenagens diante de nós. Eu precisava falar, mas este não era o momento. Já estava tarde para isso. Era hora de deixar as coisas como estavam.

— Quero ter certeza de que não vai faltar nada para você — acabei dizendo. Isso acontece nas despedidas, quando tudo precisa ser dito, mas nada poderia quebrar o encanto, desfazer o que tinha sido tricotado pelos dois por horas. Olhei para ele e repassei os itens do saco de lona que, seguindo os conselhos da senhora Green, eu tinha comprado: uma escova de roupa com cabo de couro pespontado, luvas de couro, um cachimbo e um isqueiro especiais para enfrentar ventanias, pares e mais pares de meias inglesas quentes, uma pasta de couro de porco e algo chamado de "luz de acampamento": uma lanterna que podia ser coberta com um espelho, para fazer a barba no escuro, ou para ler numa barraca, ou sinalizar em código para acampamentos distantes.

Olhando bem, era uma seleção de itens muito tola. Mas era tudo o que nossas mentes conseguiam imaginar: uma viúva sueca e uma viajante do tempo* que não conhecia a história dela.

— Acho que estou devidamente equipado — ele me disse, bebendo um último gole do copo antes de apoiá-lo na mesinha.

Porque era tarde demais. Ele ia embora dentro de poucos dias. Para mim, seria a décima terceira sessão. Portanto eu também estava indo embora. Ele não sabia disso, mas era uma despedida.

— Devemos dormir um pouco — ele disse. — Amanhã será outro dia longo, e eu preciso terminar algumas coisas.

— É claro.

— Alan vai telefonar. Teremos mais notícias amanhã.

— Espero que sim.

Ele olhou demoradamente para mim, e vi que alguma coisa mais estava se agitando em sua cabeça, mas então, é claro, o telefone tocou. Ele não o atendeu

---

* Greta se refere à história de um homem que, em 1950, vestindo roupas antigas e parecendo desnorteado com a movimentação dos carros em Times Square, foi atropelado e morreu. Em seus bolsos foram encontrados objetos condizentes com a época de suas roupas, também sem sinais de envelhecimento, entre eles um cartão com nome e endereço de Rudolph Fentz. Procurada, a senhora Fentz disse que era viúva de Rudolph Fentz Júnior, cujo pai tinha desaparecido misteriosamente em 1876. (N.T.)

logo. As palavras ainda estavam ali, importantes demais para serem colocadas de lado. Não com a vida aqui medida em minutos. Eu me levantei. O telefone tocou mais uma vez. Ouvi Fi se remexendo em seu quarto. Nathan ficou parado lá, com a mão no corrimão, os lábios cerrados.

Eu disse: — Pode ser o Alan.

Ele concordou. O telefone tocou novamente. — Ou um paciente. Por que não deixar que toque um pouco? Vou terminar logo.

Fui para o quarto e me transformei na mulher de quando eu acordara pela primeira vez: vestida com uma camisola creme longa, cabelos escovados. Ouvi a porta do apartamento abrir e fechar; ele tinha saído outra vez. Fiquei deitada na cama. Era a minha última noite com ele aqui. Eu sabia que poderia viajar no momento em que fechasse os olhos; sentia o vento frio soprando pelas frestas em torno da portinhola. Daí a pouco ela se abriria; eu seria tragada por ela. Mas eu queria ficar acordada, e eu o ouvi entrar em casa pouco mais de uma hora antes. O som familiar do chapéu e do casaco sendo pendurados no gancho, os passos no corredor. Mas, de algum modo, diferentes. Inseguros, instáveis. Fui para o corredor e vi luz por baixo da porta do banheiro e escutei o som dele tropeçando lá dentro. — Querido? — gritei, e o som parou. — Querido, é você? Está tudo bem?

— Tudo ótimo! — ele gritou. Vi minha bolsa no lugar em que sempre estava, na nossa chapeleira com espelho, bem debaixo do chapéu dele no gancho. Parecia um retrato nosso, bem ali. O chapéu, a bolsa. Uma lua, uma montanha. Ele disse que estava cansado e ia tomar um banho, que não me preocupasse com ele.

— Quer que eu vá até aí?

Ele disse que não. O clique de uma fechadura, um ruído insignificante. Somente um marido não saberia que a fechadura não funcionava havia muito tempo. Eu me esgueirei pelo corredor, passei pelas prateleiras e animaizinhos de vidro e cerâmica, os carneiros todos enfileirados. Encostei a orelha contra a superfície lisa e branca da nossa velha porta, a mesma em todas as épocas. A água rugia como um tigre, mas sob o barulho dela alguém que se preocupasse teria ouvido. Os sons desesperados, quase inumanos, de um coração despedaçado.

Tínhamos estado aqui antes. Na mesma casa, na mesma hora. Eu me lembrava claramente de estar sentada na cadeira, lendo um livro, enquanto a sopa de feijão-branco cozinhava no fogão. O rosto dele quando entrou era o de quem havia testemunhado um assassinato. A barba cintilando com os respingos da chuva. O som dele soluçando como um garoto. Os violinos rodopiando em volta dele. E eu, na minha cadeira, com meu livro, e a grande luminária de latão projetando um arco dourado no meu colo. Querendo dizer a ele que estava brava, magoada e agradecida. Como não fui até ele. Tudo isso, tudo o que tinha acontecido antes.

Eu precisava sofrer tudo três vezes?

Fiquei esperando e ouvindo, o rosto encostado na tinta fria. A água correndo e meu marido soluçando, e os absurdos animaizinhos nas prateleiras tremendo com a vibração dos canos. Um pequeno centauro movia-se quase imperceptivelmente em direção ao seu fim. O corredor deste mundo, com o qual eu tinha me acostumado nas últimas semanas; as silhuetas recortadas de Fi quando bebê e já menino; a lua sobre a sua montanha; a latinha de creme para o rosto que eu tinha comprado (Primrose: "Você tem a idade do seu pescoço!"); guarda-chuvas espiando alertas do seu posto; as visões da cozinha, do quarto e da sala; todos os quadros estranhos da minha vida. Para quem eu estava salvando isso? Como pude sonhar que seria perfeito? Aqui estava um homem sofrendo, por trás da porta mal trancada. Num outro mundo, eu teria sentado na cozinha e lido meu livro até que ele terminasse sua cena, até que saísse e pegasse o uísque e a sopa, e nós nunca falaríamos sobre o grande acontecimento. Num outro mundo, ele teria me deixado de qualquer maneira. Fiquei no corredor, pronta para partir. A água não parava. Os soluços não cessavam. O centauro moveu-se pelo último centímetro e chocou-se contra o chão, partindo-se em cavalo e homem.

Desta vez, fui até ele.

12 DE DEZEMBRO DE 1985

A CORDEI LENTAMENTE, COM UM SUSPIRO PROFUNDO, E OLHEI AS MODERNAS paredes brancas e nuas da minha casa de 1985. *Felix,* pensei. *Felix está encrencado. E Nathan...* Agora era a minha vida real que parecia estranha: nenhum retrato da minha sogra, nem cama com dossel, nem a brilhante lixeira cromada ou a penteadeira com renda e náilons. Apenas o branco-preto-vermelho que eu conhecera por anos. Embora eu mesma tivesse escolhido tudo isso, me parecia muito falso. As fotos despojadas, a luminária laqueada de vermelho, a pincelada única de preto na parede leste. Como uma mulher que fingisse ser uma artista. Como uma mulher fingindo que não tinha coração.

— VI QUE VOCÊ TINHA voltado!

Ao abrir a porta do apartamento, Ruth escancarou seu velho sorriso malvado. Usava um colar de contas turquesa e um caftã listrado. Aparentemente ela tinha deixado o pássaro de Felix livre, porque ele estava em cima de um enfeite em forma de porco, bicando sua cabecinha. Ela me abraçou e começou a me contar como as outras Gretas tinham estado tristes nos últimos tempos.

— Qual delas? — perguntei.

— As duas. A de 1918 não queria falar a respeito. — Ela pegou minha mão. — Mas a de 1941 sentia falta do filho. E de Nathan.

Eu me imaginei, a mãe da metade do século, sentada nesta sala com uma xícara do chá morno de Ruth, passando um dia naquele mundo, privada de tudo que constituía sua vida: o marido, o filho. Que pesadelo deveria ter sido para ela.

Ela sorriu e soltou minha mão, recostando-se no sofá, onde estava dobrando a roupa lavada. — Ela sentia tanta falta dele que foi encontrá-lo.

Balancei a cabeça. — Eu devia ter esperado por isso. Quando?

— Na semana passada — ela disse endireitando as almofadas. — Eles foram almoçar. Acho que foi no Gate, lá eles fazem uns coquetéis maravilhosos...

— Ah, Deus. Com Nathan? Ah, meu Deus.

Uma ruga de irritação. — É claro que com Nathan — Ruth afirmou. — Ela pensa nele como marido dela. Ela não é uma mulherzinha cismada que você maneja para perdê-lo aqui, eu diria a você!

Respirei fundo. — Ela está tentando mudar as coisas, mas não sabe...

— É bom ter você de volta, pelo menos durante algum tempo — ela disse, começando a pegar umas roupas espalhadas. — Eu me sinto lidando com personalidades múltiplas. Tenho uma amiga, Lisa, que em momentos muito inconvenientes era tomada pelo espírito guerreiro Gida...

— Estou me apegando demais. Estou fazendo mais do que... habitar aquelas mulheres. Estou me *transformando* nelas.

— Normalmente vegetariana, ela de repente pedia carne vermelha — Ruth concluiu, dobrando uma fronha em quatro.

— Estou me *transformando* na esposa de Nathan. Na mãe de Fi. Estou me *transformando* na amante de Leo. Bem, eu fui amante dele.

O rosto de Ruth se encheu de preocupação. — O que quer dizer com isso?

Por um instante, sorri tristemente. — Acabou.

Ela franziu a testa. — O que aconteceu?

— Ela não podia magoá-lo daquele modo. E não queria abandonar Nathan. O que o pássaro de Felix está fazendo solto? Você sabe que ele não gosta disso.

— O nosso Felix está morto, querida.

— Ele está preso.

— Novamente?

Eu lhe contei que era um Felix diferente, e que eu estava aterrorizada por ele. E lhe falei sobre Nathan, a amante dele, e como ele a tinha deixado, tudo de novo mais uma vez. Como nesse tempo algo estava diferente. Eu estava diferente...

Ela me interrompeu:

— Greta, quero que me fale honestamente. — Ela juntou as contas turquesa com uma das mãos, examinando minha expressão intensamente. — Por que nenhuma de vocês mencionou como eu sou nesses outros mundos?

— Já lhe disse, você é igualzinha, é a única que não muda. Turbantes e festas e...

— Não essa, a de 1941.

A gata começou a pressionar minha perna e, por um minuto, deixei que fizesse isso, até que suas garras afloraram e ela me arranhou. Olhei para Ruth e ela estava sorrindo.

— Eu morri, não é?

Espero que você nunca tenha que dizer a uma pessoa que ela está morta. Que não existem mundos infinitos para ela, infinitos eus possíveis. Que, pelo menos num deles, ela não existe.

— Eles me encaminharam para o doutor Cerletti — comecei, olhando para o colo —, porque eu tive um colapso nervoso depois do acidente. Nós duas estávamos num carro que foi atingido por um táxi. Quebrei o braço, e você...

— Fui amassada e despachada para o Nirvana.

— Sim — confirmei. — Senti tanto, Ruth, que foi o fato de perdê-la que me fez viajar. — De algum lugar da rua soou a sirene de um carro de polícia.

— Eu sabia — ela me disse. — Pelo modo como todas vocês agiam, especialmente esta última. Abraçando-me o tempo todo, agarrando-se a mim como uma criança. Imagino que você aja do mesmo modo com Felix.

— Eu não sabia como contar isso para você. Acho que pensei que não precisaria.

Ela ficou em pé e começou a arrumar as roupas de baixo novamente. — É estranho, viver aqui é como uma vida após a morte. Em algum lugar, estou morta. Provavelmente em muitos mundos, na maioria deles. Somos tão frágeis e nunca imaginamos isso.

— Sinto muito. — É muito estranho dizer a um morto que sente pela sua perda, quando ela é, também, o motivo do luto.

Ela girou a cabeça. — É tão improvável estar viva, não é? A temperatura certa, a gravidade, os átomos certos se combinando no momento certo, até se poderia pensar que isso nunca ocorreria. — Ela ficou olhando um quadro com a mão no queixo, então olhou a gata percorrendo seu caminho pelo alto do sofá em direção ao pássaro. — A vida é tão improvável — ela disse, e virou-se novamente para mim. — É tão melhor do que pensamos que é, não é mesmo?

✳   ✳   ✳

VISITEI A MÁQUINA do doutor Cerletti... "as coisas estão progredindo, faltam apenas seis semanas" ... e dormi naquela noite, sabendo que não veria Nathan partindo para a guerra. Iria, como sempre, para 1918 até a sessão da semana seguinte. Lá longe, em 1941, Nathan estaria embarcando, e eu não teria a chance de me despedir. A Greta de 1918 estaria lá. Em pé diante da porta, acenando para o marido soldado, como tinha feito antes.

Nathan. Na noite anterior eu tinha estado em 1941 e escutado meu marido voltar para casa soluçando. Pensei em como fui até ele. Como abri a fechadura encrencada e encontrei Nathan nu, no chão, chorando ao lado da cascata que caía da banheira, deixando visível para mim seu corte de cabelo militar. O rosto dele quando olhou para mim — como é estranho nunca poder prever o que aquele rosto vai nos revelar, mesmo sendo o da pessoa a quem amamos! Doentio, desfigurado pela dor: um homem diferente. Como levantou as mãos... não, por favor, não... quando me ajoelhei e o abracei, beijando sua testa, e como seu corpo relaxou quando ele me aceitou, fraco demais para protestar, despido demais. — Eu sei — fiquei repetindo. Nathan murmurava, não, não, mas era tudo o que ele conseguia dizer entre as lágrimas. — Eu sei, eu sei, eu sei — sussurrava sem parar, passando a mão em seu cabelo, porque eu realmente sabia, porque eu também tive um amante e outra versão de mim o tinha abandonado. Importava se nossas razões eram diferentes? — Você a amava. — Como ele não negou isso. Como de algum modo nossas traições pareciam iguais agora, derrotadas uma pela outra, por isso estávamos lá, segurando um ao outro, ao lado da água trovejando para dentro da banheira.

13 DE DEZEMBRO DE 1918

N O DIA SEGUINTE, APESAR DO FRIO, RUTH E EU FOMOS a Washington Square, onde alguns cavalos se exercitavam, brilhando como couro, e tudo sob uma cortina de ramos de pinheiro que lembravam que essa parte um dia tinha sido a zona rural da Nova Amsterdã.* Uma banda uniformizada estava se instalando a distância, talvez o Exército de Salvação, e uma mulher com um xale verde brilhante a olhava, mas tudo o que eu conseguia distinguir era um enorme bumbo preso com cintas a um jovenzinho.

Eu vestia uma capa de veludo com capuz, e Ruth caminhava ao meu lado com seu casaco e chapéu turcos, pretos e feitos de lã de carneiro, brincando com as borlas do cinto. — Você acha que devemos mudar de nome? Qualquer coisa alemã vai ser de mau gosto por algum tempo.

— Por que Felix não quer me ver? Liguei para ele e não tive resposta.

— Talvez ele precise de um pouco de paz e silêncio — ela disse. — Não que "Wells" soe alemão. Mas talvez eu deva me livrar do "Ruth". Você se importa de me chamar de tia Lily?

Vi um jornal pregado numa parede. Meus olhos foram atraídos para as notas de falecimento; a epidemia de gripe estava piorando. GOODWIN, HARRY, 33, de repente, quarta-feira à noite. KINGSTON, BYRON, 26, de repente, em sua casa. Não suportei ler mais; podia ser o obituário de qualquer manhã terrível de 1985. A batida do bumbo, pam, pam, pam.

---

* Nome da capital da colônia da Nova Holanda, estabelecida na região do vale do rio Hudson e o núcleo original da atual cidade de Nova York. (N.T.)

— Só estou tentando ajudá-lo. Ele foi preso de novo. Em 1941.

Ela pareceu preocupada. — Felix? Por quê?

Eu não sabia como explicar isso, então apenas disse:

— Há uma outra guerra, Ruth.

Ela olhou para mim franzindo a testa e formando aquele vinco entre as sobrancelhas. — Outra guerra — repetiu. Então piscou e vi que afastava aquilo do pensamento. Ela não gostava de pensar nas coisas terríveis que não podia controlar. — Lembre-se de me chamar de Lily — ela disse. — Estava pensando... talvez você possa ser Marguerite. E Felix, George.

— Leo voltou?

— Ela não quer responder as cartas dele. Não sei o que fazer com ela, está tão triste. Eu gostaria realmente que você estivesse aqui com mais frequência, lidaria melhor com isso.

— Mas... e quando Nathan voltar? — Ela deu de ombros. Eu queria lhe dizer como ansiava por ver esse terceiro Nathan. De algum modo, eu imaginava uma versão mais endurecida do meu homem, aprimorado pela guerra. Mas parecia a hora errada para mencionar isso, com minha outra versão tão saudosa do amante.

Nós nos aproximamos do arco. Aqui havia uma coisa que só eu e Ruth sabíamos. Que havia uma porta no mármore. Que um garoto podia me levar lá dentro. Que qualquer coisa, mesmo uma cidade fria, tinha de ter um coração escondido. *Sinto muito pelo Leo*, tive vontade de dizer à Greta de 1918, enquanto olhava para cima do arco. *Sinto muito ter começado isso, que acabou magoando você. Mas talvez ainda exista uma solução.* Talvez fosse mais um falso fim de amor; ela poderia estender a mão e ele viria, como antes. Talvez usar um daqueles anúncios no jornal, do tipo pessoal, que eu li: "HOL. Por que não apareceu no domingo? Foi um dia muito solitário! PEARL". Afinal, o coração só consegue ouvir um som...

Mudei de assunto novamente: — Continuo tentando confrontar Felix, mas ele não quer me escutar. — Ouvi um ligeiro suspiro de Ruth e me voltei para encará-la. — Você sabe sobre ele, não sabe?

Nossos olhares se encontraram por um instante penoso, e recebi aquele olhar inteligente de que me lembrava dos tempos de criança, quando eu pedia que me levasse ao teatro e ela me examinava, com cuidado, presumivelmente para avaliar se eu já estava pronta. — Ele tem um destino difícil, querida. Não sei como você pode ajudar um homem como ele.

— Ruth, eu o conhecia muito bem.

— É tia Lily.

— Ele não era assim, não tentava se esconder e se casar com uma mulher.

Ela amarrou de novo as borlas no cinto. — Alguns desses homens não conseguem viver aqui como gostariam. Aqui, no centro. Quando têm dinheiro e coragem, vão a bailes no Harlem e descobrem bares escondidos. Você conheceu alguns deles nas minhas festas, sabe que tomo conta deles, que eu os protejo. São pessoas corajosas. Mas seu irmão não quer se acomodar ao que esses homens têm. Ele quer...

— Ele quer um amante. Ele tinha um no meu tempo. O nome dele era Alan.

— Alan.

Então eu tinha falado, e ela tinha falado, e finalmente entendemos uma à outra. O bumbo veio do parque num cortejo solene.

— TALVEZ VOCÊ POSSA SEGUI-LO uma noite — ela disse, sem entonação. — E, quando falar com ele, Felix não poderá negar. Se é isso o que você quer realmente.

Ouvi latidos, e vi que ali, no parque, passeando com dois grandes lebréus irlandeses, estava o amigo de Leo, Rufus, cujas compridas roupas de baixo eu conheci tão intimamente, dependuradas numa corda no quarto que eu e Leo tínhamos tomado emprestado. Ele usava um casaco puído de pele de guaxinim e trazia uma expressão determinada. Os cachorros o levavam como cavalos puxando um trenó, e ele pareceu menos surpreso por me ver do que estava por ser arrastado por seus dois tutelados.

— Rufus! — chamei-o. — É Greta, amiga do Leo. Nós nos conhecemos na noite do Armistício.

— Sim! — ele gritou de volta com um sorriso forçado. Talvez não se lembrasse; todos nós tínhamos bebido demais. Mas então ele disse meu nome:

— A senhora Michelson. Eu me lembro.

— Rufus, esta é minha tia, Ruth Wells. — Ela pigarreou, chamando minha atenção por ter esquecido seu novo nome, mas eu a ignorei. — Os cachorros são seus? Eles são lindos.

— Uma senhora rica me paga para passear com eles. — Ele cumprimentou minha tia com um aceno de cabeça.

— Acho que você poderia até montá-los — eu disse.

Ele não riu. — Sim — concordou. — Sim.

Ruth disse:

— Eu o vi no Hatter. Você toca trumpete, eu acho.

Afastei o capuz do rosto e senti o frio. Ensaiei o meu sorriso mais calmo. — Tem visto Leo? Faz algum tempo que não tenho notícias dele. Espero que ele tenha conseguido trabalho; agora que a guerra acabou, os teatros estão reabrindo. Ele é um ator muito talentoso.

Recebi um olhar tão gelado quanto o arco acima de nós. Os cachorros nos cheiravam de cima a baixo.

— Sinto... sinto muito — o rapaz gaguejou. — Você não o tinha visto ultimamente?

Então ele sabia. É claro que Leo tinha contado para ele, já que os jovens ficam bêbados e contam uns para os outros suas histórias com mulheres. Olhei para cima para o céu cinzento. Era um dia muito solitário.

Disse-lhe que tinha estado fora.

— Sinto muito — ele repetiu em voz baixa.

Tentei disfarçar o melhor que pude. Eu me encolhia e ria, acariciando os cachorros. — Estive fora, você poderia lhe entregar um bilhete?

— Não — ele disse, com frieza. Tudo o que conseguiu dizer é que sentia, sentia muito. E então me contou.

Do outro lado do parque, a banda começou a tocar uma música que não passava de pam, pam, pam.

À TARDE, quando cheguei em casa, encontrei Millie sorrindo na entrada, brilhando como a chama mais forte da luz de gás. — Duas cartas chegaram para a senhora enquanto estava fora — ela me disse, ficando vermelha como se guardasse algum segredo íntimo. Tirei o casaco como um autômato e segurei-o um instante, brilhando com a umidade, até soltá-lo em seus bracinhos estendidos, e pendurei o chapéu no cabideiro. Com dificuldade, ela retirou as cartas do bolso do avental. Me fitando com o olhar constrangido, ela disse que, talvez, uma delas fosse do jovem ator amigo da minha tia.

— Não é — eu disse, melancolicamente, seguindo para o meu quarto.

Mas, ela se desculpou, tinha visto o remetente e pensou...

— Não é — repeti com firmeza. — Ele pegou a gripe. Morreu há dois dias.

Às SEIS DA MANHÃ, meu marido foi para a guerra.

Ou foi assim que me contaram mais tarde. Eu estava longe, no mundo de 1918, passando pelos quartos vazios e arrumando cada um. Com Millie, escovei e limpei cada objeto da casa, esfregando cada marca que eu tinha feito neste mundo. Fiz Millie se ajoelhar e limpar as manchas de vinho do tapete. Usamos água e vinagre nas janelas, até que brilhassem mesmo à luz fraca do inverno. Era só no que eu conseguia pensar em fazer. Porque uma coisa jamais aconteceria: encontrar meu outro eu e lhe dar as más notícias delicadamente. Dizer-lhe que seu amante estava morto. Eu só podia arrumar seu mundo como alguém faz a cama de quem está ferido.

Dias antes, quando Rufus me disse: — Na terça, ele parecia melhor, mas então a febre... —, Ruth me apoiou, enquanto eu ficava lá no frio, olhando o rapaz e escutando as notícias terríveis: — Quarta à noite ele nos deixou. — O céu congelado, riscado de nuvens, e as árvores secas do parque, e o bumbo soando dentro de mim. *Não, não*, minha mente insistia, *ele não pode estar morto. Não é possível, não é possível. Eu estava pronta para escrever-lhe!* Como se outras vidas durassem até que saíssemos de suas histórias. Olhei para Ruth, e seu rosto se crispara de pena. — É isso, é isso, querida — ela disse. — É terrível, muito terrível. Ele era tão jovem e doce. — E vi os olhos de minha velha tia se encherem de lágrimas, ela que tinha visto tantas mortes. Os cães escavavam o chão gelado, e a banda do outro lado do parque começou a tocar.

É melhor ouvir a notícia de uma morte ou presenciá-la? Porque eu sofri ambas e não saberia dizer. Sentir a pessoa esvair-se em seus braços é muito real, dói nos ossos, mas ouvir que ela morreu é ficar completamente cego: procurando, tropeçando, esperando topar com a verdade. Impossível, insuportável, o que a vida planeja para cada um de nós.

Millie estava certa; as cartas eram de Leo. Ele deve tê-las enviado antes da doença, ou às vésperas dela, deitado no apartamento com Rufus sentado ao seu lado aplicando-lhe compressas frias, a luz bruxuleando sobre eles. A primeira era uma carta fria dizendo que logo mudaria de endereço e, se ela tivesse alguma coisa dele para devolver, poderia mandar para... e assim por diante. "Estou entusiasmado com uma peça nova que um amigo escreveu", era assim que acabava. A segunda, que ele deve ter escrito minutos depois de enviar a primeira, começava exatamente com estas palavras: "É tarde demais? Me escreva e irei ao seu encontro imediatamente. Diga-me que não é tarde demais".

Vestido como um soldado da União, sorrindo para mim, o cabelo luzindo com brilhantina, flores nas mãos.

Fui visitar seu túmulo, no Brooklyn, onde há muito tempo são mantidos os mortos de Nova York. Um enorme campo de lápides, cuidado por um bom número de homens corpulentos, com os gorros puxados para baixo para se protegerem do frio, só com as barbas à mostra. Sotaque irlandês me dando informações. Um ancinho apoiado num túmulo vizinho, a neve espalhada como cinzas, e lá: LEO BARROW, NASCIDO EM 1893. Parecia inconcebível que alguém tão jovem tivesse nascido havia tanto tempo. MORTO EM 1918. FILHO AMADO.

Diga-me que não é tarde demais. Ninguém tinha como saber que era.

Eu poderia tê-lo amado?, Ruth me perguntou. A neve tinha grudado nas letras talhadas recentemente. Depositei minhas flores entre as que já estavam ali, congeladas. Pensei naqueles olhos vivos sob as sobrancelhas móveis, os lábios abertos num sorriso tenso, irônico. E por fim veio a imagem que eu havia afastado este tempo todo: dele em meus braços, na cama, naquela única noite juntos. As roupas pendendo das cordas sobre nós, brilhando. Os cílios longos fechados, seu cabelo desalinhado selvagemente, a luz iluminando a ponta da sua orelha. Eu contemplando sua respiração ficar mais lenta enquanto ele dormitava e o dia amanhecia. Tinha ficado lá e não saberia dizer o que era mais dourado: o céu que eu via pela janela, ou seu rosto corado e adormecido.

Você não o amava, disse a mim mesma no cemitério, como alguém que repreende uma criança descuidada que só a sorte salvou do perigo. Dei meia-volta e caminhei pela longa ladeira coberta de neve em direção ao rio. *Mas ela, sim.*

Eu deveria ficar aqui? Deixar a garrafa intocada e, como meu outro eu, fechar a porta para este mundo até que as coisas se acertassem? Até criar um lugar para o luto dela? Mas eu não podia fazer isso. Não era o meu mundo, e havia muito o que fazer nos outros.

E então fiz a faxina. Queria que a casa estivesse pronta para ela, para a outra Greta, quando ela voltasse e encontrasse sua vida reduzida a pó. Mas também estava preparando a casa para uma outra pessoa.

Metade do caminho já tinha sido percorrida. Catorze sessões. Faltando onze.

Já estava escuro, bem tarde, e inesperadamente a campainha soou, e eu o vi ali em pé. *Não sei como é o seu outro Nathan.* Rosto fino, uma cicatriz no queixo. Estava limpo e barbeado; todos tinham sido recolhidos da Grand Central Station e instalados em bons hotéis, onde suas roupas foram lavadas e consertadas, seus corpos lavados e desinfestados dos piolhos que carregavam. *Mas, lembre-se, você ainda não conhecia este.* Empurrei as cartas para dentro do bolso e sorri. Seus ombros estavam escurecidos e encharcados de chuva. Ele não tinha guarda--chuva, é claro, e nem se importava com isso.

— Nathan — eu disse. Ele pôs a mão no meu rosto.

Seis horas da tarde, meu marido voltou da guerra.

Parte Três

DEZEMBRO ATÉ O FIM

15 DE DEZEMBRO DE 1918

QUE MULHER NA HISTÓRIA AMOU UM HOMEM TRÊS VEZES?
— Onde está minha garota? — este Nathan me dizia naquelas primeiras manhãs de 1918. Eu entrava com o café e o mingau de aveia, ele punha os óculos, e uma ameaça de sorriso surgia naquele rosto fino, marcado agora com uma cicatriz. Tudo ao contrário de 1941, quando eu era a inválida para quem este homem levava o café. Agora era a minha vez de bancar a enfermeira. Muito tinha se perdido do homem de quem eu me despedi em outro mundo, mas muito do meu velho Nathan tinha voltado. A barba arruivada que estava deixando crescer, salpicada de pelos grisalhos; aquele rosto nórdico, em que se via a inquietação presente nos olhos; a linha do cabelo em forma de coração. A surpresa nas coisas comuns, ele podia dizer: — Me faça um bife hoje à noite, Greta. Não como um desde o Natal passado —, e eu lhe dizia para fazer uma lista das coisas de que mais tinha sentido falta. Ele obedientemente a escrevia e me mostrava. No alto dela: *minha mulher*. Ele ficava distante e pensativo como o meu primeiro Nathan. Ou era cuidadoso e atento como o segundo. Como ambos, ele verificava se sua carteira estava no bolso de cima quase vinte vezes por dia! Mas ele não era nem o primeiro nem o segundo. *Não sei como seus outros Nathans são.* Era perigoso vê-lo dessa maneira.

Uma coisa nova: ele não sorria. Não conseguia; tinha um estilhaço no maxilar.

— Temos nossa vida de volta — ele me disse certa manhã, parado ali, de casaco e chapéu, na porta da frente, a penugem da barba já visível. Ele tinha se aprontado naquela manhã para voltar à clínica.

— Sim, nós temos — eu disse, sem saber, é claro, como tinha sido aquela vida.

Ele franziu a testa. — Eu não sabia nem se você estaria aqui quando eu voltasse.

Girei a cabeça enquanto pegava minha xícara de café. — É claro que estou.

Ele baixou o olhar. — Eu não sabia se voltaria.

Sorri tristemente.

— Desculpe-me por ser tão *lugubre* — ele disse, encolhendo os ombros e vindo me beijar. *Lugubre*. Ele pronunciou a palavra de maneira errada, igual à que meu velho Nathan tinha corrigido havia muito tempo. Como um gato que volta para casa fugindo da chuva.

Ele comprou flores de um vendedor de rua e simplesmente as entregou para mim. O que esta vida me reservava? Não havia "isso é para você". Nós, como casal, tínhamos de construir uma nova vida a partir de um mundo destruído.

Imaginei, mas nunca perguntei, sobre sua amante daqui, os detalhes do seu caso frustrado. Será que era a mesma pessoa dos outros mundos? E o que o tinha feito romper seu caso neste aqui?

— Senti falta de Nova York — ele dizia à noite, exausto depois de um dia de trabalho; ele havia retomado suas funções na clínica. — Deus, como senti.

— Ela mudou?

— Sim, sem dúvida. Mas não nas coisas das quais senti falta. O metrô e o cheiro do prato especial no Hoover's. — Ele fechou os olhos para pensar. — E Ruth.

— Não me diga que sentiu saudade da Ruth!

Ele deu de ombros. — Sim, senti falta até da louca da sua tia Ruth.

E havia dor: quando se sentava para jantar, ele se encolhia. Era uma das coisas de que nunca falávamos.

— Hoje está muito ruim? — eu perguntava. Ele fechava os olhos e não dizia nada. E eu esperava em silêncio por muito tempo.

— Acho que preciso dormir — ele dizia, e eu concordava. Uma aspereza em sua voz que eu não reconhecia.

— Preciso dormir. — Foi a primeira coisa que ele disse quando entrou por aquela porta em 1918, voltando da guerra, e o que ele dizia quase sempre depois do jantar; o rosto forte, marcado pela cicatriz, crispava-se, os lábios se apertavam e eu podia ver sua mente retrair-se como um caramujo para dentro da sua concha. — Preciso dormir — ele declarava, e eu sabia então que não era sua companheira, mas sua esposa, sua enfermeira, e o levava até o quarto onde ele me deixava despi-lo enquanto ficava olhando as fotografias na parede.

— Eu te amo, Greta — ele sussurrava meio adormecido. — Eu te amo tanto, Greta. — Ele repetia isso tão claramente que senti que era o que dizia todas as noites na trincheira para se acalmar antes que a cortina do sono cobrisse o mundo onde os pesadelos começavam.

Ele precisava dormir. Mas ainda havia uma guerra dentro dele. Ele murmurava coisas no sono que eu não conseguia compreender; talvez não fosse em inglês. O menor barulho vindo da rua o fazia gritar. Algumas vezes eu acordava e o via olhando para mim, mas não de modo apaixonado logo de manhã. Não, era como se estivesse vendo um fantasma.

Acho que as noites dele eram mais parecidas com as minhas do que eu imaginava. Ele também viajava para outro mundo. Ele também acordava em outro lugar, talvez com outra mulher ao seu lado. Ou num catre de hospital, tirando alguns minutos de descanso antes de ser chamado para outra cirurgia. Ou numa vala, a metade do corpo na chuva, olhando a pirotecnia da guerra. Seria possível dizer que a situação dele era diferente, que tudo se passava apenas em sua mente. Mas qual a importância disso? Afinal, não está tudo na nossa mente?

E uma noite: eu me despi para o meu novo Nathan em nossa cama de dossel e, enquanto abotoava o pijama, ele piscou para mim, vestida com minha camisola, havia um clima de lua de mel. É claro que havia; tão exaurido pela guerra, ele ainda não tinha feito amor comigo. Eu, estendida na cama, estava tímida como uma noiva. Estava solitária e precisava ser tocada. Uma substituição do soldado que havia partido, uma versão dele que não desejava nada além de estar em casa comigo e olhar minha estranha maneira de agir. Ele pegou a minha mão com um pouco mais de paixão do que meu velho Nathan, e me tocou um pouco mais rudemente, com uma certa ferocidade no olhar. Diferente. Como o meu Nathan dos anos 40 tinha sido diferente do seu correspondente dos anos 80, aqui novamente eu me via diante de alguém que se parecia, cheirava, sorria e beijava como meu antigo amor, mas que não era realmente ele. Um novo começo. O homem que eu mais conhecia no mundo... abracei-o pela primeira vez.

Estávamos sentados em volta da mesa de jogo redonda coberta com uma toalha de renda. Minha tia Ruth organizava as fileiras de cartas para jogar paciência, vestida com uma túnica de seda recoberta de contas pendentes, uma mecha de cabelos brancos caindo nos olhos cheios de concentração. Felix estava lá, em frente a ela, trajando um terno cinza e uma camisa branca com colarinho novo. E, no canto, com um cachimbo na boca, todo vestido de azul-marinho, estava Nathan. A barba castanho acinzentada começando a cobrir a cicatriz; lentamente ele estava se transformando no Nathan que eu reconhecia do meu mundo. Flores brancas estavam espalhadas pela mesa, com um vaso de vidro no meio — rosas, dedaleiras, outras cujos nomes jamais tinha ouvido falar — e, para divertimento de Felix, eu tentava fazer um arranjo com elas.

Ali estavam eles: cada um que eu tinha perdido num outro mundo. Pela guerra, pela prisão, pela morte. Sentados na sala enquanto a luz do sol de inverno entrava brilhando através de cada janela, enquanto o fonógrafo tocava Brahms. Havia "chá" em nossas xícaras, vindo do suprimento de conhaque de Ruth.

— Não deveríamos tocar Brahms — Ruth disse, sem levantar os olhos. — Especialmente sendo alemão. O *Times* disse que ele "encoraja o espírito". Suponho que o espírito errado.

Nathan levantou a cabeça. — Bem, eu sou um soldado voltando da guerra. E gosto de Brahms.

Felix disse:

— Ouvi dizer que estão queimando Beethoven nos becos! — e olhou para o meu marido. Eu sabia que Felix temia que Nathan estivesse ressentido com ele por não ter ido lutar na guerra.

Nathan falou que com Beethoven o caso era outro...

Ruth interrompeu seu jogo: — Fui a um concerto na semana passada! Um bando de velhos boches, idiotamente tocando música alemã, e um grupo de soldados irrompeu na sala e exigiu que tocassem *The Star-Spangled Banner*.* Bravo para eles.

— E eles tocaram? — perguntou Nathan.

— É claro — respondeu tia Ruth —, pois todos eles eram americanos.

Aqui estava minha família, em casa novamente. Mais uma vez, eu me sentia tentada a pular em Felix e abraçá-lo. Em vez disso, só fiquei olhando seu bigode retorcido, plantado em seu rosto corado, as sobrancelhas subindo criticamente enquanto me observava cortar os cabos das rosas brancas. — Você perdeu a mão, maninha — ele disse, balançando a cabeça. — O cabo deve ficar um terço mais longo do que o vaso.

— O que é que você sabe a respeito disso?

— É o que Ingrid diz. Ela se interessa por decoração e diz que eu decoro como um solteirão.

O olhar de Ruth encontrou-se com o meu em silêncio. Pensei na conversa que tínhamos tido enquanto caminhávamos sob o Washington Arch. *Ele tem um destino difícil, querida. Não sei como você pode ajudar um homem como ele.*

Senti Nathan se aproximando e se inclinando para me beijar. Aqui: a sensação familiar de bigodes tocando meu rosto, agora ausente nos meus dois outros mundos. O cheiro familiar do meu Nathan. — Preciso dormir um pouco — ele sussurrou. — Vejo você mais tarde. — Perguntei se precisava de alguma coisa, mas ele apenas me deu um beijo no rosto, passou a mão no meu cabelo e acenou para minha família. Quando ele se virou vi sua expressão mudar; movendo o maxilar ferido, fechando a cara. Diferente, ele me lembrou a mim mesma.

O único som que se ouvia era de Brahms e minha tia distribuindo algumas cartas sobre a mesa. Ouvimos a porta do quarto se fechar. Ela levantou os olhos e, desta vez, ela e Felix trocaram um olhar. Sobre o que eles tinham conversado quando eu não estava por perto? Ela perguntou:

— Ele ainda tem pesadelos?

— Sim — respondi. — E dores de cabeça.

---

* Hino Nacional dos Estados Unidos. (N.T.)

Felix sorriu para mim enquanto eu cortava o cabo de uma flor como ele queria. — Estou contente por ele ter voltado. Sei que tem sido difícil aqui sem ele.

Ruth disse: — Nova York é completamente diferente com os rapazes em casa. É como uma primavera repentina, quando as tulipas se abrem todas de uma só vez, e você não consegue pensar em como suportou a vida sem elas.

O som de uma campainha cristalina começou a tocar em algum lugar fora da sala.

— Você já trapaceou? — Felix lhe perguntou, e ela pareceu chocada. — No seu jogo?

A campainha continuou a tocar. — Ruth — eu disse —, não é o seu telefone lá embaixo?

— Ah, sim! Eu nunca identifico o som. Sempre penso que alguém derrubou um martelo embaixo da escada. — Ela se levantou. — Eu já volto, meus queridos. Não bebam todo o conhaque. Precisa durar. — Ela veio me beijar, rindo. — Vai ficar tudo bem — ela cochichou. — Você vai ver. Tenho fé nisso. — E arrastando nuvens de renda ela se foi.

Eu me voltei para o ruivo Felix em seu terno cinza. Era dia de folga da Millie e estávamos sozinhos com a bebida de Ruth em nossas xícaras, e o rosto dele estava ruborizado por alguma coisa que tinha acabado de pensar. Eu me inclinei sobre a mesa, mas voltei atrás; meus seios doeram. Pus uma rosa no vaso, seguida de uma flor semelhante a um sino comprido. Outra rosa, uma ramagem.

— Deve ser bom ter Nathan em casa — ele disse por fim.

— Ele está se adaptando às coisas novamente. A mim também. E eu estou me adaptando a ele.

Ele estava sentado, com as mãos sobre a mesa em meio aos talos, e disse: — Sinto muito, Greta — e pôs a mão sobre a minha. Eu me sentei e olhei para seu rosto ruborizado e um sentimento de pena estampado nele.

— O que quer dizer com isso?

— Eu soube — ele disse. — Sobre o seu amigo.

Uma camada de neve e flores frescas sobre uma lápide tão simples.

— Como você soube...? — comecei, e os olhos dele foram em direção à porta. Não conseguia imaginar Ruth contando meus segredos com essa facilidade, mas talvez ela tivesse feito isso.

Puxei minha mão e voltei para as flores. — Ele morreu — eu disse, tentando não chorar.

— Foi o que me contaram. Só queria que você soubesse que sinto muito. Deve ter partido seu coração.

Com uma flor na mão, olhei para ele e vi seu rosto sério, tão ruborizado contra o branco brilhante do colarinho novo. Alguma vez eu fraquejara na sua frente? Em alguma cena que eu perdi, tinha a Greta de 1918 cambaleado para dentro do seu quarto de solteiro e caído no chão, as saias de seda espalhadas, ajoelhada, chorando a morte do amante? Tinha soluçado e soluçado, enquanto ele passava a mão no meu cabelo e repetia: — *Calma, calma?* — Parecia inteiramente possível. Nada menos do que ele tinha feito nos anos de solidão antes de Alan.

— Estou melhor — eu disse, segurando uma rosa entre nós. — O doutor Cerletti está me ajudando.

— Eu lhe disse algumas coisas na festa de Ruth — ele falou, levantando a cabeça como se tivesse ensaiado para dizer isso. Supus que ele se referia à festa do Armistício, embora Deus é quem sabe quantas outras aconteceram que eu perdi. — Eu estava bêbado e disse coisas sem pensar. Agora me sinto terrivelmente mal por isso. — Isso me pareceu uma mudança de caráter quase milagrosa. Teria sido a morte de Leo que desencadeou aquela simpatia? Ou alguma outra coisa, algo que ele reconhecia no fundo da sua própria vida? Parecia impossível, neste mundo, que um homem como Felix conseguisse olhar bem fundo dentro de si mesmo. Ele se inclinou para a frente, e vi seus olhos se voltarem para a rosa que balançava em minha mão desprendendo uma única pétala na mesa, antes de descansarem em mim:

— Ele te amava?

Mas seu irmão não é como esses homens. Ele quer...

Por que ele estava me perguntando isso?

— Acho que sim.

— Sei como isso deve ter sido duro para ele. Alguém casado. — Ele se sentou rígido, a boca torcida para o lado, como se esperasse uma resposta. Parecia tão profundamente triste, que alguém poderia pensar que a perda era dele. Como eu desejava agarrar sua mão e despejar tudo, como tinha feito em 1941. Mas não conseguia encontrar as palavras certas para este mundo; não parecia feito para uma conversa às cegas. Eu não estava preparada para lidar com suas regras e sutilezas, e me sentia muito frágil para enfrentar meu irmão se ele ficasse bravo. Então não disse nada. Só depois de um longo silêncio foi que ele falou, bem baixo, olhando para a mesa:

— Se ao menos amássemos apenas aqueles que deveríamos amar.

— Felix... — comecei.

Ele se levantou, sorrindo. — Preciso ir. O pai de Ingrid está na cidade. Ele quer ficar muito, muito bêbado.

Pus a rosa e a tesoura na mesa e fiquei em pé também, mas ele fez sinal para que eu me sentasse. Este era o momento de conversarmos. — Felix! — eu disse.

— Eu te vejo amanhã — ele disse, e me beijou no rosto. Recuou, puxando o paletó contra o corpo. Olhou para o fogo, que agora se resumia a uma centelha brilhante. Antes de ir, ele me disse, cheio de sorrisos:

— Vou me casar dentro de um mês!

Coloquei a rosa no vaso e prendi a respiração, terminando o arranjo tão bem quanto consegui. Algo do velho Felix que eu conhecia havia surgido novamente. Estava ali. Mas eu não tinha tido forças para procurar. Precisava de outra chance.

Você pode segui-lo uma noite.

A Bloomingdale's em 1918 estava cheia de ofertas pós-guerra, e as vitrines alardeavam: paris diz: flores para a felicidade! Moças com blusas brancas sorriam por trás de balcões cintilantes, cada uma com um *penny* na mão para o caso de descobrirem uma ladra em meio ao mar de mulheres; as moedas serviam para bater no vidro e atrair a atenção dos seguranças. No alto, acima delas, uma gôndola em miniatura circulava: cestas que as vendedoras enchiam com dinheiro, enviando-as ao caixa para fazer o troco; coisas gloriosas que se foram para sempre! Senhoras com longos vestidos pretos aproximavam-se com perfumes da França... — Uma saudação para nossos soldados, madame? — Mas eu sacudia a cabeça; meus ouvidos tinham sido arrolhados para a sua cantilena. O meu objetivo estava três andares acima, na seção masculina.

E ali estava eu, o garoto ascensorista identificando os andares: — Trajes para a noite! Roupas para viagem! Chapéus, luvas e fitas! — Eu tinha seguido meu irmão desde a sua casa, para uma visita noturna à Bloomingdale's. Tinha me disfarçado: envolta em pele de marta, com um chapeuzinho de marta combinando, do qual saía um véu casinha de abelha e, por baixo, minha máscara de proteção contra a gripe. Eu não era a única pessoa que a usava: o próprio garoto ascensorista ostentava uma como se estivesse pronto para uma cirurgia; dava para ver a mancha deixada nela pelo tabaco de mascar. — Seção masculina! Chapéus, sapatos e diversos. — Ele puxou a manivela, liberou a saída, e as portas se abriram para aquele outro mundo dos homens.

Não cintilava nem brilhava como o das mulheres lá embaixo. Ele se espalhava, sob uma luz opaca que imitava um céu de abril: um campo de lã e couro, vermelho-escuro e cinza. Em vez de nossas modernidades brilhantes, era um espetáculo de escolhas sutis: uma gola xale, uma gola com entalhes, punhos franceses ou punhos simples. Um olho despreparado não teria percebido essas diferenças. Mas me coloquei por trás de um biombo, examinando as luvas dispostas como numa exposição de folhas de um botânico. Em relação aos homens valia a mesma coisa que para as roupas. Somente um olhar atento perceberia. E lá, entre eles, estava meu irmão.

Como todos os outros compradores daquela noite, por algum motivo ele vestia um traje formal. Estava em pé, com seu bigode ruivo, atrás de um manequim de terno e sem cabeça, mais ou menos do seu tamanho, com um sorriso descuidado no rosto, as mãos enfiadas nos bolsos. Ele tirou o próprio paletó. Então, devagar, quase amorosamente, começou a desabotoar o paletó do manequim, parando por um instante, como se pedindo permissão, antes de tirá-lo dos ombros dele. O boneco ficou vestido apenas com a camisa de mangas longas enquanto meu irmão punha o paletó em si mesmo. Depois, novamente com aquele sorriso doce, ele alcançou a gravata-borboleta e puxou-a até desfazer o nó e as pontas caírem sobre a camisa do manequim. Com dedos hábeis, desabotoou o colarinho. Ele não podia me ver; o biombo era de mogno vazado; mas eu via meu irmão e os outros homens na loja, que olhavam em torno parecendo não ter um objetivo concreto, pegando peças de seda e percal e lã, como se examinando o material. Só um olhar atento perceberia. Que cada um deles, embora segurando, por exemplo, uma longa echarpe branca contra a luz para verificar a qualidade, estava o tempo todo com os olhos voltados para o meu irmão despindo seu amante.

Ouviu-se o som de uma batidinha; Felix girou a cabeça, e percebi, pela primeira vez, um jovem no balcão, com uma fita métrica em torno do pescoço. Tinha talvez 19 ou 20 anos, bem barbeado, cabelo castanho penteado para trás com brilhantina e uma cicatriz rosa no queixo. Felix virou-se para examinar o alfaiate a postos em seu balcão, enquanto o rapaz, preso repentinamente ao solo, criando raízes como uma planta, contemplava com um olhar de admiração o meu irmão de paletó.

Novamente, pensei naquilo que o tempo apagaria. Como a gôndola que levava e trazia o dinheiro, simplesmente porque ninguém considerava as vendedoras inteligentes o suficiente para fazer um troco. Um ritual construído cuidadosamente ao longo dos anos, feito tão desesperada e amorosamente como as capelas escavadas na rocha nos penhascos javaneses. Não apenas o desejo, mas também a esperança residia aqui. Não muito tempo depois ela iria embora — arrasada, desfeita ou substituída —, mas por enquanto ela se ajustava ao momento em que tinha nascido. Apenas porque ninguém considerava possível declarar o desejo do coração.

O alfaiate afastou-se e Felix passou por ele, desabotoando os punhos, indo para um provador em que presumi seriam tomadas as medidas. Ou sabe-se lá o que aconteceria; quase dei uma risada.

Os homens no salão movimentaram-se, eriçaram suas penas de inveja ou desejo, e dois deles começaram a falar. Mas sorri e balancei a cabeça, pensando novamente em Felix participando daquele espetáculo mudo.

Um provador, na Bloomingdale's. E o alfaiate magrinho... nem era o tipo do meu irmão!

Quando estava saindo, notei uma peça de decoração que não tinha percebido quando descera do elevador; estava escondida por uma arara de casacos, que tinha sido afastada. Pensei que deixaria Felix aproveitar sua diversão — não era o que eu sempre tinha feito? —, e que o momento de confrontá-lo seria mais tarde. Tinha a estranha e romântica ideia de que talvez eu pudesse pôr isso em prática. Com a ajuda de Ruth. Sim, uma forma de aperfeiçoar este mundo. Percorri meu caminho passando pelas echarpes e luvas e homens aterrorizados que agora me viam, como um policial invadindo seu bosque privado imerso nas sombras. Fiquei diante do elevador, esperando. E olhei para a tela agora visível, sobre a qual tinha sido pintada uma cena primaveril: dois enormes abelhões, de frente um para o outro, empoleirados na mesma flor brilhante.

19 DE DEZEMBRO DE 1941

FELIX ESTÁ INDO PARA CASA — ALAN ME CONTOU PELO TELEFONE naquela manhã. — Ele está sendo posto em liberdade condicional.

— Ah, meu Deus, como você conseguiu isso?

Mesmo através do fio, eu conseguia perceber seu sorriso. — Usei de todos os meios possíveis.

A excitação da minha voz atraiu o pequeno Fi, que veio correndo pelo corredor; evidentemente ele achava que ótimas notícias tinham a ver com ele. — Seu tio está voltando para casa! — eu lhe disse, e ele se pôs a pular.

Alan: — Vai ser preciso ainda enfrentar alguma burocracia. Amanhã, talvez até hoje. Vou levá-lo diretamente para você.

— Obrigada, Alan. Muito obrigada.

Desliguei o telefone e levantei Fi bem alto, beijando-o enquanto ele dava risadas e mais risadas.

Eu precisava me distrair da ansiedade de esperar por Felix, por isso fui cuidar da casa, fazer o mingau e passar umas camisas. Não houve outros telefonemas de Alan. Fiquei olhando Fi brincar com seus soldadinhos e fazer perguntas difíceis demais para serem respondidas. E foi assim que eu e a senhora Green nos vimos explicando o conceito de guerra para o meu filho.

Era como explicar o ato de fazer amor, que carece de qualquer lógica interior exceto para os que estão envolvidos nele, para quem a lógica é supérflua, porque a única motivação é a paixão. De minha parte, a conversa era absurda, da dele, era razão pura:

— Existem uns sujeitos maus, os alemães — eu disse —, que estão tentando pegar o que não é deles, e nosso país está tentando pará-los e fazer com que devolvam.

— Os sujeitos maus são alemães? — ele perguntou, sem levantar os olhos dos soldados, empenhado na batalha que ele se recusava a ligar com a que ocorria no momento. — Nós somos os caras maus?

Precisei explicar, com a ajuda da senhora Green, que éramos americanos, que estávamos lutando do lado dos Estados Unidos. Os franceses atiraram nos russos com pequenas explosões produzidas por sua boca (era um cenário napo-leônico). Cessar-fogo. E então:

— Senhora Green, a senhora é um sujeito mau?

Isso porque ela não era americana. A essa altura, a senhora Green explicou irrefletidamente que os suecos eram neutros e não se importavam com quem iria vencer, o que fez Fi abrir o choro e perguntar se ela não queria que os sujei-tos bons vencessem.

Foi só mais tarde que incluímos o pai dele na guerra, o que surpreendente-mente não provocou uma explosão, mas apenas o fez acenar com a cabeça como um deus acima do cenário de batalha. Abri a boca, começando a lhe explicar sobre o tio, mas fechei-a a tempo. A senhora Green olhou para mim com curio-sidade. Era uma coisa sobre a qual nunca tínhamos conversado. Assim, ficamos sentadas olhando Fi brincar com seus soldados, o pai agora entre eles.

MAIS TARDE, NAQUELE DIA, saímos pela rua, meu filho, a senhora Green e eu, caminhando por outra versão da minha cidade durante uma guerra. Era tudo o que eu conseguia pensar para me distrair da expectativa de notícias de Felix; uma parte de mim acreditava que podia ainda não ter acontecido. Nosso objeti-vo era conseguir cortinas de *blackout* para que Fi pudesse ter suas luzes de Natal. É preciso imaginar nossas figuras: eu, acolchoada como um jogador de futebol americano dentro de um vestido de lã que me fazia sentir como se a roupa esti-vesse pendurada num cabide, a senhora Green enfiada numa capa de mafioso, e o pobre Fi lutando para se mexer dentro do abrigo de lã que o imobilizava.

Era difícil para mim acreditar que ninguém estava prestando atenção em nós. Mas combinávamos com a rua em que estávamos andando, cada um com sua própria roupa: bombeiros de sobretudo, vendedoras vestidas com boleros em forma de trumpete e sapatos azuis de pele de crocodilo, vendedores de rua italianos oferecendo batatas-doces quentes, e, é claro, garotos e homens por toda a parte, em uniformes novíssimos, ainda sem passar, andando com seus sacos de lona em direção a um trem que os levaria para longe de casa. Pouca coisa mais parecia ter mudado na cidade desde Pearl Harbor; acho que eu tinha imaginado que todo mundo ficaria dentro de casa, mas isso é impossível em Manhattan. Em vez disso, era preciso procurar por detalhes: por exemplo, o aviso afixado nos telefones públicos: QUANDO OUVIR UM ALERTA DE ATAQUE AÉREO, NÃO USE ESTE TELEFONE! e, num beco ao lado de uma loja que vendia mercadorias por cinco a dez *cents*, uma fogueirinha queimando itens "made in Japan". Numa outra época, estariam queimando discos de Beethoven e Brahms. E a vida segue em círculos.

A fábrica de tecido, em contraste com o cenário da rua, exibia todos os sinais de pânico. Toda peça de tecido que tivesse a possibilidade de cobrir uma janela estava exposta e etiquetada a 39 *cents*. A senhora Green de algum modo sabia exatamente o que escolher, o que, no final, para minha surpresa, não era preto, mas um tecido cinza revestido de algodão. Ela agarrou uma peça e jogou-a na mesa para medir, ali mesmo uma garota cheinha, com o cabelo preto preso na nuca e excesso de maquiagem no rosto, cortou a metragem pedida; paguei com o dinheiro tirado da minha frívola bolsa de lucite. Tivemos de desembaraçar Fi de onde, segundo ele, uma "aranha gigante feiticeira" o tinha enleado em sua teia de renda negra. Comprei-lhe um pedaço, que ele usou como cachecol. A senhora Green pareceu horrorizada. Foi só quando estávamos a meio caminho de casa que as sirenes alertando do ataque aéreo soaram.

No primeiro instante, ninguém pareceu realmente saber o que fazer. A maioria das pessoas continuou seguindo sua rotina. Um homem, com uma braçadeira preta triangular, foi até a rua e gritou:

— Eu sou seu vigia aéreo civil! Entrem no prédio mais próximo e fiquem abaixados! — diante do que as pessoas se limitaram a olhar fixamente para o seu comando despropositado e continuaram a andar. Um guarda tratou de interromper o tráfego, mas não conseguiu convencer os passageiros do ônibus de que precisavam desembarcar imediatamente. Nem um só deles deixava o assento. Brandindo uma arma, ele gritou: — Mas sou um policial! Sou a polícia! — e finalmente afastou-se desesperado, perguntando a ninguém em particular: — O que se esperava que eu fizesse? Que atirasse nos pobres parasitas? — Mas então já tínhamos corrido para uma loja com uma porção de outras mulheres, carregadas de compras, e segurei Fi de encontro a mim como faria qualquer mãe do mundo animal com seu filhote. Pus minha mão no seu rosto e pelas bochechas molhadas percebi que estava chorando.

Depois de alguns minutos, o barulho terrível parou e pude ouvir os soluços do meu filho. — Ah, querido — eu me ouvi dizendo, enquanto passava a mão em sua cabeça —, fique calmo, fique calmo. — Olhei pelo salão e encontrei algum consolo em outra mãe, que acalmava o filho assustado... não, era apenas um espelho refletindo meu eu tão pouco familiar e o Fi.

Trocamos olhares chocados com o balconista, e então, para dar um toque de comédia, um rapaz surgiu de trás de uma cortina vestido apenas com ligas e cuecas, dizendo: — Devemos nos deitar no chão ou algo assim?

— Não — disse a senhora Green. — Basta ficarmos esperando aqui dentro até o final do alerta.

Ele sorriu. — Bem, obrigado, minha senhora. Então... posso voltar para lá?

Eu a escutei respirar profundamente e, para minha surpresa, ela disse: — Não, não até o final do alerta.

— Então está bem — ele disse, sorrindo acanhado —, se as senhoras não se importam. — Pegou um chapéu de feltro de uma prateleira e colocou-o na cabeça, depois cruzou os braços e esperou conosco, cumprimentando com a cabeça uma senhora de cada vez. Ninguém lhe disse que podia se vestir, nem mesmo o lojista atordoado, que ficava girando seu relógio. E assim ficamos lá, nós, donas de casa, com nossas sacolas de tecido para *blackout*, simplesmente admirando seu corpo. A senhora Green não procurava o meu olhar. Gostaria que tivesse feito isso; eu estava encantada por descobrir que ela tinha senso de humor.

E então vieram: três estampidos curtos, que se repetiram diversas vezes. O rapaz despediu-se de nós com um toque no chapéu, todas as senhoras foram reunir suas coisas e eu peguei o Fi. Havia uma confusão generalizada entre as mulheres que nos impedia de sair, já que todas se agitavam para agarrar sacolas, sapatos e luvas perdidos, além de casacos espalhados por todos os lados, como se fossem árvores no outono que tivessem mudado de ideia, grudando cada folha no lugar de onde tinha saído. Eu me demorei um pouco, procurando por alfinetes de gravata para dar a Nathan no Natal, sabendo que isso era uma tolice; ele usaria uniforme por anos. O que ele precisava era algo para tirar mancha de sangue de tecido cáqui. E algo para afastar o horror da guerra. — Preciso de um buquê — Felix costumava dizer aos floristas — que diga: "vou manter a tristeza a distância". Vocês fariam um para mim? — E algumas vezes eles faziam.

— Enfim chegamos — a senhora Green disse quando chegamos em casa, içando a pilha de tecido. — Limpe os pés, Fi. — Do lado de fora, em Patchin Place, alguém não tinha prendido bem a corda num mastro de bandeira e ela batia soprada pelo vento, e mesmo da entrada podíamos ouvir sua fivela de metal golpeando o mastro.

Ouvi meu filho gritar: — Tio X! — e virei no corredor, tirando meu casaco, para ver meu irmão sentado na sala com seu advogado: Alan Tandy, Esq.,* uma gravata azul de listras e o rosto avermelhado pelo fogo. E meu irmão, só de camisa, calças e um paletó de algodão, provavelmente as roupas com que tinha sido preso, voltando-se para me ver.

— Felix! — eu disse, correndo até ele, meu chapéu caindo no chão. — Você está livre!

Ele sorriu diante do meu abraço, mas havia uma mudança nele. Olheiras escuras sob os olhos. Magro, assustado e calado. Eu não podia suportar isso. É o que acontece com gêmeos; não parece natural que a imagem no espelho mude sem você mudar.

— Greta — ele disse. Os olhos tão sem expressão quanto suas abotoaduras.

— Feliz Natal, Greta — Alan disse, sorrindo.

— Graças a Deus você está livre. Está se sentindo bem? — E falei para o meu filho, que estava pendurado no tio: — Fi, vá para o quarto e tire uma soneca. Os

---

* "Esquire", usado nos Estados Unidos após o nome de profissionais habilitados na ordem dos advogados, em cartões de visita, correspondência e documentos. (N.T.)

adultos precisam conversar. Senhora Green, poderia...? — Ela sorriu, passou os olhos pelo elenco de personagens, e empurrou meu filho, que saiu reclamando da sala. Felix providenciou uma xícara para mim. Alan levantou-se para me cumprimentar adequadamente, roçando seu paletó de *tweed*. Houve abraços e palavras formais. Fiquei imaginando o que dizer, o que fazer com esses homens, que seguravam nervosamente suas xícaras fumegantes e suas vidas. Eu tinha uma noção de que precisávamos começar a tratar disso.

— Muito obrigada por me visitar, foi a única alegria que tive — Felix disse. Ding, ding, continuou a soar o mastro de bandeira.

— Não lhe perguntei se eles estavam lhe dando comida — eu disse.

Ele deu uma tragada no cigarro e esfregou os olhos com a outra mão. — Suponho que seja antipatriótico dizer que, se é para passar a pão e água, o pão alemão é preferível. Eles pensaram que eu era um espião.

— Você está com uma aparência horrível.

Ele forçou um sorriso com os olhos cerrados. — Obrigado, Greta. Não foi uma tortura. Era eu, italianos e uma porção de boches. Só que eles, *eles* eram espiões. Mas Alan me tirou de lá.

— Tivemos um pouco de sorte — Alan foi dizendo. — E dei um jeito de apagar sua ficha. Eu conhecia o policial. E conhecia o juiz.

— Obrigada — eu disse, séria. O barulho alto do vento se chocava contra as janelas.

Alan respirou fundo. Alisou o cabelo curto e grisalho e disse:

— Mas não podemos apagar o nome dele no auto de prisão.

Mais uma vez, o medo ficou estampado no olhar de Felix.

— Quer dizer, onde você foi encontrado — eu disse.

Ding, ding, seguia o mastro de bandeira quebrando o silêncio. Os painéis da janela sacudiam violentamente. Nenhum de nós se moveu do lugar, olhando, procurando um ao outro.

Alan quebrou o silêncio:

— Pense numa coisa, Greta e eu vamos cuidar de você. — Ele olhou diretamente para Felix e o vi pôr a outra mão em volta da xícara. Talvez para se impedir de tocar meu irmão, de consolá-lo. Certamente ele já tinha feito isso, quando tinham vindo da prisão. Segurando sua mão debaixo do casaco para que o motorista não pudesse ver.

Escutei a senhora Green tossindo discretamente no corredor para avisar que estava entrando. Seus olhares se afastaram, e logo Alan estava se despedindo, voltando a ser o profissional cordial que eu conhecia. Tentei imaginar a aparência dele em 1919, de casaca, colete e relógio de bolso. A porta se fechou.

— Ingrid vai continuar em Washington — Felix me disse, olhando para a porta. — Com o pai. Soou mal que eu estivesse numa lista. E o que estava escrito no auto de prisão.

— Ela levou seu filho.

— Perdi meu emprego — ele disse, voltando-se para mim, com os olhos fundos.

— Felix!

Ele tragou nervosamente o cigarro. — Não apresentaram nenhum motivo. Não precisam. Ninguém vai me empregar agora.

— Felix — eu disse, assustando-o ao agarrar violentamente os braços da sua cadeira. Não era uma coisa fácil de fazer naquele vestido que me prendia. — Felix, você não pode viver sozinho.

Ele se apoiou na mão livre e soprou a fumaça no ar.

— Greta, Alan estava no bar comigo. Ele conhece a polícia, mas não podia me ajudar.

— Venha morar comigo e com Fi — eu disse. — Ele precisa de um homem por perto.

— Não sou um homem! — ele disse, aos gritos agora. — Você não leu os jornais? Sou um criminoso sexual.

— Vai ficar tudo bem.

— Quando vai ficar tudo bem? — Eu não disse nada enquanto me afastava dele. — Sinto muito, você não deveria ter visto isso. Ou ouvir qualquer coisa assim. Deve ficar enojada.

— Não sou quem você pensa — eu lhe disse.

Ele olhou para cima e eu vi ali uma centelha de esperança.

— Já lhe disse isso antes.

Ele engoliu e estremeceu visivelmente diante de um pensamento que lhe passou pela cabeça e que eu não consegui nem imaginar. Em voz baixa, ele perguntou:

— Quando tudo vai ficar bem? Para alguém como eu?

O brilho refletido do sol entrou na sala, sol vespertino, atingindo o lustre candelabro, lançando por breves instantes luzes prismáticas em volta da sala, passando pelo rosto e pelo corpo do meu irmão. Percebi que eu ainda não tinha visto nenhuma época assim, mas você não pode dizer isso para uma pessoa. Não pode dizer que viu muitos mundos possíveis em que as pessoas prosperam ou fracassam, mas que não há um mundo para ele. E o efeito lindo se foi. Da porta da frente, ouvi a voz do doutor Cerletti. Hora da sessão.

— Venha morar conosco — foi tudo o que pude dizer antes que a senhora Green deixasse o médico entrar.

24 DE DEZEMBRO DE 1985

ERA VÉSPERA DE NATAL, E ME VI NO TELHADO COM RUTH, enrolada em suas velhas peles, passando um baseado de uma para a outra. Pode-se dizer o que for dos anos 1980, mas pelo menos era fácil conseguir maconha. Estávamos de preto, os rostos vermelhos de tanto chorar; tínhamos acabado de chegar de um funeral.

— Não aguento mais isso — Ruth disse para o céu de 1985. — Daqui para a frente só vou aos velórios.

Alan tinha morrido.

O serviço fúnebre tinha sido no Metropolitan Temple, e homens falaram sobre a vida dele entre duas deslumbrantes coroas de rosas. Funerais *gays* são sempre bons no quesito flores.

Eu tinha deixado de ir a funerais, e esse foi o primeiro a que eu compareci desde a morte de Felix, quase um ano antes. Percebi uma mudança, terrível: enquanto nos serviços anteriores os amigos do morto reuniam as lembranças e falavam sobre elas, sempre do homem jovem, forte, sorridente e viril, agora o elogio fúnebre era feito por rapazes que tinham conhecido brevemente o morto, por uns seis ou sete meses. Jovens de 20 ou 21 anos. Lá, com suas barbas recentes, vestidos em ternos justos e elegantes, chorando sem parar. Um rapazinho esbelto levantou-se e cantou um *spiritual** que eu conhecia bem, *In the Garden*, com uma voz alta e desigual, com os olhos postos na imagem de um vitral de

---

* Gênero musical de fundo religioso que surgiu nos Estados Unidos, inicialmente interpretado pelos escravos negros. (N.T.)

uma lamparina permanentemente acesa. Era evidente que esses eram os novos amigos, os únicos que ainda estavam vivos: os jovens. Reunidos em torno da sepultura de um homem mais velho de quem tinham se tornado amigos tão recentemente. E seriam eles também levados pelas chamas? Eu não suportaria isso. Com o jovem amante de Alan cantando *In the Garden*, exatamente como Alan tinha cantado para Felix. Saímos silenciosamente da cerimônia fúnebre. Não havia ninguém para nos desaprovar; ninguém ali nos conhecia.

— Você se lembra de quando conhecemos Alan? — Ruth me perguntou, jogando a cabeça para cima enquanto dava uma tragada. O céu estava duro e luminoso como cera. Em algum lugar dele estava o sol, mas eu não sabia dizer onde. — Felix o trouxe para um *brunch* na minha casa. Tão alto e elegante. Ele usava uma aliança.

— Isso não pode ser verdade — eu disse, pegando a guimba da mão dela. — Ele tinha deixado a mulher um ano antes.

— Talvez fosse a marca que a aliança havia deixado no dedo. — Ela suspirou. — É muito terrível admitir agora que eu o achei tremendamente *sexy*? Acho que fiquei com inveja de Felix.

— Eu me lembro de como ele parecia preocupado. Como se pudéssemos odiá-lo, talvez porque fosse mais velho. E só o que eu pensava era: "Ah, graças a Deus, finalmente".

Ela pôs a mão no meu braço e olhou ao longe. — Você vai me fazer chorar de novo.

Contei-lhe de um momento que Felix me descreveu. Eles estavam juntos há apenas algumas semanas e, numa manhã, enquanto estavam deitados na cama, Alan começou a chorar. E Felix disse: — O que está acontecendo? O que foi que eu fiz para deixá-lo tão infeliz desse jeito? — E Alan, muito cauteloso com as palavras, continuou a chorar, virou-se de costas e não disse nada. Aquele homenzarrão chorando na cama de manhã. Felix perguntou-lhe novamente: — Por que você está infeliz? — E Alan disse apenas, começando a rir entre as lágrimas e balançando a cabeça: — Não estou infeliz. — A luz da manhã batendo em seus ombros. — Não estou *infeliz*. — E Felix sabia o que ele queria dizer.

— Ele era terrivelmente *sexy* — Ruth disse, e deu um suspiro longo e sentido. Percebi que ela estava chorando novamente. — Sinto tanto a falta deles.

— Gostaria que você pudesse viajar comigo. E vê-los. Apesar de que isso não torna o dia de hoje mais fácil.

Ela agarrou meu braço com mais força. — Sinto falta de você também, Greta. Não é fácil para mim você mudando o tempo todo. Você é tudo o que eu tenho agora.

— Me desculpe — eu disse, embora imaginasse que Ruth devia secretamente desfrutar do seu tempo com a Greta de 1918, um novo "projeto" para ela levar adiante. Se as coisas dessem errado e ficássemos novamente presas nos mundos trocados, ela não seria uma má companhia para minha tia. Eu disse:

— Só faltam oito sessões. Então tudo estará terminado.

— Fale-me de Alan — ela disse, fungando. — Faça-me sentir como se ele estivesse vivo.

— As coisas vão mal em 1941. Felix acabou de sair da prisão, você sabe, mas ele perdeu a mulher e o filho. E o emprego. Não compreendo isso, tento consertar esses mundos, mas eles estão cheios de armadilhas. Pelo menos, de certo modo, ele tem Alan.

— Ele é o mesmo *cowboy* que conhecíamos?

Eu ri. — Ah, ele é um perfeito executivo. Nada de camisas de *cowboy*! Mas eu os vi juntos. Ele não está... infeliz. Não está infeliz com Felix.

— E no outro mundo?

— Não vi Alan por lá. — Eu me inclinei e estendi o baseado para ela. — Você sabe, já faz quase um ano que Felix morreu. Quero fazer uma homenagem em memória dele. Aqui, no telhado. — Ela, franzindo a testa, pegou o baseado da minha mão. — Convidei Nathan.

— Você falou com Nathan?

— Deixei um recado na secretária — eu disse, depois acrescentei:

— Ele tem tanto direito de estar aqui quanto qualquer um.

— Compreendo. Você quer encontrá-lo. Agora que ela o está vendo, a sua versão dos anos 1940. Não se preocupe com ela, só está tentando entender o que foi que deu errado. Não acho que ela tenha contado que não é a mulher que ele deixou. Não acho que faria isso. — Ela puxou o agasalho de pele mais junto de si e esticou o pescoço para dar mais uma tragada.

— Não sei o que farei se ele vier. Vou me sentir tão ansiosa, que não vou saber o que dizer — eu disse, depois ri. — Quero que as pessoas venham vestidas como o Felix. Foi o que ele pediu.

— Isso é ridículo — ela pronunciou em meio a uma nuvem de fumaça. Segurei o riso diante da ideia desta mulher achar alguém ridículo.

Ficamos sentadas ali em silêncio por um bom tempo. Tudo a nossa volta, fumaça e vapor, deixavam um rastro no ar: dos cones nas ruas, das chaminés, das torres altas, dos barcos nos rios. Camadas de fuligem azul e cinza. Eu precisava contar uma coisa a Ruth.

— Ela está procurando pelo Leo, você sabe. — Ruth começou de repente. — A Greta de 1918.

Eu me aninhei no meu casaco macio. — O que quer dizer com isso?

— Ela foi à biblioteca consultar a lista dos habitantes da cidade para procurar um Leo Barrow. Foi inútil, aquela biblioteca está me parecendo muito confusa. Me dói vê-la. Ouço seu choro vindo lá de baixo. Não tinha visto você assim tão triste desde que Felix morreu.

— Leo era muito, muito doce. E espirituoso. Muito diferente de Nathan. Posso ver por que ela se apaixonou por ele. Faz diferença ser o primeiro amor de alguém.

— Estou curiosa, gostaria de conhecê-lo, mas ela não conseguiu encontrá-lo. Em nenhum dos bairros.

— Ele cresceu no norte de Massachusetts. Neste mundo, ele poderia ainda estar lá. Gostaria que ela o encontrasse, mas o que eu faria com ele depois? Quando tudo isso estiver acabado?

— É engraçado. Vocês todas são iguais, são todas Greta. Todas tentando melhorar as coisas, seja lá o que significar para cada uma. Para você, é Felix que deseja salvar. Para uma outra, é Nathan. Para esta outra, é Leo que ela quer ressuscitar. Eu compreendo. Nós todos temos alguém que queremos salvar do naufrágio, não é verdade?

Olhei para o Village lá embaixo, as torres de água como minaretes elevando-se dos prédios mais altos. A fumaça, o vapor e as luzes começando a se juntar na escuridão.

— Eu me lembro de Alan carregando Felix para dentro do mar, os dois berrando com as cabeças para fora da água — eu disse.

— E eu me lembro de como Felix estava preocupado por ir morar com ele — Ruth completou. — Mudar-se de Patchin Place.

— Não me esqueço de como Alan amava aquele bigode horroroso.

— Estou velha — ela disse, num tom de derrota que eu não reconhecia como sendo dela. — Era de esperar que eu perdesse meus velhos amigos. Por que são os jovens que estão morrendo?

Lá embaixo, a cidade fria: as árvores sem folhas nos parques, e as luzes vermelhas de freio por todas as avenidas em preto e branco, como um filme mal colorizado. Em algum lugar um rádio tocava música para os dançarinos de rua, aquela música nova e incompreensível de rimas gritadas. Era tudo dum, dum, dum. Eu tinha que contar a ela.

— Ruth, estou numa situação complicada.

— Você quer dizer com Nathan? Pensei que tivesse acertado as coisas. Ele deixou a garota, você disse que achava que ia ser diferente desta vez. Eu acredito nisso.

— Não nessa época. Em 1918.

— O seu novo Nathan. Ela amava o rapaz, não é? Há o tempo para corrigir as coisas.

Camadas de fuligem azul e cinza no céu: uma bandeja de prata manchada.

— Ruth, acho que ela está grávida.

Foi o doutor Cerletti que me deu uma pista na minha última visita, embora ele não tenha percebido isso, preocupado como estava com o aro com que me coroava, a garrafa carregada de eletricidade que punha nas minhas mãos, a centelha azul saindo do meu dedo. Normalmente, ele me disse, eu convulsionava numa posição ereta. Dessa vez, entretanto, eu havia desmaiado. Quando voltei a mim, estava estendida na cama com meu pulso na mão dele.

— Como está se sentindo? Alguma coisa está diferente hoje?

— Não sei.

— Como está a parte das questões femininas — ele me perguntou baixinho.

Então isso me ocorreu. A menstruação tinha falhado um mês no início do tratamento, mas meu ciclo aparentemente tinha voltado ao normal. Era difícil, com tudo o que acontecia, manter o controle de quando meu período deveria ocorrer em todos esses mundos. Mas as mulheres sabem. Desmaio, mais apetite, dor nos seios. Soube naquele momento, deitada em minha cama de dossel, com o rosto do médico franzido de preocupação. Eu sabia. Podia sentir.

— Normal — eu disse. — Tudo normal.

Por um instante, ele me olhou intensamente. Depois sorriu, retirou o aro de mim e fechou sua caixinha de madeira. Ele me disse para descansar um pouco, depois me deixou sozinha, no quarto inundado com a luz vespertina.

Um filho. Não o Fi emprestado, apostando corrida com meus sapatos no tapete da sala, mas um filho no meu corpo. Eu era como a garrafa mágica de Cerletti, assentada em minha caixa de veludo verde: latente, quieta, mas carregada com algo que mudaria meu mundo. E em oito meses ocorreria a fagulha.

Porque não foi aquela noite com Nathan uma semana antes que dera início a isso, mas uma noite, um mês antes, na enluarada Massachusetts. O que aconteceria quando eu desse à luz não em nove, mas em oito meses? Ou mesmo dentro de algumas semanas, quando exibiria um estágio de gravidez evidente, muito mais cedo do que uma boa esposa faria? E quando a criança nascesse parecendo muito pouco com um certo doutor Michelson, e com grandes olhos castanhos...

Fiquei em pé, zonza, e fui à procura de Ruth. Contei-lhe, e ela segurou minhas mãos e me fez perguntas difíceis. Então, me deu um endereço em Lower East Side. — Conheço uma mulher que salvou seu casamento lá — ela me disse. Já estava escuro, mas bem antes do horário em que Nathan deveria chegar. Eu me vesti com uma capa comprida e saí na noite chuvosa.

Era um cenário de pesadelo: cavalos esqueléticos com sacos de alimento nos focinhos, recebendo palmadinhas de seus donos também esqueléticos, que me olhavam enquanto eu andava sobre os paralelepípedos com minha saia de seda. Estava usando um véu para me manter incógnita, mas uma mulher desacompanhada devia ser uma visão estranha àquela hora da noite. Talvez eles achassem que eu era uma prostituta. Cheguei até a porta e vi apenas um vitral oval e uma maçaneta com formato de lírio. Eu podia ouvir uma mulher falando lá dentro. A princípio pensei que fosse alguém no telefone, mas então escutei um leve choramingar. Uma luz veio se aproximando de mim; a janela estava bem vedada. De lá, ouvi o som de alguém vomitando. A voz da mulher endureceu. De repente um menino apareceu: — Senhora, tem uma moedinha? Uma moedinha? — Ele dizia isso mecanicamente, como se uma moedinha fosse colocá-lo em movimento como a um brinquedo mecânico, para minha diversão. Sujo e maltrapilho, fazendo caretas de tanta necessidade. Ele sabia muito mais do que eu sobre o que acontecia por trás daquela porta. — Pegue isso e vá embora, vá embora — eu disse, entregando-lhe o trocado que consegui encontrar na minha bolsinha. Senti uma chuvinha começando, e pensei em como ela seria incapaz de limpar aquele lugar. Um pequeno cabriolé em mau estado estava passando por ali, e eu, sem pensar, chamei-o e subi nele. Pedi ao cocheiro para me levar a Patchin Place, e percebi que estava gritando. Saímos enquanto a chuva engrossava e ficava cinza. Não voltei àquele lugar.

Não contei a Nathan.

26 DE DEZEMBRO DE 1918

VOLTEI A 1918 E, ENQUANTO EU E MILLIE LIMPÁVAMOS A CASA, percebi que precisava decidir o que fazer. Para uma versão de mim, depois que as sessões tivessem terminado, acabaria aqui, com um filho. Uma de nós teria de se explicar com o marido. Quando mandei Millie fazer compras, fiquei diante do espelho e senti minha barriga e meus seios. Ainda não estava visível; eu tinha tempo. Havia formas de deixar tudo bem. A diferença era só de um mês, nesses casos era difícil estabelecer bem a data. Leo estava morto; não havia motivo para Nathan ficar sabendo sobre ele. Eu, entretanto, não tinha pensado em como o Village deste tempo não passava de uma cidadezinha do interior, menor do que aquela de onde eu tinha vindo. E, nas cidadezinhas, não existem segredos.

Quando Nathan chegou da clínica, ouvi o som de dois homens em vez de um. Presumi que ele tivesse trazido um amigo embriagado para casa.

— Greta! — soou a voz bêbada do meu marido. Vê-lo tentar um sorriso torto, vê-lo sem os tremores causados pela angústia e pelas lembranças, era uma alegria. Mesmo com um bafo de uísque tão forte. Ao lado dele, um homenzinho semelhante a uma morsa, com um chapéu de pele de castor. Ele beijou a minha mão. — Greta, você se lembra do doutor Ingall. — Eu disse que certamente me lembrava, e voltei para a cozinha onde meu *chiken à la king** me esperava.

Era visível como fazia bem a Nathan estar na companhia de homens outra vez e não apenas comigo, Millie e Ruth, papagueando enquanto seu crânio

---

* Prato feito com pedaços de frango, creme de leite, manteiga, farinha, legumes, cogumelos, gemas, suco de limão, páprica, sal e pimenta, cebola, salsa, fatias de pão e xerez. (N.T.)

doía, cheio de fragmentos de metal e de lembranças. Conversamos sobre os planos de Nathan e o casamento do meu irmão que aconteceria dentro de duas semanas. Talvez fosse a bebida, ou minha presença feminina, que deixou o doutor Ingall tão à vontade que, sem querer, soltou uma pequena bomba em nossa sala de jantar.

Ele estava agradecendo Nathan por ter servido durante a guerra, admirando-o, explicando como a sua perna ruim o tinha impedido de ir ajudar os homens no além-mar. Foi então que ele mencionou uma teoria sobre a qual eu tinha lido no jornal: que nossos soldados estavam, de fato, voltando à sua vida rotineira melhores do que antes. Era esta a frase que todos usavam: "melhores do que antes". Os lábios do doutor Ingall estavam reluzentes de manteiga quando ele deixou cair sua opinião na nossa conversa como alguém faz ao falar de uma posição política que supostamente é compartilhada por todos, simplesmente porque nosso mundo é tão pequeno como, por exemplo, o West Village.

— Penso que não entendo como meus homens podem ser melhores do que antes — Nathan disse, de modo amigável. Com a mão sempre no queixo, tocando a barba nova.

— Oh, tenho certeza de que pode entender, Nathan — o homem disse, inclinando a cabeça. — Mas certamente eles viram atos de coragem que nós jamais vivenciamos. Camaradas feridos que insistiam com os amigos para que fossem atrás de ajuda antes de aceitarem tratamento. Altruísmo e sacrifício. Coisas que nunca tinham conhecido. O melhor do espírito humano.

— Creio que isso seja verdade.

— E — o homem continuou, incentivado pelas palavras de Nathan e pela bebida — ouvi dizer que não há nada de prepotente ou jactancioso num homem que realmente esteve no fronte. Que eles são gentis, humildes e bondosos. Não o que imaginamos de um soldado, mas o que desejamos num homem.

O próprio espírito de Nathan parecia refletir isso. Ele disse:

— Sim, é isso mesmo.

— Então eles voltam para suas vidas e deixam a guerra para trás. Ela os tocou, mas não os modificou.

— Você tem razão. Mas fico pensando em Henry Bitter.

— Quem é esse? Não reconheço o nome.

— Não, não, você não o conhece — Nathan disse, pondo de lado o garfo e olhando para longe, pela janela, onde as luzes da cidade brilhavam. — Quando desembarcamos na Grand Central Station, eles nos levaram para um hotel nas proximidades, onde nos enfiaram num chuveiro e fomos despiolhados com querosene, e a secreção das nossas gargantas foi levada para exame de difteria. Nos deram meias, pijamas, chinelos e um lenço. Havia um garoto perto de mim que não conseguia segurar o lenço, então o enfiei no bolso do seu pijama. Ele abriu um sorriso enorme. Era de Dubuque, no Iowa. Suas duas mãos tinham sido explodidas por uma granada e ele estava cego. Isso não o assustava. Estava preocupado em como dar essas notícias aos familiares; ele esperava que não soubessem pelo jornal. Então consegui que uma moça da Cruz Vermelha levasse a mensagem que ele ditou e eu escrevi. Lembro-me perfeitamente dela. — Então seus olhos se voltaram para nós novamente.

— Querem ouvi-la?

Não havia o que responder.

— Dizia: "Cheguei a salvo em Nova York. Sinto-me bem. Sofri um acidente na Divisional School, em 16 de novembro. As duas mãos amputadas. Olhos atingidos. Sob tratamento. Diga a Donna que entendo se ela não me quiser mais. Diga-me como vocês estão. Henry".

— Ah — disse o amigo médico.

— "Sinto-me bem." "Olhos atingidos" — Nathan repetiu com firmeza. — "Diga-me como vocês estão. Henry."

— Isso é muito triste. E a delicadeza em pensar nos outros.

— É.

— E então?

Olhei para o meu marido, aquele estranho, cheio da força e da fúria de que me lembrava tão bem nos nossos primeiros anos, quando ele batia na mesa, falando de filosofia e política, cujos estudos o tinham deixado fora do Vietnã. Olhei para este homem, que não fugiu da guerra, e que dizia: — Então me diga, de que modo Henry Bitter, de Dubuque, no Iowa, está melhor do que antes?

Depois que o doutor Ingall saiu, passamos para a sala enquanto Millie lavava a louça. Dava para ouvir uma cançãozinha irlandesa vindo do corredor e o som da louça e dos copos de encontro à pia. Bebemos água gaseificada extraída pelo sifão de dentro de uma garrafa envolta em malha de aço; nunca lhe ocorreria a ideia de dividir seu uísque comigo. Nathan pegou o sifão novamente para pressionar a água no copo e, sem se virar, me disse:

— Soube que um amigo seu morreu.

A canção continuava vindo da cozinha, e havia algo em sua letra sobre uma jovem e um rapaz.

— De quem você está falando?

— De um amigo ator.

— Sim — eu disse. — Foi muito triste.

Um enxame de abelhas zuniu na minha cabeça. Como ele tinha descoberto? Millie, certamente. Uma empregada pode ser paga para fazer qualquer coisa. O quanto ele sabia, o quanto a outra Greta tinha deixado Millie perceber? Pensei numa noite de bebidas e comemoração, Ruth na minha porta, um papagaio em seu ombro. Suspirei e olhei para Nathan. Ele segurou a garrafa com sifão na minha frente. Tenho certeza de que não conseguiu controlar a violência ao lançar muita pressão no meu copo; era a função natural disso, mas me passou um arrepio de medo.

O rosto barbado de Nathan estava calmo como quando ele falava sobre seus pacientes. — Você estava lá quando ele morreu?

Eu me vi arrumando minha saia, só para fazer um barulhinho. — Não, tudo aconteceu muito depressa. Soube alguns dias depois.

Nathan recostou-se na poltrona e deu um gole na bebida. Olhava para mim sem qualquer emoção nos olhos.

Continuei: — Isso não é nada perto do que você passou.

— Sim — ele disse, com o copo na mão.

E jamais vou me esquecer do que vi em seu rosto no momento em que ia levantar para ir se deitar. Algo que não reconheci. Era algo que a guerra tinha inculcado nele, mais a perda, o ardor e a pressão da época em que estávamos vivendo? Ou era esta a diferença entre meus Nathans? Antes de sair da sala, algo brilhou em seus olhos. Pensei a princípio que fosse um efeito secundário da guerra, mas agora sei que não era. Era uma expressão que só a solidão, a raiva e o orgulho podem produzir nos homens, mesmo nos melhores, como Nathan era a seu modo. Tinha estado sempre dormente no Nathan que eu tinha conhecido, uma parte menor dele. Mas aqui, faiscava em seus olhos com o brilho de um dente de ouro. Era pura dor.

27 DE DEZEMBRO DE 1941

A CORDEI COM OS SONS DE SINOS DE 1941, MUITO ABALADA AINDA PELOS acontecimentos da noite anterior, e conversando com a senhora Green sobre a visita do meu marido que estava para acontecer, e eu tentava separar o homem que havia mostrado sua dor daquele que vinha para casa. Eram homens diferentes em mundos diferentes. Ainda assim, de algum modo, da mesma forma que um amante novo pode involuntariamente reviver a mágoa causada por outro — por palavras ou gestos descuidados —, eu culpava cada Nathan pelos crimes que os outros tinham cometido. Sempre tinha dito que o meu Nathan era bom, mas podia ser frio quando estava com raiva. Não tinha me ocorrido que os mundos pudessem separá-los: num Nathan bom, em 1941, cujos erros amorosos não conseguiam disfarçar seu amor por mim, e num Nathan frio, em 1918, cujo próprio caso era um espelho para sua raiva carregada de ciúmes. Cada um tinha me ferido em diferentes níveis; cada um tinha me amado e brigado comigo em doses diferentes, mas, para mim, eles eram todos o mesmo homem. Eram ainda o Nathan que eu amava.

Sem dúvida, seguindo esta lógica, eu deveria ser uma só mulher. Aquela que o tinha esquecido enquanto meu irmão morria; aquela que era mãe o tempo todo e não esposa; aquela que carregava o filho de outro homem. Eu tinha cometido apenas um desses crimes. Mas, por esse raciocínio, eu deveria ser julgada por todos — como os conspiradores que são enforcados todos juntos.

Nathan ainda estava examinando os soldados no Fort Dix, e o tinham deixado ir para casa por uma noite para se despedir antes de partir para a Europa. Faltava ainda uma semana para a sua visita, e Fi com o tio X estavam arrumando a casa para recebê-lo — porque Felix tinha vindo morar conosco, dormindo num sofazinho que a senhora Green tinha levado para o quarto do Fi. A visita coincidiria com o aniversário meu e do Felix, e então aparentava menos ser uma recepção a um cansado médico do exército do que uma festa primaveril. A cozinha recendia a tentativas fracassadas de bolos e biscoitos, até que a senhora Green, controladora dos nossos cupons de racionamento, deu um basta e anunciou que ela iria preparar a comida para a comemoração. Depois disso, aos Felixes só restou decorar a si mesmos, e ficaram tramando secretamente em seu quarto com a máquina de costura da senhora Green zumbindo, e na porta o aviso NÃO ULTRAPASSE! SOMENTE FELIXES! (POR ORDEM DO EXÉRCITO DO LAR). Eu me mantive afastada, exceto para corrigir a grafia acrescentando um "s" com o batom, e de dentro do quarto eu ouvia os dois rindo.

Dei uma espiada na minha agenda e vi uma observação no horário das seis e quinze: *Todos os dias às seis e quinze, a passarela da 33rd Street.* O que isso poderia significar?

A ausência de Alan no nosso feliz cenário de meia estação me alarmou, como se a morte dele em 1986 tivesse sido transposta para os outros mundos. O que acontecia é que, como Felix me cochichou rapidamente antes do jantar, Alan estava na Costa Leste a trabalho e lá ficaria a semana toda. *Não estaria de volta para o casamento?* Pensei, e então, é claro, me lembrei de que não haveria casamento, não aqui, não para o meu irmão gêmeo empoleirado numa escada para pendurar as letras L-A-R no teto. Em vez disso, sua mulher estava pedindo o divórcio e levando o filho recém-nascido com ela para a capital, para sempre. — Bom — eu tinha dito, então imediatamente vira o rosto do meu irmão desabar. — Ah, sinto muito — corrigi, pondo a mão em seu braço. — Sinto muito pelo seu filho. — Ele sorriu com dificuldade. — Você vai vê-lo novamente — disse, para logo em seguida me dar conta de que isso não aconteceria. Naquela época, nós dois sabíamos, os filhos ficavam com as mães e raramente os pais os viam novamente.

Mas era por Alan que eu me lamentava.

O que é sentir falta das pessoas? É algo que nos mata, e mata e mata. Lembramos de um fim de semana na praia, de cozinhar lagostas e abrir suas carapaças e preparar margaritas com limão-siciliano em vez de limão-doce, e do carro quebrar, e de voltar a pé pela estrada de areia batida para encontrar um telefone, rindo sem parar no calor bêbado da tarde — uma época maravilhosa, uma das melhores! — e então pensar, "Onde estão todos eles agora, todos os meus jovens amigos?". Mortos, é claro; e a lembrança muda. Ela se aprofunda e se alterna, ficando mais feliz e mais triste ao mesmo tempo, mas por quê? Éramos felizes então; o momento não deveria continuar assim? Não é o que acontece; todo momento é mutável. Como é estranho, no presente, mudar o passado! Deste modo, eu vivia nesses mundos sabendo algo semelhante ao futuro: a sensação de como as coisas poderiam ser. Não é esta a maldição do viajante do tempo? Eu não via o que estava para acontecer, mas enxergava as possibilidades. E a dor de ver vida e alegria em pessoas que eu sabia estarem mortas em outras épocas era como o sentimento triste do passado, quando o vidro distorce a maneira de como percebemos as coisas. Eu não poderia jamais ter estado com elas lá realmente. Porque ao mesmo tempo eu as via e me lembrava delas. Alan com sua voz de advogado; Alan nos contando sua história do burro. Alan com seu terno de trabalho e ladeado por três telefones; Alan de calção, carregando um Felix aos berros para dentro do mar; Alan num caixão. As possibilidades. Existe dor maior do que saber o que poderia ser, e ainda assim ser impotente para fazer isso acontecer?

Todos os dias às seis e quinze, a passarela da 33rd Street. Me esgueirei para fora de casa. Tinha que ir atrás disso, precisava saber.

Desemboquei na Times Square e me vi no meio de uma multidão de marinheiros vestindo casacos de inverno e os rostos brancos queimados pelo sol do Atlântico, caminhando aos tropeções, tanto por um dia de bebedeira como pelos meses passados no mar. Gritavam algo para todas as garotas que passavam, e alguns me lançaram longos olhares atravessados. Puxei meu casaco para mais junto do corpo e exibi minha aliança; não adiantou; penso que eles tinham ouvido o comentário sobre as senhoras casadas. E imagino que tinham razão. Fui na direção oeste e percebi que tinha sido uma decisão infeliz assim que passei a Eighth; não sabia como era em 1941, mas no meu tempo era a Cozinha do Inferno, construída ao longo dos trilhos dos trens e cheia de párias, viciados e prostitutas. As ruas estavam cheirando, inconfundivelmente, a pão, açúcar e gengibre: uma panificadora nas proximidades. Eu me senti deslocada com meu casaco, minhas joias, o cabelo arrumado de esposa de médico, e o vestido, e os sapatos. Na minha vida antiga, eu teria assumido meu andar nova-iorquino e mantido a cabeça levantada. Em 1919, eu teria sido expulsa da rua. Agora, eu não sabia o que aconteceria comigo. Mas me apressei para chegar às Thirties, onde uma pequena passarela de ferro passava por cima dos trilhos e depois voltava para as avenidas. Subi as escadas até o alto.

E fiquei ali, esperando. Já eram quase seis e quinze. Olhei ao longo da passarela — como eu não esperara o óbvio?

No início, apenas a silhueta do boné e do cachecol contra as luzes, entre tantas outras pessoas cruzando a passarela ou apenas circulando por ali. Mas soube na mesma hora quem era. Cabeça elevada e confiante, os braços em volta do corpo defendendo-se do frio. Outro mundo, outro Leo. O pai do meu filho retornando dos mortos.

LEO ESTAVA LÁ, em sua jaqueta de gabardine e cachecol vermelho, o mesmo rosto barbeado e limpo, sorrindo mais abertamente do que nunca. Como se só o fato de estar vivo já não fosse um grande milagre. Meus saltos retiniram sobre o metal enquanto eu caminhava até o meio da passarela, os lampiões de ferrovia pendurados brilhando no ar úmido. Recrutas estavam reunidos no gradil curvo, alguns marinheiros perambulavam por ali, e Leo. Parei a distância, olhando sua cabeça mover-se para a frente e para trás enquanto ele captava o que se passava ao redor. Uma das mãos subiu até o cabelo para alisá-lo; eu sabia que nenhum gesto conseguiria domá-lo. Eu tinha visto seu túmulo recém-gravado registrando seus 25 anos de vida. Ainda assim, ali estava ele.

Os soldados reunidos faziam muito barulho, por isso ele deixou seu posto e começou a andar na minha direção, meu pulso ficou acelerado imediatamente. Ele ainda estava nas sombras, depois entrou na zona iluminada e vi o rosto que tinha visto por último num apartamentinho cheio de roupas penduradas como se fossem lanternas. O rosto largo e bonito, o queixo já azulado pela barba nova despontando, os cílios longos dourados sob as luzes da passarela. Ele caminhava, e vi que neste mundo ele não tinha uma claudicação a esconder, nenhuma dança quando sua perna manca falhava. Ele enfiou as mãos nos bolsos e sorriu, olhando em torno, e depois diretamente para mim.

Ele acenou com a cabeça e seguiu adiante.

Apenas um olhar: avaliador, com uma sombra de sorriso, do modo como os jovens olham para dúzias de mulheres todos os dias. Apenas aquele olhar e nada mais. Olhei para ele enquanto se afastava. Então éramos estranhos neste mundo.

Ele assumiu seu posto novamente no gradil, olhando para o sul enquanto os soldados discutiam veementemente na outra extremidade da passarela. Esperando por algo, mas não por mim. O garoto que certamente havia crescido aqui e não no norte, um garoto pobre da Cozinha do Inferno.

A Greta de 1918 devia ter descoberto sua rotina e sabia que ele vinha aqui todas as noites às seis e quinze, como os outros, para presenciar algo que não tinha nada a ver com a senhora Nathan Michelson.

Percebi o quanto ela sentia falta dele.

Li no diário dela como terminaram seus dias na cabana:

Greta e Leo tinham ido passear na floresta que ele conhecia tão bem, onde ele parou e mostrou para ela o lugar, escondido entre as árvores, em que algumas tábuas estavam presas ao tronco de um velho carvalho nu — nada mais —, os últimos vestígios de um refúgio da sua juventude. Ele permaneceu um bom tempo rememorando diante daquele cenário. Estava mais frio sem a queda de neve, e seu abrigo de pele não a aquecia suficientemente, mas ela suportava calada. Afinal, era o último dia, e ela não iria voltar para a cabana, sabendo que esse era o último passeio juntos naquele lugar. Ela imaginou que Leo estivesse perdido nas recordações da infância; em vez disso, ela percebeu, ele estava criando coragem para fazer-lhe uma pergunta.

— Devo lutar por você?

Ela não pensou nisso mais do que um instante. Tremia dentro do agasalho, sentindo o frio como um gelo penetrando a própria pele. E ela se viu dizendo:

— Não, não lute por mim.

Mas quem no mundo diria não? Quem no mundo não desejaria que alguém lutasse por si? Este não é o âmago da existência humana, ser digno de que alguém lute por você, por quem valha a pena perder tudo? Certamente era isso que Leo tinha proposto. Mas ela disse não. Não, não lute por mim. Ela ficou horrorizada consigo mesma por dizer isso tão cruamente. Mas era o que precisava dizer, para salvá-lo de uma desilusão mais profunda. Agora estava feito. Agora ela iria carregar a dor por ambos, provavelmente para sempre, e ele iria partir e ter uma vida sem ela.

— Não lute por mim, Leo.

Ele não respondeu nada. Apenas deu as costas para ela e voltou sozinho para a cabana. Estava muito frio.

UM ERRO COMETIDO em outro mundo. E aqui: ele poderia ser corrigido. Havia tão pouco tempo — restavam apenas seis sessões — e estávamos todos aqui: eu me agarrando a Felix, a Alan, antes que o meu mundo os matasse novamente; um outro, trazendo Nathan mais uma vez à minha vida, para compreendê-lo, para tê-lo em todos os mundos; e neste: ela estava tentando puxar Leo do éter. Cada uma de nós: para corrigir os erros que tínhamos feito. Para dizer as palavras certas, para agir da maneira certa, antes que a vigia se fechasse. Pela primeira vez me ocorreu que a Greta de 1918 não quisesse mais o seu mundo. Ela queria um em que a neve não caísse sobre o túmulo de Leo Barrow.

Pensei nas roupas dependuradas naquele apartamento, como a luz as fazia brilhar. Como as lanternas de um jardim agradável, com pares dançando e uma música tocada por uma orquestra sonolenta.

Aqui, eram os lampiões de ferrovia e a coluna de vapor subindo ao lado da passarela. Os soldados lutando por mais um gole da garrafa. Os galpões de tijolos aparentes empilhados à nossa volta, de tal modo que ficávamos numa espécie de caverna, um lugar escondido. O lugar em que os rapazes sem ter nada para fazer e sem dinheiro podiam ir, extraindo o melhor que conseguiam do que tinham ao redor. As luzes da cidade tinham sido reduzidas havia semanas para esconder a silhueta de Manhattan dos navios alemães, e somente o remoto brilho vermelho de Times Square queimava lá como as brasas de uma fogueira.

Um sino soou em algum lugar e os soldados começaram a se agrupar como se algo estivesse para acontecer, mas Leo permaneceu onde estava. Vi quando ele puxou a gola em volta do pescoço. Como eu conhecia bem aquelas mãos. Como era estranho pensar que ele não me conhecia.

Quantas vezes mais eu teria a chance de encontrar alguém novo, começar com tudo o que tinha feito de certo e de errado, corrigir os erros e iniciar renovada uma outra vida? Este Leo não tinha conhecido nenhuma outra Greta. Ele estava intocado; nenhuma mão elétrica o tinha alcançado atravessando as dimensões para agarrá-lo. Este era, no momento, só meu. Meu para cumprimentar pela primeira vez, para ver sorrir pela primeira vez. Sentir, talvez, algo escorrendo por dentro dele que nem mesmo Leo tinha consciência, já que seria impossível para ele saber que me amou desesperadamente, e que morreu, e foi trazido à vida de novo para me amar novamente.

Imaginei como ele ficaria se eu me aproximasse. Uma sobrancelha levantada, o sorriso fazendo uma covinha na bochecha. Sua voz tão grave para um homem tão jovem:

— *Boa noite, senhora, qual é o seu nome?*

— *Greta Wells.*

Uma sombra em seu olhar. — Leo.

E ali estava ele. Dei alguns passos na sua direção, olhando-o por trás: os ombros encolhidos para se proteger do frio, o chapéu enfiado na cabeça, remendos nos cotovelos, os olhos voltando-se para a direita e para a esquerda. Um vento repentino fez todos os lampiões balançarem de uma só vez e o quepe de um soldado voou, com um berro, da cabeça dele e por cima da passarela. Leo riu.

Ali, diante de mim: o cachecol desenrolado, o pescoço rosado pelo calor e despido para o vento. Os soldados rindo encostados no gradil. Em algum lugar, uma chave escondida debaixo de uma pedra. Mas o que é pior: Começar um caso, sabendo como vai se desenrolar? Ou ir embora, sabendo que poderia ter sido um grande amor e deixar que outra pessoa parta o coração dele pela primeira vez, que seria então partido agora em outro lugar, mas, de qualquer modo, partido? Ele olhou para trás e seu olhar se encontrou com o meu. A luz na sua orelha, o modo como brilhava com a suavidade de uma criança; tudo estava voltando, podia voltar. Para ela. *Devo lutar por você?* Existe algo pior na vida do que fazer alguém amar você apenas porque precisa, só porque consegue?

Então, do nada, ele se endireitou. Dos soldados, partiu um grito: — Aí vem ele!

E das profundezas do pátio de trens iluminado pelas luzes veladas do próprio trem e pela lua, e por todas as luzes do entorno mesmo naquela noite sombria, grandes nuvens de vapor rosa se levantaram como na chegada de um gênio da lâmpada, ondulando suave e calorosamente em torno de nós. Ele estava rindo. Eu o vi como menino, no auge da Depressão, fugindo do cheiro doce da fábrica com os amigos, os bolsos repletos de biscoitos roubados da plataforma de carga. Eu vi sua infância ali nas ruas, de calças curtas, jogando bola com bastão; preenchendo a ficha para os banhos públicos com a toalha numa das mãos e o sabonete na outra; cantando *Over There!* com uma letra obscena num coro de meninos; seu trabalho como vendedor de jornais nas esquinas, ou como entregador de contas a pagar, que ele jogaria no esgoto e então passaria as horas de trabalho mergulhando o corpo magro na correnteza cheia de lixo do rio Hudson. Eu vi novamente como sua infância estava próxima. Ainda no horizonte, num ponto em que a vida adulta ainda estava tão longe de assustá-lo. Leo como menino, os traços ainda mais fora dos padrões, crescendo aqui e não naquela cabana ao norte, onde a vida teria sido mais fácil. Vi todos os garotos subindo as escadas e esperando por este momento, exatamente no pôr do sol, quando o velho trem das seis e quinze chegava, estridente, e eles podiam dar pulos, os farelos de biscoito na boca, e imaginar — como a única liberdade que conheciam, numa época em que nada lhes pertencia exceto o que inventavam — que podiam caminhar em nuvens de ouro.

E foi aí que eu o deixei.

2 DE JANEIRO DE 1986

ERA UM NOVO ANO.

— Doutor Cerletti, como isso acaba?

— O que quer dizer, senhora Wells?

— Faltam seis sessões. Quando terminarmos, podemos pensar em outra rodada?

— O seu progresso tem sido notável. Não tenho motivos para crer que continuaremos. Na verdade, não acho que seria aconselhável. Você vai continuar vendo o doutor Gilleo, é claro.

— Mas como isso acaba?

— Não entendo o que está querendo dizer. Você é você novamente. Ou do seu jeito.

Quando saí do consultório do doutor Cerletti vi uma mulher mais velha sentada no lugar onde eu tinha me sentado no meu primeiro dia. Gola alta de renda, xale verde brilhante, as mãos agarradas à bolsa enquanto olhava para a placa da TEC. Parei um instante. Havia algo de familiar e constante em relação a ela. Eu me lembrei de um parque, uma faixa de pedestre, uma banda do Exército de Salvação. Seria possível? Nossos olhares se encontraram e, por um instante, imaginei que ela e eu compartilhávamos o mesmo relâmpago azulado, a mesma história estranha.

Será que ela também viajava no tempo? Nada mais me parecia impossível. Afinal, eu não tinha nada de especial, nada de exclusivo; nosso destino é decidido, muitas vezes, apenas pelo lugar onde estamos parados. O piano cai um centímetro à nossa direita; nos salvamos. Não porque somos especiais e os outros não são. Mas, talvez, porque nossa dor é tão grande que, como a gravidade de uma estrela, ela pode encurvar o mundo um pouco, mudando as coisas ligeiramente. Podia usar um buraco no universo. O pesar de uma mulher como eu e como o daquela velha frágil na sala de espera.

— Senhora Arnold? — soou a voz da enfermeira e nosso olhar se quebrou. Fiquei olhando enquanto ela entrava lentamente no consultório e, quem sabe? Talvez naquela mesma noite ela caísse no vazio e acordasse num mundo em que era jovem novamente? Ou casada de novo? Ou totalmente sozinha? Vi a porta se fechar atrás dela; ouvi a voz sussurrante do médico. E, quando voltava para casa, pensei que não podia perguntar a ninguém como isso terminaria. Não podia esperar e ver. Não tinha tempo para isso. Cabia a mim — e às outras Gretas — a decisão.

E a ação.

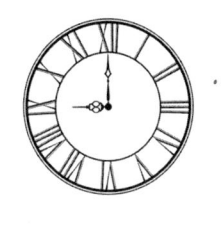

3 DE JANEIRO DE 1919

O NDE DIABOS VOCÊ CONSEGUIU OS CHABLIS, RUTH? — FELIX perguntou, mara-vilhado.

— Tenho um amigo diplomata — Ruth respondeu, dando uma piscadela —, que fez estoque deles em 1900. Todos nós temos que estocar antes que votem por sua proibição. — Tia Ruth calçava botas muito altas e usava um vestido lon-go azul-pequim, sem mangas, com o corpete bordado de miçangas. Como para compensar a simplicidade do vestido, ela tinha prendido os cabelos brancos para cima em fios de pérolas, como um bolo de casamento. — Meu outro eu tem tantas pérolas? — ela me perguntou maliciosamente.

Foram precisos apenas poucos dias para organizar a festa no apartamento de Ruth, decorado com velas, bolchevistas e algumas pessoas da sociedade com ar espantado olhando os boêmios através de monóculos. Eu não conseguia tirar a imagem do rosto de Nathan naquela noite, a dureza estampada nele, mas fiquei aliviada ao vê-lo se iluminar no dia seguinte quando lhe perguntei a que lugar poderíamos ir de que ele tivesse sentido falta. — Central Park — ele disse, na cama, olhando para o folheto acima dele. — Poderíamos dar um longo passeio. Ou ir até o Woolworth Building.* — O único problema surgiu antes da festa. Encontrei Nathan vestindo o casaco; ele tinha sido chamado para dar um plan-tão noturno na clínica e se recusava a aceitar que me vissem na festa sem ele.

---

* O Woolworth Building, inaugurado em 1913, é um dos primeiros arranha-céus de Nova York, com 57 andares e 241 metros de altura. É um dos 50 arranha-céus mais altos dos Estados Unidos e um dos mais altos do mundo. (N.T.)

— Eu sei, querido, eu sei — eu disse. — Mas não é por mim, é pelo Felix. Ele quer que eu o apresente a um editor.

— Que editores você conhece? — ele perguntou, depois disse: — Sei que estava acostumada com festas.

— Vou só dar uma passada lá.

— Isso precisa mudar, Greta. Voltar ao que era antes.

— Tudo vai voltar ao que era antes, você sabe que sim. Nós dois teremos de aprender a lidar com isso.

Como eu o incluí na frase, ele concordou com minha ida à festa. Pegou a cartola e olhou bem dentro dos meus olhos. Por um instante. E eu desci para a festa, consciente de que tinha cometido algum tipo de crime conjugal.

— Está horrível — disse meu irmão depois de beber uma taça do vinho de Ruth. Estávamos juntos na sala, conversando ao lado da estranha luminária de Prometeu, enquanto as pérolas do penteado de Ruth soavam batendo umas nas outras. Voltei meu olhar para o tapete, cuja figura central era uma donzela.

— Eu sei — minha tia disse, suspirando e olhando para sua taça. — Tem gosto de manteiga do tempo da guerra.

— Vou beber mais uma — Felix disse. Com a taça cheia novamente, levantou-a na minha direção. Fiquei olhando, enquanto ele se afastava para outro ponto da sala, onde um homem famoso estava vociferando em altas vozes contra a Liga das Nações, afirmando que ela era uma abominação contra a causa do povo. Ao meu lado, um astrônomo calvo estava falando sobre o cometa de Halley. — Eu fui o único dos amigos da sua tia que sabia que passaríamos através da cauda, o que, aliás, é inofensivo — ele me disse, piscando. — É claro que ela não queria ouvir isso, o que poria fim à festa mundial.

— Os efeitos — ela pronunciou gravemente —, ainda não são conhecidos.

O astrônomo levantou um brinde a nós e dirigiu-se para onde fervia a discussão política. Olhei para Felix, polinizando a sala como uma abelha num trevo.

— Ele ainda não está aqui — eu disse para Ruth. — Estou preocupada.

Ela sacudiu a cabeça meio vacilante. — Ele virá. Eu já lhe disse que telefonei para ele e expliquei que precisava da sua ajuda para fazer meu testamento. Temo que tenha soado como se eu tivesse rios de dinheiro. Você está fazendo um jogo sujo, Greta.

E eu lhe disse que ela não entendia nada sobre amor.

— Ah, eu — ela disse, rindo. — Ah não, não eu!

Custou um pouco de esforço da minha parte voltar à biblioteca e procurar na lista, lidar com a telefonista, até descobrir o número certo e, depois, forçar minha tia a discá-lo.

O pretexto dela era absurdo — que ela estava saindo do país no dia seguinte e só poderia ser encontrada nessa festa — mas ela me garantiu que funcionaria. Que garota romântica eu me tornara! Porque eu havia experimentado pessoalmente a sensação de um velho amor revivido, repetidamente, como um bêbado forçando o pianista do bar a tocar a mesma música mais uma vez, e outra vez ainda, e conhecia o êxtase dos recomeços e a confusão de como poderiam ir adiante de maneira diferente e inesperada. Ainda assim, eu queria dar este presente, esta maldição, para Felix. Eu tinha providenciado isso para o meu irmão, entre velas, vinho ruim e comportamentos de vanguarda. Eu poderia, afinal, fazer algo perfeito no mundo.

Quem eu tinha convidado para minha festa em 1919? Alan, é claro. Eu o traria de volta à vida.

Escutei Ruth falando sobre bolchevismo, mas na minha cabeça eu estava imaginando como seria o encontro. Ele chegaria vestindo um casaco preto e uma cartola, os entregaria delicadamente à empregada, olhando em volta da sala, com o sorriso nervoso de alguém saindo da areia e pisando num barco balançando. Ruth se aproximaria, com seu penteado de sereia, e lhe entregaria uma taça de Chablis, sussurrando algo sobre negócios, e então o apresentaria a mim (— Encantado, madame — ele diria sem me reconhecer, embora tivéssemos compartilhado a cena mais dura de nossas vidas), depois faria um gesto na direção de Felix. Seriam cinco passos entre eles, o comprimento do tapete com a figura da donzela, e Felix olharia e, então, aconteceria. Quem mais alguma vez teria visto isso, sabendo o que eles viram? Podemos imaginar, apresentando dois amigos, que uma corrente de eletricidade passa entre eles; podemos até fingir, mais tarde, talvez no seu casamento, que vimos isso e sabíamos disso e tínhamos anotado isso no diário de nossas mentes, mas não é assim. Até mesmo os amantes podem não saber; um anjo em suas mentes voa para trás e reescreve o passado para fazê-lo perfeito, para que a oscilação entre esperança e dúvida no encontro não dite as regras do romance. Mas isso era diferente. Eu era a única a saber, de toda a plateia, que uma celebridade estava para surgir no palco. Não Alan, entrando com seu casaco e sua cartola. Nem Felix, imóvel, apenas olhando, tão bonito em seu traje de noite. Mas uma terceira, levantando-se como a figura do tapete para flutuar entre eles. Havia acontecido antes, estava acontecendo numa outra época, e só eu sabia que aconteceria novamente. Um certo terror enrijecendo seus corpos; o metal quente em suas veias, não muito diferente do estremecimento causado pela garrafa mágica. Aterrorizados, confusos, assombrados. Isso aconteceria aqui, a qualquer momento. E só eu conseguiria ver.

— Ruth — sussurrei, e ela virou-se para mim, fazendo um gesto para que um homenzinho com um aparelho para surdez se afastasse dela. — Ruth, acho que Nathan desconfia.

— O que quer dizer com isso?

— Ele disse que sabia que meu amigo tinha morrido.

— Isso não significa nada — ela disse. — E tenho certeza de que ele encontrou um jeito de passar pela guerra.

— Ruth, preciso perguntar isso para você. Ele está diferente? Parece tão soturno. Ele está... mais duro do que era antes?

Minha tia piscou para mim, e seu penteado chacoalhou quando ela balançou a cabeça negativamente.

Lembrei-me de que meu outro eu tinha tido medo deste Nathan, do que ele poderia fazer. Imaginei o jovem Leo debaixo da minha janela. Vislumbrei um pouco do coração do meu outro eu.

Ruth falou baixinho:

— Você percebe agora por que eu não podia culpá-la.

— Os outros Nathans não são como ele — eu disse. — Não, mesmo.

— E a outra Ruth?

Olhei para sua expressão vibrante. — Você não disse "Ruths".

— Sim, querida, a minha Greta me contou. Sou como Felix. Há um mundo em que estou morta.

— Sinto muito — eu disse, como tinha dito uma vez a uma outra Ruth. — Sabe, sinto sua falta lá. Não tenho uma aliada, só uma empregada, e ela não sabe.

— Não há nada no mundo que se compare a você saber que está morta em algum lugar. Acho que sempre me imaginei como uma erva daninha, do tipo que cresce em qualquer lugar, entre as rachaduras de qualquer época. Mas não sou. Sou uma flor, rara e delicada — ela disse rindo. — Eu e o meu Felix. E Leo. Dependemos da temperatura, do ar e do solo certos, ou então murchamos.

— Não diga isso. Foi um acidente. Eu sinto muito. — Senti um toque no meu ombro.

— Preciso ir — ouvi meu irmão dizer.

Eu me virei e vi Felix já enfiando os braços no sobretudo. Havia suor em sua testa e seu rosto estava avermelhado, talvez por causa do infeliz Chablis. Eu lhe disse:

— Não, você não pode. Precisa ficar, só um pouquinho mais.

— Greta, eu preciso ir — ele disse, e havia um certo desespero em seus olhos; ele não me olhava, mas parecia consumido por algo dentro dele.

Peguei-o pela manga. — Não, eu quero que conheça alguém, fique, por favor!

Ele balançou a cabeça, deu um sorriso forçado e beijou meu rosto. — Preciso ir, divirta-se com os bolcheviques — ele disse e, sem se despedir de Ruth (que estava conversando com um homem que tinha acabado de chegar e estava de costas para mim), ele pegou seu chapéu e quase correu porta afora. Tudo aconteceu tão depressa; meu plano, construído cuidadosamente nos últimos dias, se desfez como um castelo de areia. Precisava planejar de novo. Restava tão pouco tempo, nem mesmo duas semanas até o casamento, e evidentemente não muito antes da minha passagem desmoronar e ficar bloqueada para sempre. Talvez amanhã eu conseguisse arrumar outro jantar, algo que ele não pudesse deixar de ir; eu podia ainda forçar esta flor a desabrochar.

— Greta — Ruth disse, a mão no meu braço —, quero lhe apresentar alguém.

— Ruth, vai ser um desastre — sussurrei.

Ela me lançou um sorriso tenso por baixo da sua tiara de sereia. — Greta, este é o senhor Tandy.

E ali estava ele: Alan, outro homem retornando dos mortos. Ele estava diferente neste mundo, como todos nós. A barba prateada aparada cuidadosamente em ponta, pince-nez pousado no nariz como um inseto; mais robusto, maior, usava uma gravata branca e paletó escuro, sorrindo com mais facilidade do que eu havia imaginado. Eu o reconheci por baixo de toda essa aparência. Másculo e cuidadoso, de poucas palavras, o garoto de fazenda de Iowa que chegou a um lugar de destaque, os olhos tentando dizer coisas que os lábios não podiam. Alan, pensei, você está morto agora. Suas cinzas repousaram entre rosas e um jovem cantou para você e não suportei isso. Salve-o para mim. Você não sabe o quanto estamos perto de nunca ter existido.

Notei seus olhos verdes craquelados, o olhar voltado para a porta por onde meu irmão tinha acabado de sair. Vi seus pensamentos em ação, o sangue fugindo do rosto, e imediatamente compreendi. Como eu fora tola! Pensar que nada no mundo se movia sem mim, que tudo era uma partida de xadrez para que eu ponderasse as jogadas, quando as peças na verdade eram vivas e moviam-se de acordo com si mesmas, porque não eram invenções da minha mente, mas pessoas.

— Estou encantada em conhecê-lo, senhor Tandy, sinto que não tenha encontrado meu irmão, que acabou de sair. — Olhei para o rosto alarmado de Ruth.

Ele murmurou algumas palavras educadas, mas a cor não tinha voltado ao seu rosto.

— Felix *foi embora?* — Ruth perguntou, e eu lhe enviei um olhar significativo. Devíamos ter adivinhado.

— É uma pena — Alan disse, extraindo um sorriso esquisito de alguma reserva particular.

Eu disse:

— Ele aguardava ansioso uma oportunidade de encontrá-lo novamente.

Ruth agiu como uma atriz cujo elenco de apoio tivesse começado a improvisar. — Você... já tinha encontrado com ele antes?

Alan disse:

— Por intermédio... por intermédio da minha esposa...

Mas não escutei o resto da conversa, porque já tinha saído pela porta.

ENCONTREI SUA cartola lustrosa decorando um hidrante e meu irmão encostado num prédio. Ele não tinha ido muito longe, e previsivelmente seguira na direção leste, como fazia em suas caminhadas para remoer suas ideias, em volta do Village, no meu mundo de 1986. Segurava um cigarro longo aceso, os braços cruzados, a gola de pele ouriçada sob a luz da rua, e olhava para o hidrante como olhara para o manequim do alfaiate, desta vez com uma expressão vingativa. O céu noturno sobre Washington Square estava iluminado com um incêndio na rua e ouviam-se gritos.

— Eu estava na Bloomingdale's outro dia — falei alto, e ele levantou a cabeça surpreso. Andei para a frente, as mãos nos bolsos do casaco, quente em meio ao frio da noite. — Eu estava lá, na seção masculina.

Ele não disse nada. Um casal passou, a mulher quase completamente coberta com um capuz e o homem terrivelmente embriagado. Felix apenas fumou enquanto eles passavam por nós. Nós dois sabíamos que os próximos minutos iriam revelar tudo o que nossas vidas tinham sido.

Perguntei:

— Foi lá que você conheceu o Alan?

Uma tragada no cigarro; nada mais, nenhum olhar para nada além do hidrante, da cartola. Meu irmão encostado num prédio, olhando para a noite nova-iorquina. A fumaça escapando da boca.

— Quando ele o deixou? — perguntei-lhe. Porque agora tudo estava evidente, com Felix puxando uma respiração profunda e raivosa e olhando para um cavalo preto e lustroso montado por um guarda. Então, sem dizer nada, ele olhou para mim.

Eu podia imaginá-los na Bloomingdale's, olhando um para o outro entre as luvas. Um encontro num bar, um quarto de hotel arranjado com muita cautela. Mas diferente desta vez. O forte e másculo Alan, com sua barba e *pince-nez*, preocupando-se sem cessar naquele quarto, atento a cada sombra, silenciando seu jovem amante. Dizendo-lhe que aquilo não podia continuar. Felix também diferente, emoldurado num espelho oval: aterrorizado, fascinado, apaixonado. E então novos encontros: mais quartos escuros e promessas, e Alan chorou? Não se sentiu infeliz? Visitas secretas à casa de Alan em Long Island. Dias fáceis, nenhuma chance de serem pegos. Madrugadas despreocupadas na praia — Alan de cabeleira prateada carregando meu irmão de pernas longas para dentro do mar. E conseguia imaginar outra cena naquela casa, toda fechada para se proteger de uma tempestade de dezembro, quando Felix chegou por engano num fim de semana em que a família estava lá, e a empregada o deixou entrar, e eles todos tiveram de suportar uma longa ceia em que foi servido pato prensado, até que Alan o chamou de lado e lhe sussurrou que isso era perigoso, era uma loucura, que não podia continuar. Fechando os olhos para não olhar para o homem que amava. Ele sentia muito. Era melhor esquecerem tudo. A escuridão na saída da casa, e a silhueta de Alan em seu escritório, a cabeça entre as mãos. Felix num veículo frio que levou quatro horas até chegar a Manhattan, tempo que passou pensando em todos os modos como poderia se matar.

Vi isto quando ele finalmente olhou para mim. No seu olho: uma arma, uma corda, um vidro de veneno.

— Você não precisa se casar — falei em voz alta.

— Ela é a melhor coisa que já tive — ele me disse, endireitando-se, seu cabelo brilhante em chamas sob a luz do poste. — Sinto muito. Sei que você não pode entender as coisas que viu.

— Eu compreendo você completamente — disse. — Este é o irmão que eu conheço.

— Quero que esqueça tudo isso.

Repeti algo que ele tinha me dito:

— Se ao menos amássemos apenas aqueles que deveríamos amar.

O brilho nas nuvens ficou mais intenso a distância. Carros de bombeiro passavam pela avenida, e do sul podíamos ouvir gritos e o funcionamento enferrujado de uma bomba d'água. O tumulto de uma correria, e depois fomos deixados sozinhos na rua novamente.

— Os turistas estão estragando tudo — ele disse, deixando cair o cigarro e sorrindo penosamente. — Nós erramos, você e eu. Ruth estava errada em relação a tudo.

Eu puxei ainda mais o casaco contra o corpo; estava frio demais para essa conversa. — Eu amo você, Felix.

— Aquela festa. Todas as festas dela — ele disse, olhando para a cartola. — Toda aquela conversa dela sobre a vida. Viver cada dia. — Gritos e choro ao longe, sombras nas nuvens baixas.

Fui até ele atravessando o ar congelante. — Você me disse que entendia. Sobre amar alguém casado.

— Viver cada dia. Só funciona se não houver amanhã — ele disse para a cartola. Ele abriu bem os braços. — Bem, já é amanhã.

O vento nova-iorquino soprou pelo corredor formado pela rua e a cartola voou do hidrante. Felix avançou para recuperá-la.

— Nós dois cometemos erros — ele disse. — Preciso corrigir os meus.

— O meu foi um erro?

Ele pegou a cartola e escovou-a com a mão, olhando dentro dela como se alguma resposta pudesse estar ali.

— O que o seu marido sabe? O que ele fará? — ele disse, falando com compaixão agora. — Já é amanhã, Greta.

Um viva partindo de uma multidão invisível, o brilho do fogo diminuindo. Outro cavalo da polícia passou trotando, preto e lustroso.

Ele pôs a cartola na cabeça e ficou bem ereto. — Posso me salvar, Greta. Posso me casar e ser feliz.

— Vi o suficiente para saber que isso não é verdade.

No céu, o fogo estava morrendo, chama por chama. O rosto do meu irmão estava cheio de dor. — Greta, Greta, é uma mentira — ele disse exausto. — Você não pode apenas *amar* uma pessoa. Não pode simplesmente sair por aí e *amar alguém*.

— Pode, pode, sim! — eu disse asperamente. — É exatamente isto que fazemos!

Diante disso ele me olhou com a mais profunda pena, virou-se e correu em direção ao fogo, deixando-me sozinha em Greenwich Village, numa noite de inverno.

QUANDO VOLTEI para casa, abri a porta e senti o cheiro sufocante de cânfora. Só depois de um instante discerni a silhueta de um homem com cartola contra a luz de gás do *hall* de entrada. Como uma peça de xadrez, como um rei. Ficamos lá, parados por um tempo, e ouvi o chacoalhar débil das contas do meu vestido, mas o silêncio não me pesava; minha cabeça estava cheia com a conversa com Felix e a vida que crescia dentro de mim. — Greta — ouvi, e então vi a chama de um fósforo mergulhando no fornilho do cachimbo.

— Nathan? — eu disse, porque era o rosto dele, embora de algum modo, por trás do rosto, não fosse ele. — Nathan, pensei que você estivesse trabalhando até mais tarde na clínica.

O único som era o crepitar do fumo no cachimbo. O cheiro de cânfora da clínica era quase insuportável. Fechei a porta atrás de mim para impedir que o gato de rua entrasse. Quando me virei, vi através daquela luz fraca que ele não tinha se movido.

— Nathan? — repeti.

— Você sabia — ele disse por fim, apenas uma sombra e o brilho das brasas — que tudo ficou tão ruim, antes da ofensiva da floresta de Argonne, que a metade dos meus casos eram da gripe? — Reconheci a falha na voz. Ele tinha chorado?

Meus olhos tentaram ver através da escuridão. — Você passou por muita coisa.

— Jurei que nunca lhe contaria o que eu presenciei — ele disse, mudando de posição. — Queria manter vocês... a salvo. Era por isso que lutávamos.

— Nunca saberei por tudo o que vocês passaram.

— Mas você precisa saber, Greta. Havia um homem de um submarino que acabara de sair dos Estados Unidos. Ele teve uma gripe branda e estava pronto para lutar em dois dias, mas não pôde. Ficou com trauma de guerra antes de ter visto a guerra. A enfermeira me contou que a tripulação do submarino em que ele estivera foi tomada pela gripe no dia em que saiu de Long Island. Ele acordou na manhã seguinte e o homem na maca ao lado estava morto.

— Meu Deus — fiquei olhando sua sombra alquebrada.

— Você sabe que os submarinos têm ordens de não despejar o lixo? Mas eles tinham de fazer isso. Eram muitos, empilhados no refeitório. O mau cheiro. E ensinaram a esse homem como embrulhar os corpos com ferros para que eles afundassem e a ajoelhar sobre a lona para extrair o ar. Então era a vez de alguma outra pessoa jogá-los ao mar. Quase todos os que trabalharam com os cadáveres ficaram doentes e morreram.

— Eu sinto muito, Nathan. Dificilmente conseguimos imaginar a carga que uma pessoa carrega.

— Conheço bem a que ele carregava. Eu também carreguei. Você se senta ao lado da cama deles e escreve o que ditam como sua última carta. "Meus queridos. Caí com a gripe. Me sinto melhor, estarei logo em casa. Amo vocês todos." Eles olham para você e perguntam: — Vou morrer? — e você responde: — Não, não, aguente firme, você vai ficar bom. Eles sorriem e adormecem. Morrem ao anoitecer.

— Sinto muito. — E o que eu queria dizer era: *Sinto muito pelo modo como as coisas acabaram acontecendo aqui, neste mundo.*

— Quando o submarino chegou à França, eles tinham duzentos corpos no refeitório. Tinham jogado ao mar apenas cem. Tínhamos o dobro disso empilhado em nosso hospital. — Fiquei em silêncio. Olhei seu perfil, inclinado sobre as lembranças.

— Você sabe — ele disse mansamente — o que eu fiz por você?

— Eu sei, eu sei — disse, com a mão apoiada na parede. — Não precisa me contar mais nada.

— Você não sabe — sua voz veio das sombras, como se ele não tivesse me ouvido, e então, para o meu alívio, ele finalmente andou até a parte iluminada, onde vi que, por baixo do seu rosto norueguês, longo e barbudo, estava pendurada sua máscara de gaze: a fonte do cheiro de cânfora. As faces, vermelhas e suadas. Ele estava bêbado? Ou doente? Ele pegou meu braço e disse:

— Venha comigo.

EU JÁ TINHA ESTADO aqui antes. Depois de uma silenciosa corrida de táxi, o som da chuva congelante batendo no telhado e a visão das pessoas correndo pelas ruas cobertas de lama preta, depois que irrompemos porta adentro na escuridão silenciosa da enfermaria. Eu tinha estado aqui tantas vezes, tantas. Não nesta clínica, mas em outra como esta, que cheirava a incenso para disfarçar o cheiro de doença. Eu desejava nunca mais ver isso novamente.

Já tinha visto aquelas fileiras de camas alinhadas num dormitório comprido, separadas por telas pregueadas, e ao lado de cada paciente os pequeninos altares de coisas que os entes queridos tinham trazido e que as enfermeiras, silenciosamente passando pelos pacientes, com toucas e sapatos de sola macia, retiravam e jogavam no incinerador no dia seguinte. Tinha visto os homens magros demais para falar, os olhos arregalados à noite, olhando para o teto com um braço dependurado para fora dos lençóis suados. Tinha visto no posto de enfermagem os cartões-postais de pacientes gratos por sua recuperação. Alguns deles mortos havia muito tempo. Tinha visto gêmeos, camas idênticas, febres idênticas; o motorista de New Hampshire, contratado por um hospital que não aceitara um paciente, que tinha chegado tarde da noite com um homem esquelético; os corais que, usando máscaras, cantavam do lado de fora das janelas; a coroa no posto onde se lia KEVIN ERA A MAIS DOCE CRIATURA. Como ele poderia imaginar que eu já tinha estado aqui em outro mundo?

— Está ficando pior — você sussurrou para mim. — Nos disseram que aqui tinha acabado, mas está piorando novamente. Cinquenta casos novos hoje. No Brooklyn os coveiros estão morrendo disto.

Tentei pensar em alguma coisa para dizer. Aquilo que você queria que eu dissesse.

— Já vi. Sei tudo a respeito disto. Vamos embora.

— Greta — você disse. — Quero que veja com seus olhos o que eu faço por você.

Mas esse não era realmente o motivo por que você quis me trazer aqui, não é verdade? Não era para aprender sobre a sua vida. Eu vi nos seus olhos.

Uma vez eu o amei, Nathan. Até mesmo duas. Isso não é suficiente para qualquer um? Eu amava o modo como marcava o ritmo da música com a batida do pé porque você não conseguia evitar isso, e então me fazia levantar e dançar com você. E o modo como ria até chorar, e as pequenas lágrimas nos cantos dos olhos antes que caíssem e brilhassem na sua barba. Seus ataques rabugentos de insônia no quarto. O modo como encontrava coisas na rua e colocava anúncios no *Village Voice*: "Achado: um colar infantil, três ursos cor-de-rosa, quebrado". Ninguém jamais veio atrás de nenhuma delas, mas de algum modo isso tranquilizava seu coração. "Achado: óculos de coruja, vermelho, um *strass* no canto." Não era apenas o primeiro amor onde nada é impossível. Era também o que quer que venha depois. Amor, imagino. Isso deve ser o que chamamos a tudo que vem depois. Amei você todos aqueles anos, a maior parte da minha vida, me parecia. Nunca pensei que você carregasse este instinto dentro de si. Mas, numa época diferente, um homem diferente. Nunca o tomei por assassino.

— Não sou tolo — você disse baixinho. — Não sou tolo, Greta.

— Não há ninguém — eu disse. — Ele morreu.

— Não, ele não morreu — você disse. — Ele está bem aqui. E eu soube que você se referia ao bebê.

Como você soube? Cerletti, talvez, ou sua própria intuição de médico. Ou alguma coisa que eu fiz, algo que eu tenha dito que revelou tudo. As outras Gretas estavam levando suas vidas ao mesmo tempo que eu. Quem sabe o que elas lhe disseram?

Eu estava muito fraca pelo choque e pela vergonha para lutar com você, Nathan. Compreendi o que você pretendia fazer, e de algum modo eu senti que merecia isso, mas quem merece a morte por algo que fez? Quem merece ser mergulhado numa epidemia, não apenas para ser infectado, mas para infectar o filho que vive dentro de mim, para nos apagar a ambos com um gesto fácil que ninguém jamais chamaria de assassinato?

Mas você parou a pouca distância das camas. As enfermeiras se viraram com os rostos sem expressão cobertos com máscaras para nos olhar, uma briga de marido e mulher. Você parou e começou a respirar pesadamente, depois deu um passo atrás, olhando em volta, virando-se, finalmente, para me olhar. Agora eu sei que você realmente não sabia o que estava fazendo. Era a febre novamente produzindo seus efeitos.

— Oh, Deus — você murmurou, os olhos arregalados de susto. Era a primeira vez que eu o via, o rosto de que eu me lembrava, olhando para mim naquela clínica escura. Você pôs o braço em volta de mim e levou-me rapidamente de volta para a porta. — Oh, Deus, vamos embora daqui.

EM CASA NOVAMENTE, percebi o quanto você estava quente pela vergonha que sentia. Ofegava, suava, mesmo no frio daquela noite gelada de inverno. Ruborizado, exausto e estarrecido diante do que quase tinha feito. Estava tremendo.

— Eu me perdi — você murmurou para mim —, eu me perdi, me desculpe. — O que significa perder a si mesmo? O que somos então? Criaturas vazias, carniceiros, durante aquele único instante: fora do tempo. Mas mesmo assim você não conseguiu fazer aquilo. Nem mesmo naquela forma disforme, naquela era deformada. Com o rosto entre as mãos e soluçando, ali, no *hall*. — Eu te amo, Greta — você disse. Então nós fizemos isso, quase. Você atravessou para o outro lado do ódio.

Senti seu pesar naquela noite em que quase tentou me matar, Nathan. Senti suas mãos e ouvi o que disse. Sua pele estava quente como ferro incandescente.

Você foi dormir no quarto de hóspedes. Eu não conseguia dormir, confusa com aquela estranha noite e nossa estranha vida juntos. E isso foi algumas horas antes que eu ligasse para o doutor Cerletti. Você tinha jogado os lençóis no chão e estava lá, jogado, ardendo em febre.

ELE SOBREVIVEU, o meu marido. Alguns dias depois, ouvi o doutor Cerletti na porta, a voz de Millie em resposta. Senti o bebê crescendo dentro de mim, formando-se em segredo como uma máquina de guerra de uma cidade sitiada. Vinte sessões realizadas, apenas mais quatro depois desta noite. Havia coisas que eu precisava fazer, antes que as outras Gretas viessem. Havia algo em particular que eu sabia que poderia fazer. Encontrei o médico saindo do quarto do doente. — A febre do seu marido cedeu. Ele vai ficar bom. Agora você pode vê-lo.

Nathan estava deitado na cama, apoiado em travesseiros, o rosto branco e limpo, a respiração ainda ligeiramente prejudicada pela doença já em declínio, enquanto a enfermeira contratada passava um pente no seu cabelo oleoso e suado. Parecia que ele estremecia de dor a cada movimento do pente, que colhia o cabelo grosso que eu conhecia tão bem. Mas ele suportava isso como se fosse uma broca de dentista. Só quando ela terminou ele virou-se para me olhar na porta. E seus olhos, que brilharam repentinamente, foram do meu rosto para a minha barriga, onde, inconscientemente, eu começava a descansar a mão.

Fiz um sinal para a enfermeira, que demorou um instante antes de sair, limpando o pente no avental. Sentei-me na cadeira ao lado dele e toquei seu cabelo. Na mesinha: um copo d'água, em que a ilusão de óptica dividia em duas a colher mergulhada ali.

— Soube que está se sentindo melhor.

Ele concordou com a cabeça, os olhos fixos no meu rosto. — Você não deveria estar aqui. Ainda posso estar no período de contágio.

— O médico disse que não há mais perigo.

— O que é que os médicos sabem? — No seu rosto, uma expressão alquebrada. — Greta, me desculpe. Foi... a febre.

Peguei sua mão e esfreguei-a com força. Ele disse que me amava, estendido na cama, pálido e exaurido. Ele disse e repetiu, mais e mais vezes.

— Também te amo, Nathan. Eu o tenho amado por muito tempo.

— Então você fica? Você continuará a ser minha mulher. Nós criaremos seu... filho.

Eu prendi seu olhar tão firme quanto ele segurava minha mão. — Não — eu disse, com um sorriso triste. — Não, não posso mais ser sua mulher.

Ele olhou para mim como se as palavras que eu tinha dito talvez fossem ainda resultado da febre, como o leve zumbido nos ouvidos, ou parte da sua visão que sumia e voltava, ou sua mão trêmula, que eu segurava firme. Fiquei ali e sustentei meu olhar no dele até que entendesse. O efeito mágico do raio de sol numa carruagem que passava refletiu-se por todo o quarto, pelo rosto dele, tão vazio com o choque. Ele começou a chorar, exatamente como os dois outros Nathan tinham chorado. Ele não tinha conhecimento disso, não esperava isso. Segurei-o, sua cabeça contra o meu peito.

— Alguma coisa, deve haver alguma coisa que eu possa dizer — ele repetia, tentando se sentar — para mudar isso.

— Não há nada para ser dito. Descanse.

— Finja que eu disse, Greta.

Beijei sua testa e me levantei, achatando a goma do meu vestido preto. — Nathan — perguntei a ele. — Quem eu sou para você?

Seu rosto exausto não atinava com o sentido disso, e ele tentou sentar-se e não conseguiu.

— Quando pensa em mim. Quando se lembrar de mim depois de tudo, quem eu serei para você?

— Você é minha mulher, Greta.

— Sim — eu disse. — Eu pensei que fosse.

— Não compreendo. Quem eu sou para você?

Fiquei parada, com a mão na maçaneta, e vi o rubor da emoção tingindo seu pescoço, sinal da saúde recuperada e do novo pesar que ele teria de suportar. — Nathan, pensei que soubesse. Você foi meu primeiro amor. — Fechei a porta e disse à enfermeira que ele precisava descansar, depois caminhei pelo corredor até onde o médico me esperava com a garrafa.

POR QUE É impossível ser mulher? Os homens nunca vão entender, homens que são sempre eles mesmos, dia após dia, declarando em altas vozes suas opiniões, bebendo livremente, flertando, se prostituindo e chorando e sendo perdoados por tudo. Quando uma mulher foi perdoada? Consegue imaginar isso? Porque eu vi o plano para ela receber o perdão, e em nenhum lugar dele a mulher está traçando sua vida como sempre sonhou. Sempre há limites, regras, perguntas — *não prefere voltar para casa, mocinha?* — que quebram o feitiço de viver. Que fantasia maravilhosa viver dentro daquele feitiço, o encantamento de falar o que se tem na mente e realizar a própria vontade, e acordar na cama de sua escolha. Digo isso simplesmente como uma mulher sacudindo as barras da prisão para ser livre. E o que quero dizer com ser livre? Apenas caminhar pela rua. Só comprar um jornal sem um simples olhar decidindo onde me encaixar. Megera, esposa ou prostituta. Essas pareciam ser minhas escolhas. Pergunto a qualquer homem que esteja lendo isto, como conseguiria decidir se seria vilão, trabalhador ou passatempo? Um homem se recusaria a escolher; um homem teria esse direito. Mas eu tinha que escolher apenas entre três palavras, e qual delas significava felicidade? Tudo o que eu queria era amor. Uma coisa simples, uma coisa atemporal. Quando os homens querem amor, eles cantam para consegui-lo, ou sorriem, ou pagam por isso. E as mulheres, o que fazem? Escolhem. E suas vidas são cunhadas como medalhas de bronze. Então me digam, senhores, me digam quando e onde foi fácil ser mulher?

9 DE JANEIRO DE 1942

POSSO IMAGINAR FACILMENTE AQUELA CENA EM 1919: MEU MARIDO em pé com a mala no corredor, olhando para mim através da longa distância que nos separava. Eu me vejo no quarto, toda vestida de seda cor de jacinto. A cicatriz branca de guerra em sua barba, a única mudança no rosto que eu conhecia tão bem, um rosto que em outra cena de separação tinha olhado para mim por trás do vidro de um carro. Em outro mundo, tudo poderia ter acontecido de outra forma. O relógio de bolso no seu bolso, uma ruga de dor no canto de cada olho. Uma vez mais, o reflexo da luz em seus óculos podia ser a última coisa que eu veria dele.

Em outro mundo, ele poderia ter tentado dizer a coisa certa. Mesmo com o amor jazendo morto na mesa de operação, ainda assim a coisa certa seria trazê--lo de volta à vida. Mas alguém já encontrou a palavra certa para dizer? Quem, na história do amor, alguma vez já a encontrou e disse-a com todas as letras para a mulher diante de si? Em outro mundo, ele podia ter chegado perto. Mas meu Nathan, em 1919, era um homem cansado e orgulhoso demais para pedir desculpas novamente. Imagino que tudo o que ele disse foi:

— Adeus.

Como eu não estava lá, só posso imaginar. Foi para a Greta da metade do século que ele disse isso, que até poderia ter pedido para ele ficar se não tivesse amado uma versão melhor daquele homem. E eu estava na vida dela, do lado de fora, em 1942, em Patchin Place, com meu filho, encolhidos de frio, com nossos chapéus e luvas, olhando o portão de ferro por meia hora, até que — finalmente! — um vulto vestido com um casacão do exército e trazendo um saco de lona chegou e abriu a tranca e pisou em nossa entradinha de paralelepípedos, e deixei meu filho livre para correr para ele. Olhei o homem bem barbeado deixar cair o saco de lona e pegar o menino, gritando coisas sem sentido e ridículas antes de virar-se para mim e sorrir. Você, Nathan, tudo acontecendo de novo. Meu marido em casa, chegando da guerra.

QUASE DEVERIA EXISTIR um paraíso, para que houvesse um lugar onde todas as coisas se encontrassem. Quando o tempo se dobrasse, uma toalha de mesa levantada depois da refeição, juntando todas as migalhas espalhadas da vida. Um filho e um irmão, um marido, todos sentados diante da lareira enquanto da cozinha vem o cheiro da sopa de ervilha que a senhora Green está preparando, um cheiro tão intenso que é quase como se a estivéssemos saboreando. Nathan vestido de verde-oliva, enrugado e engravatado, com os óculos um palmo acima do seu sorriso. A mensagem prateada sobre ele, BEM-VINDO, PAPAI, e o filho comportando-se selvagemente, quase em surto de tanta alegria, o colarinho agora preso com firmeza pela mão do pai, uma esposa encantada por vê-lo vivo mais uma vez, sem ódio em lugar algum, nada além do grande alívio por estar em casa, e não deveria haver aqui um cachorro com a cabeça sobre o seu sapato engraxado? Não deveria estar aqui uma avó tricotando cachecóis com lãs já usadas? Não deveria existir um bolo coberto de glacê branco — ah, lá está ele! FELIZ ANIVERSÁRIO, GÊMEOS.

— Para mim, parece que meu destino é a Inglaterra, embora isso possa mudar a qualquer minuto — Nathan estava dizendo, uma das bochechas avermelhada pelo fogo da lareira, as rugas brancas em torno dos olhos. — Imagine que terei de aprender a língua. — Deu uma piscadela.

Que homem diferente daquele que eu tinha deixado em 1919. Ele acariciou os cabelos do filho e nos contou histórias de comidas ruins e maus comportamentos, os rapazes subnutridos de Oklahoma que se mostravam mais valentões do que soldados, e a velha senhora engraçada que cantou para eles da sua escada de incêndio enquanto os soldados saíam da Grand Central Station. *Over There* foi o que ela cantou. Enquanto falava e acariciava Fi, ele olhava através da sala e sorria para mim e, como o poeta disse, aquele sorriso comoveria até uma pedra.

Felix, ao meu lado, abaixava-se e sussurrava:

— Feliz aniversário, mana, tenho uma coisa para mostrar para você. — Ele curvou a cabeça para a direita. Lá, naqueles cabelos vermelhos, só um especialista teria percebido os fios brancos daninhos. Ele se virou e sua boca escancarou-se numa expressão de susto: — Velhos! Estamos ficando velhos! — Eu lhe disse que isso não era nada; minha cabeleireira vinha arrancando os meus havia anos, e o sorriso continuou no meu rosto ao me ocorrer que este Felix estava mudando, envelhecendo enquanto eu o observava. O irmão de que me lembrava nunca tinha visto uma ruga, não conhecera um fio de cabelo branco. Este Felix, juntamente comigo, teria de envelhecer. Como eu gostaria de poder ficar para ver isso. Porque agora só restavam quatro sessões.

✳   ✳   ✳

No ANDAR DE BAIXO, NO DIA SEGUINTE, arrumando as camas depois que Cerletti tinha ministrado o procedimento, senti como se estivesse fechando uma casa para o verão, fechando uma vida. Tudo entrava num ciclo pela última vez, três choques depois deste, o que significava que eu voltaria para este mundo uma vez mais antes de me submeter à sessão final. Sabia que podia ser a última vez que via cada objeto que tocava. As pessoas também. Mas como se despedir de alguém que não sabe que é uma despedida, nem nunca saberá? Ficar com a senhora Green e dobrar uma manta com ela, aproximando-me o suficiente para sentir o cheiro de noz-moscada e cigarro em seu cabelo, como poderia dizer a ela: *Você foi minha única amiga nesta época*? Imaginar, e se a procurasse na minha época moderna, eu a encontraria em algum lugar? Ela teria voltado para a Suécia, ou para a França? Estaria ainda viva?

— Senhora Green — eu lhe disse enquanto ela pegava um par de meias de Fi para consertar —, qual é o seu nome?

Ela não olhou para cima, mas continuou a dar seus pontinhos, tão pequenos e perfeitos mesmo sem usar a máquina, que estava no conserto. — Karin — ela respondeu.

— E o que aconteceu com o seu marido?

Depois de quatro, cinco, seis pontos, ela disse:

— Nunca tive marido, madame. — Ela levantou os olhos para mim, sem que sua expressão se alterasse. Acrescentou simplesmente: — Há muito, muito tempo, achei que seria mais fácil se dissesse que tinha.

Todos os tipos de histórias cruzaram minha mente, como acontece em momentos como esse, quando um ser humano que se conhece quebra os limites da expectativa, expande-se quase infinitamente além deles, depois contrai-se novamente na figura da mulher miúda na saleta, dando pontos com uma linha não exatamente da cor certa. Somos muito mais do que supomos.

— Vou continuar a chamá-la de senhora Green, se não se importar.

— Como quiser, madame — ela disse, acenando com a cabeça e voltando-se para as cuecas, acrescentando apenas, e desta vez em voz mais baixa: — Sim. Muito obrigada. — Depois: — Seu irmão levou Fi até a loja de brinquedos e o seu marido teve de passar pela clínica. É uma boa hora para deitar e descansar um pouco.

— Obrigada — eu disse. — Obrigada — e disse a segunda vez como alguém que dá dois nós para garantir que ficará firme.

Naquela noite, a última antes que Nathan fosse para a Inglaterra, ele retirou o meu gesso. — Afinal, você é casada com um médico — ele disse. — E está na hora de arrancá-lo.

Sentado ao meu lado, ele começou pelo cotovelo: senti o frio do metal da tesoura contra a minha pele. Só se ouvia o raspar do corte delicado que ele fazia no gesso. Só uma vez a tesoura beliscou minha pele, fazendo-me estremecer, e ele parou, pegou minha mão e fez uma pausa.

Ali sentada, olhando para ele e sentindo aquela tesoura tão perto da minha pele, queria lhe perguntar: *Você pensa muito nela?* Com seu olhar tão concentrado no trabalho, limpando pedaços do gesso que tinham grudado no rosto. *Quantas vezes confunde outra pessoa com ela na rua e o seu coração dispara?* Os círculos prateados que a luz produzia no corte militar do seu cabelo. Mas precisamos perguntar sempre essas coisas? Isso sempre nos aproxima? Ou é isto que nos torna próximos: o pique da tesoura, o cuidado no ajuste, o rompimento do gesso, a confiança e a concentração? Ali, aureolado pela luz, mordendo o lábio e mudando de posição para não me machucar se pudesse evitar. Meu sangue pulsando tão perto do metal afiado. Era isso o casamento? Ficar firme, fazer o melhor possível.

Quando chegou ao polegar e foi capaz de soltar todo o gesso com um grande estalido, ele pôs meu braço nu sobre uma toalha e começou a limpá-lo com uma esponja. Flexionei os dedos, deliciada. Como se não fosse meu braço de jeito nenhum. Olhei para o meu marido, que estava corado e radiante com seu trabalho. — Aí está, novinho em folha.

E, no passeio que demos mais tarde pela antiga vizinhança, algo veio à minha mente e segurei a mão dele com a minha agora não mais quebrada, animada com a liberdade e a leveza do meu braço novo.

— Espere — eu disse. — Vamos ali. Quero ver uma coisa.

— Bom, o que será? — ele disse, meio espantado.

— Só quero ver uma coisa. — Puxei-o em direção ao arco, agora completo com suas estátuas. Havia um casal debaixo dele, em meio a uma longa despedida. Caminhei para a lateral e vi, ali, aquilo que esperava ver. A mesma pedra branca. — Gostaria de saber... — eu disse e levantei-a. E ali estava.

Virei-me para ele, rindo, com a chave na mão.

Somente em curtos *flashes* vem à nossa mente que talvez nunca mais vejamos alguém novamente. É um pensamento absurdo; um acidente de carro ou um ataque fulminante do coração ou uma doença rara podem nos tirar alguém, e a última vez pode ser aquela sessão da tarde em que vocês entraram juntos furtivamente, ou o almoço regado a vinho, ou a discussão idiota pelo telefone que se dissiparia num próximo encontro; da mesma forma, as despedidas melodramáticas em hospitais, aeroportos e portas da rua também não são a garantia de um final. É apenas uma preparação para isso. O que é duplamente verdadeiro em relação a amantes, porque para eles não é apenas a pessoa que pode desaparecer, mas o próprio coração pulsando. Como pessoas, o fim raramente está em nossas mentes; é preciso uma figura com uma foice para nos lembrar disso. Como amantes, entretanto, o fim está sempre presente. É uma morte tão certa quanto a morte real e, para aqueles de nós que estão apaixonados, é como se estivesse na cabeceira, começando a nos preparar. Podemos dizer que não está dando certo, ou que não posso lhe dar o que você precisa, e ainda assim no dia seguinte ele está em seus braços, e quem pode evitar isso? Há a despedida, e a despedida, e a despedida, e qual será a definitiva? Quem poderá dizer que esta é a última? Somente uma é verdadeira, mas todas parecem verdadeiras, e as lágrimas que vertemos são iguais todas as vezes.

— Ninguém sobe aqui — eu disse a Nathan enquanto ele me olhava espantado. — Ninguém sabe sequer que isso existe.

15 DE JANEIRO DE 1986

RESTARÃO APENAS DUAS SESSÕES DEPOIS DESTA. *Como isso termina?* Fiquei deitada na maca do Cerletti, deixando a eletricidade escapar de mim. Amanhã eu estaria em 1919, uma semana depois em 1942, e haveria um último relâmpago antes que eu acordasse, finalmente, de volta a casa. Estaríamos todas em casa, para sempre. O que eu faria na minha, outra vez sem Felix? Como poderia falar com Nathan, agora que outra Greta nos tinha feito entrar em contato? Alguma coisa estava melhor do que tinha sido antes? Bem, cada mundo tinha mudado. Cada um valia amar. Mas ainda nos amávamos a nós mesmas?

Sorri para o meu doutor. Amanhã, o casamento de Felix. Só que, hoje, a homenagem em sua memória.

Ruth tinha me avisado que ninguém viria vestido como Felix, mas que variedade veio à minha casa naquele dia! Felix numa camisa xadrez horrorosa que Alan jogara fora muito tempo atrás. Felix num calção de banho, uma regata e uma toalha. Felix em uniforme de escoteiro. Vestido de *cowboy*, como no nosso último Halloween. E com a camisa branca de linho que tinha usado no "casamento" deles. E com o braço engessado daquela ocasião em que caiu da bicicleta. Eles estavam todos lá, vestidos como Felix, bebendo em minhas xícaras de plástico e olhando as fotografias espalhadas sobre a mesa de jantar.

Mesmo Ruth, do jeito dela, não conseguiu resistir; usava um vestido longo, branco e bordado com contas. Irritada, ela explicou:

— Ah, tenho certeza de que ele usou isso em algum momento. Ele estava sempre emprestando minhas roupas. — Então voltou-se para um homem negro de tênis branco e perguntou-lhe se o plural era Felixes ou Felices. — Do mesmo modo como em inglês o plural de *dominatrix* é *dominatrices*, você me entende?

Na correspondência, misturada às mensagens de pêsames, uma carta simples. Por que eu reconheci a caligrafia?

Senhora Wells,

Agradeço pelo seu interesse na propriedade do meu pai em Massachusetts. Sinta-se à vontade para me telefonar e venha quando quiser, estou sempre por aqui. Há uma linha de trem regular. Espero conhecê-la em breve.

Leo Barrow

Aqui, mais uma vez, em homenagem ao meu irmão: o morto voltou à vida. Olhei para a assinatura e pensei: *Greta, sua diaba, o que você pretende?*

Peguei uma faca e bati com ela num copo vazio, e todos se viraram para mim. Em perucas loiras ou bonés de beisebol ou toalhas enroladas como turbantes. — Obrigada por virem! — gritei enquanto o falatório diminuía. — Obrigada! Um ano atrás eu perdia meu irmão. Ele era uma pessoa excêntrica. Ele era o tipo de pessoa que insistia numa festa à fantasia, não importava a ocasião! — Uma risada geral. — Obrigada por fazerem sua vontade. Ele amava a vida e detestou ter que deixá-la. Ele diria a vocês: "Não entendi nada..."

MAIS TARDE, QUANDO O vinho aqueceu as pessoas, elas tiraram as fantasias e ficaram mais à vontade. Era a passagem mais próxima do cometa Halley desde sua última aparição, quase oitenta anos antes, na época em que Mark Twain morreu, e até mesmo os nova-iorquinos estavam curiosos. Afastamos algumas cadeiras e trouxemos cobertores do apartamento de Ruth, mas estava terrivelmente frio lá em cima e os cobertores só aqueciam até certo ponto. As pessoas foram atrás de seus casacos, chapéus e cachecóis. Apesar do frio, ou talvez por causa dele, havia um clima gostoso de acampamento; um homem tinha achado minha churrasqueira e uma caixa de madeira quebrada e fizera uma fogueira em miniatura. Eu não estava me sentindo bem; supus que fosse por causa do vinho.

Foi aí que ouvi Ruth cochichar no meu ouvido:

— Querida, ele veio.

Eu me voltei para o perfil recortado da cidade: o índigo de Nova York contra o lavanda de Nova Jersey. E a aproximação cautelosa da silhueta de um homem.

— Oi, Nathan.

— E ENTÃO — ELE DISSE, depois que nos abraçamos e voltamos a nos afastar ligeiramente com nossos copos de ponche.

— E então — eu disse, sorrindo.

De algum modo parecia mais alto do que quando estivera estendido no seu leito de doente procurando por mim.

Mais alto, mais brilhante, mais forte; ele não tinha sofrido como aquele outro Nathan; não tinha ouvido histórias de morte em submarinos, em trincheiras. O meu Nathan, calmo e bondoso como sempre, de barba e óculos, vestindo paletó marrom e camisa xadrez, um cachecol estampado com sapos que sua nova mulher devia ter lhe dado. Como fantasia, ele segurava uma gaiola com um canário empalhado. Felix e seu pássaro. Ele estava com a expressão ressabiada de um homem que foi convidado para uma reunião cujo propósito ele ainda não sabia, e pensei que talvez devêssemos começar imediatamente a conversa que dentro das nossas cabeças estava se armando, engatilhando e mirando — quando ele se pôs de lado e vestiu um salva-vidas, por assim dizer, observando beatificamente: — Senti falta da sua tia. — Também me coloquei de lado, e a velha tola apaixonada dentro de mim o conhecia bem o suficiente para saber que ele tinha sido sincero ao dizer isso, mas não consegui deixar de imaginar que o que ele realmente estava dizendo é que sentira falta de mim.

— Não me diga que sentiu falta de Ruth!

Ele deu de ombros. — Sim, senti falta até mesmo da louca da sua tia Ruth.

— Ela não sentiu saudade de você — eu disse, tentando fazer uma provocação. — Ela diz que você sempre quebrou coisas.

— Não tenho mais ninguém na minha vida tão interessante como a Ruth. Eu me lembro daquele verão em que ela foi à casa de Alan e nos deu um vidro de Repelente de *Incesto*. — Rindo, as mãos nos bolsos, balançando a cabeça. — Repelente de *Incesto*!

Eu ri. — Você se acostumou com ela.

Então, esse era o motivo. Aqui, um momento como este. Rindo e à vontade um com o outro. A mesma sensação de vagar perdida pelas ruas e becos tarde da noite, por passagens que parecem cada vez mais distantes do seu destino, até que por fim vira uma esquina e vê a cerca de madeira verde que conhece tão bem e pensa, aliviada: *estou em casa!*

Ali estava ele, na minha frente: o Nathan verdadeiro. Sem dúvida não mais real do que qualquer um dos outros, nem mais original, mas esta transposição de volta para um mundo que eu conhecia não conseguia me convencer disso. Porque este era o homem que eu tinha amado. O gesto antigo de verificar o bolso de cima para sentir a carteira. Este era o homem que eu tinha amado, nenhum dos outros. Ainda assim, algo tinha mudado para sempre. Não que eu não o amasse como sempre e ainda sentisse as reverberações do nosso abraço como o estremecimento de um gongo por uma hora depois de ser tocado. Mas eu sabia algo, depois de tudo que tinha visto e feito. Que, mesmo com a aranha do nosso antigo amor refazendo sua teia rompida entre nós, aqui, no telhado. Mesmo com seus olhos mergulhando fundo nos meus. Mesmo assim — eu jamais o teria de volta.

— Bem, vou tomar cuidado com o ponche dela desta vez. Você parece bem, Greta — ele disse. É o que um amante costuma dizer à mulher que deixou há muito tempo. Significa: Parece que você não está mais sofrendo. Afastamo-nos uns centímetros um do outro.

— Tive uma jornada tempestuosa este ano — eu lhe disse, rindo.

Ele sorriu, novamente cauteloso, sem saber se a brincadeira se referia a ele. Toquei no seu peito: — Não, não. Não, Nathan, não por sua causa. É algo que não dá para explicar. Tenho me visto de todos os ângulos.

— É raro conseguir fazer algo assim.

— E tenho visto você também. Entendi muita coisa, eu acho. — O que eu gostaria de dizer era: *Compreendi que o problema não era que não quisesse mais ficar comigo, mas que você não queria mais ser você mesmo do modo como era comigo.* Mas tudo o que disse foi: — Você também parece bem.

E parecia que era só o que tínhamos a dizer. Trocamos sorrisos carinhosos, e ele tocou no meu rosto, tenho certeza de que fez isso porque se sentiu seguro. Agora o perigo tinha passado. Ouviram-se gritos na beirada do telhado — tia

Ruth com a mão no telescópio como se fosse um binóculo de teatro — e olhamos. O pontilhado das estrelas e a pequena pincelada do cometa pendendo ali. Veio nos visitar novamente.

De repente eu me virei e disse: — Nathan, não tenho nada a perder, por isso vou lhe dizer isso. Nunca tinha pensado em como era pouco provável, com todos os caminhos que pudesse ter tomado, termos o que tivemos. Dez anos.

Ele não tinha o que dizer, talvez não querendo me interromper, ou também não querendo me encorajar. Pus minha mão no seu ombro e impulsivamente beijei-o de leve na boca. Senti seus lábios tensos de preocupação, secos pelo frio, e cheirando, extraordinariamente, o fumo de cachimbo que eu conhecia de um outro mundo, e o perfume do sabonete de outro, e por baixo de tudo o Nathan inalterável que eu tivera em todos os mundos, exceto neste. Recuei e esfreguei seu ombro.

Sorri e disse:

— Quem mais teve tanta sorte por tanto tempo?

Aqueles homens separados, os homens diferentes que ele era, em mundos diferentes. Talvez porque eu conhecesse tão bem Nathan e suas variações de humor; ele pensando ao meu lado: tão quieto! Ele desligando o despertador para que eu pudesse dormir mais uma hora: tão gentil! Ele lendo algumas notícias revoltantes no jornal: tão bravo! Eu poderia fazer uma bola com todos eles e colocá-la no meu cérebro como uma pessoa. Mesmo antes das minhas viagens, eu tinha conhecido e vivido com esses diferentes homens: o quieto, o gentil, o bravo. Da mesma forma como ele próprio tinha vivido com esses mesmos homens. Porque os outros não são os únicos forçados a encarar nossos outros eus; acima de tudo, nós precisamos encará-los. Na minha última visita a 1942, Felix me mostrou uma fotografia de nós dois. Tinha sido tirada uma semana antes. E embora eu soubesse que não era eu, não saberia dizer qual delas era. Talvez um dia alguém invente uma câmera para capturar o eu evanescente — não a alma, mas o eu — e possamos enxergar verdadeiramente qual de nós éramos num determinado dia, e indique as vidas mutáveis que levamos e que pretendemos que pertença a uma só pessoa. Por que é tão impossível de acreditar que somos como monstros de múltiplas cabeças, com tantos braços quanto os deuses e tantos corações como os anjos?

16 DE JANEIRO DE 1919

QUE DIA LINDO PARA UM CASAMENTO. A MANHÃ DESPERTOU como uma garota com um ataque de birra dizendo que não irá usar nada que não seja um vestido de festa, e um calor insípido se espalhou sobre as coisas, deixando manchas escurecidas onde o gelo tinha coberto as calçadas, incomodando velhas senhoras que entregavam seus agasalhos de pele para as empregadas. Uma multidão vestida de cinza desfilava no Metropolitan Temple, e era possível admirar a variedade de chapéus das senhoras e de cartolas dos homens, uma das quais pertencia ao famoso senador que estava prestes a perder a filha. E uma jovem, toda de seda lilás, em pé nos degraus, braços cruzados, observava a igreja.

O que me espantava, ali em pé, na igreja, ao lado da porta por trás da qual estava o noivo, era que ninguém tivesse tido a iniciativa de interromper este casamento. Nem meus outros eus, nem a Greta do amor livre nem a maternal, tinham dito uma palavra. Dois terços de mim tinham optado por calar-se. Até mesmo Ruth não tinha feito nada. Era um tipo novo de loucura pensar que só eu tinha ideia de como essa noiva seria infeliz e do pacto asfixiante que seria firmado dentro daquela igreja, sob um céu que brilhava cruelmente. Tinha acontecido antes; meu irmão tinha se casado com esta mesma mulher, teve um filho com ela e, caso não fosse preso por ser alemão, teria sido manipulado como tinha sido antes: com dinheiro, contatos e as palavras severas de um sogro por trás de portas fechadas. Ainda assim, de algum modo, era o que todos queriam. As famílias, Ingrid e até o próprio Felix. Eu era a única que desejava algo mais?

E eu o imaginava: Atrás desta porta, meu irmão em seu traje enfadonho, olhando-se no espelho. Bebendo um gole de uísque, ajustando as abotoaduras e rindo para o seu eu solteiro, para que se evaporasse, a uma palavra do mágico, diante do altar.

Temos o direito de arruinar a vida dos outros? É tão fácil acreditar que, se mergulharmos como um anjo, não hesitaremos em mudar as coisas: contar segredos, corrigir os erros e unir os amantes. Mas eu não podia prometer a felicidade para Felix. Não podia dizer: Ah, desista da sua vida, há homens por todo lado esperando para amá-lo! Você não será chantageado ou roubado ou assassinado por ser o que é! Até seu leal Alan não conseguia suportar a pressão aqui. Pelo menos, na esposa, ele teria uma companheira. Um filho, como antes. Alguém sobre quem pudesse projetar suas esperanças, para que um dia houvesse uma versão dele cuja vida corresse direito. Porque, enquanto ficava diante daquela porta pintada de branco e pensava em arruinar tudo, eu sabia que nem todas as vidas são iguais, que a época em que vivemos influencia a pessoa que somos, mais do que jamais eu tinha pensado. Alguns têm uma oportunidade mais difícil. Outros não têm nenhuma. Com muita tristeza, vi muita gente nascida na época errada para ser feliz.

Os encarregados do cerimonial pressionavam as pessoas para que fossem para seus lugares, e logo um deles avançava pelo corredor para chamar o noivo — um jovem com um bigode enrolado e um traje cinza-pombo, que sorriu para mim e tocou o chapéu para me cumprimentar. Ele me disse algo mais, mas eu já me encaminhava para fora da igreja, ouvindo os sons do órgão vindo de dentro, olhando o clima incomum despertar a cidade como se de um longo sono. Sombriamente amarrotei o programa no meu punho fechado. De qualquer modo, estava me sentindo doente. Assim eu já estava fora da igreja e na rua quando soou o tiro.

Só quando cheguei em casa meu coração parou de querer saltar do peito. Porque ali estava ele, sentado no chão e olhando o fogo. Meu irmão. Mais uma vez: vivo.

— Peguei a arma de um soldado — ele me contou.

Os encarregados do cerimonial tinham entrado porta adentro para descobrir o alojamento do noivo vazio: apenas um espelho estilhaçado por uma bala e uma janela aberta para o dia. Na lama do lado de fora, as marcas das botas de um homem que fizera sua escolha.

Olhei furtivamente em torno, procurando pela arma. Ele parecia muito magro, seu rosto rosado abatido, o bigode, o cabelo desalinhado, vi por fim meu amado irmão morto diante de mim. Ele disse: — Eu estava com ela em cima de uma mesinha. E pensei, seria tão fácil. — Ele falava no tom monótono de um professor fazendo a chamada, os olhos arregalados fixos nas chamas. Não parecia ter consciência da minha presença, estava entorpecido pelo que acontecera. — Teria sido tão fácil.

— Graças a Deus você está aqui — eu disse baixinho, meus olhos percorrendo a sala toda. A luz caiu como um losango perfeito sobre o corpo do meu irmão, como uma manta estampada com sombras de galhos. — Felix, onde você pôs a arma?

— Eu não estava com medo — ele disse. Uma mecha encaracolada do seu cabelo tinha caído e se prendeu à sobrancelha, mas ele não balançou a cabeça para soltá-la. — Gostei da ideia de todo mundo ouvir o tiro. Especialmente o senador. Isso não é muito doido?

— Felix, onde está a arma?

— Eu não tenho sido eu mesmo nestes dias. Não foi isso que você me disse uma vez? Ele respirou fundo. — Está na igreja. Eu a deixei lá.

Suspirei meio aliviada. Procurei por um pouco de água; parecia dor de cabeça, senti uma ligeira vertigem e precisei me sentar. O som de um carro de polícia soou ao longo da West Tenth, e com ele o barulho dos garotos correndo atrás.

— Eu o conheci em setembro. E ele me deixou em dezembro — disse simplesmente para o fogo. — Não foi muito tempo.

Olhei para ele parado ali, tão pálido de emoção. Algo tinha se agitado e se soltado dentro dele, aquilo que ele temia, e agora eu via o quanto ele se forçava a ficar imóvel, para não se agitar e acordá-lo novamente. Imaginei-o segurando a arma. De pé, no alojamento do noivo na igreja, diante do espelho comprido e vendo a si mesmo apontando para a cabeça, como se fosse a mão de outra pessoa. Fascinado pela imagem. E então algo — quem sabe o quê? — moveu a arma em direção ao homem diante dele. O homem vestido, escovado e polido em que ele tinha se tornado. Refletindo o mundo tão nitidamente quanto aquele espelho. O que é preciso para puxar um gatilho como aquele? O que é preciso para abrir fogo contra aquele homem, aquele que eles queriam que nós fôssemos?

— Não levou muito tempo — ele continuou. — Mas o suficiente para destruir tudo. — Ele então pôs a mão na testa. — Ah, meu Deus, eu simplesmente fui embora do meu casamento...

— Estou aqui, agora — eu disse, andando rapidamente até ele e pondo a mão em seu braço. A tontura voltou. — Estou aqui.

Finalmente ele olhou para mim. — Acho que fiquei louco, Greta. Você também ficou. Veja o que acabei de fazer. Veja o que eu quase fiz. Não sei o que... — Ele não pôde acabar a frase. Congelou naquele ar aquecido, tremendo, olhando fixamente para a lareira enquanto começava a arfar. Vi que vinha para ele em ondas, a visão real do que ele era. E que isso o assustava e desgostava.

Uma nuvem encobriu o sol, e a luz sumiu do seu corpo, e pensei que aquela era a última vez que eu visitava este mundo, este Felix: já tinha visto o doutor Cerletti naquele dia. Amanhã eu seria mandada para longe. Depois, uma última centelha antes do fim. Sempre imaginei que ela me levaria para casa. Como não tinha percebido alguma coisa a mais em andamento?

— O que você precisa ouvir, Felix?

— Que tudo vai ficar bem — ele disse, tentando respirar melhor.

— Felix — eu disse, sentando-me no chão ao lado dele e pondo minha mão no seu joelho. — Tudo vai ficar bem.

— Vai?

Ei-lo de volta: o losango de luz, caindo sobre nós dois, nos aquecendo por enquanto. Esta era a última vez, pensei, em que eu veria este Felix. Pensei em todas aquelas figuras pesarosas vestidas em suas fantasias de Felix, o calção de banho, o *cowboy*, a camisa xadrez rasgada. A peruca loira, o urso empalhado, a gaiola. Pensei em quando pressionei aquela colher entre seus lábios. — Você está vivo. Tudo vai dar certo. A vida é melhor do que você imagina.

Naquela noite, em 1919, pus Felix para dormir ao meu lado, na minha cama, e fiquei ali por um bom tempo ouvindo meu irmão respirar. Como eu iria sentir falta deste som. Por isso, enquanto aguentei fiquei acordada, olhando seu rosto pálido de raposa na semiescuridão do quarto, respirando espasmodicamente sobre o travesseiro. Eu estava tão cansada, tão quente e tão exausta! Imaginei que fosse pela batalha daquele dia. Imagens começaram a flutuar diante dos meus olhos, mais do que centelhas azuis e estrelas. Um aperto na garganta como se me afogasse. Era apenas a tristeza de deixá-lo? E ao meu filho ainda não nascido? Tentei me acalmar, concentrar-me nas luzes por trás dos olhos. Não sei quanto tempo se passou até eu adormecer.

E pela segunda vez em minhas viagens alguma coisa saiu errada.

17 DE JANEIRO DE 1986

SERÁ QUE ESTAVA ACORDADA JÁ HAVIA ALGUM TEMPO? EU PARECIA estar no meio de uma conversa num cenário borrado e começava a arfar, sentindo meu corpo entrar em colapso sob uma onda de dor. Um pano frio na testa enquanto eu tentava recuperar o fôlego. Afogada, quase afogada. E quem sabe onde?

— ... Não diga a ninguém — me ouvi dizendo. — Não deixe que saibam.

— Saibam o quê, querida? — Era Ruth, tinha que ser a Ruth.

O coração como uma pedra do lado de fora do meu peito, pressionando-me para baixo. Eu tinha lido isso em algum lugar? Ou estava acontecendo?

— Eu esqueci. Eu esqueci. O que estou fazendo aqui? — O pano foi retirado e eu pude ver afinal meu quarto vermelho-preto-branco tombando de lado na minha mente mareada. Ruth estava debruçada sobre mim com uma expressão sombria e, ao lado dela, a gaiola do canário de Felix, coberta com uma toalha. Talvez ela o tivesse trazido aqui para me fazer companhia. Pus a mão no rosto e o senti arder; podia sentir as marcas deixadas pelo travesseiro suado. Era 1986, não 1942. Um breve momento de lucidez:

— Não era para eu estar aqui...

— Você desceu sentindo alguma coisa. O médico disse que é gripe. Está na hora de tomar a aspirina novamente. — Dois comprimidos brancos e um copo de água diante de mim; parecia tão impossível engoli-los como a um copo de vodca. Uma ânsia de vômito subiu dentro de mim e eu me inclinei para fora da cama, onde vi um balde já a postos.

— Eu não deveria estar aqui...

— Ah, Greta, pobre menina, pobre menina. Logo vai passar. Cinco dias, o médico disse. — Ela limpou meu rosto e eu solucei por um instante, vencida pelo abalo de um corpo passando mal, que não encontrava uma posição boa para descansar. Tudo — a cabeça, os músculos, o sangue — tinha se voltado contra mim. Alguém perdera uma sessão. Como da outra vez, alguém tinha faltado e só duas de nós tínhamos viajado e trocado nossos lugares nesses mundos. Mas já não restava mais tempo.

— Ruth, alguma coisa deu errado. Eu deveria estar em 1942...

— Apenas descanse.

— Alguma coisa deu errado... — O pano cobriu meus olhos novamente, e alfinetadas estelares espetaram meu cérebro ferido.

18 DE JANEIRO DE 1919

DE VOLTA À TERRA FIRME E GEMENDO, UM SINO REPICANDO A DOR constantemente, me vi sozinha e quase no escuro; uma chama verde parecia brilhar vindo da porta, depois era eclipsada pela passagem de alguém. Eu ouvia sussurros e o riscar de um fósforo tão alto que o senti raspando meu crânio. Gemi de novo; a dor não tinha desaparecido, e arregalei os olhos ao pensar que poderia continuar. Sentia minha doença me puxando para trás novamente, para os braços de uma escuridão densa e aquosa, e dessa vez, antes de submergir, eu vi, na porta, um homem em pé com uma máscara de gaze. — Volte, não entre — ouvi num murmúrio —, ela está em quarentena, eu a mediquei, deixe-a descansar. — A voz do meu marido. O homem permaneceu ali por um instante e um movimento no corredor lançou o brilho da luz de gás em seu rosto. Acima da máscara eu vi os olhos do meu irmão com a mesma preocupação que eu tinha visto uma vez nos olhos de Alan. *Felix*, eu queria dizer. *Não me deixe morrer aqui. Você ficará completamente só, e eles não vão tratá-lo bem.* Tivemos a gripe. Todos nós.

— Ela pode nos ouvir?

— Não, ela está muito longe, só podemos aguardar.

— E o bebê?

E então fecharam a porta do quarto. E viajei novamente.

19 DE JANEIRO DE 1942

UMA VAGA RECORDAÇÃO DE ACORDAR, NO TERCEIRO DIA da doença. Vi a escuridão desaparecer e, onde a escrivaninha tinha estado, uma penteadeira de três espelhos apareceu, brilhando com o reflexo da luz, e o vi nos espelhos mesmo antes que ele aparecesse: meu irmão, Felix, em sua outra versão.

Ele estava no meio de uma frase: — ... para Los Angeles, surgiu uma oportunidade lá, você parece estar mal novamente, Greta, vou chamar...

E ele derreteu como um pedaço de manteiga numa chapa quente, antes que eu fosse tomada pela escuridão da febre.

20 DE JANEIRO DE 1986

E NOVAMENTE NO QUARTO BRANCO DO MEU PRÓPRIO MUNDO, onde rosas brancas estremeciam num vaso em plena luz. Em meio à febre, ouvi a voz de Ruth falando com alguém. As fotografias moveram-se e olharam para onde eu estava presa à cama. As rosas me diziam: — Vamos impedir que a tristeza entre. — A tinta cobriu a cena, cercada pela dor quente e latejante.

EU ESTAVA MORRENDO, sentia isso, sabia disso. Nathan pensou que tinha matado a esposa, mas sua faca escorregou e atingiu a mim em lugar dela, e me lembro de pensar que estava tudo bem, que eu devia morrer. As outras tinham maridos e filhos. Quem eu tinha? Se alguém tinha de morrer, que fosse eu.

NAQUELES DIAS TERRÍVEIS, enquanto ia de um mundo para o outro, minha barriga fez-se e desfez-se como a lua, enchendo-se com meu filho ainda não nascido, e da porta, ou da cadeira, ou do lado da cama, Nathan ia e vinha, de óculos e chapéus e barbas, e estranhos, e Ruths, sempre a mesma, mas o que mais me lembro é da corrente de bonecas de papel recortadas rindo para mim.

21 DE JANEIRO DE 1919

DIGA-ME, QUEM ACORDOU NAQUELA MANHÃ? QUEM SENTIU a doença escoando de si, os sinos desaparecendo finalmente, os lençóis frios com o suor e a febre de outra pessoa, quem piscou os olhos e olhou em volta como alguém desembarcando em terra firme depois de uma longa viagem por mar, tudo ainda balançando ligeiramente, mas na casa segura e familiar? Quem tentou sentar-se, respirando normalmente, e achou isso difícil mas não impossível? Com a longa lança do sol arremessada contra o chão? Uma cadeira ao lado dela, um livro com um marcador pousado ali, uma garrafa de água na mesa, sedimento branco no fundo, e um pedaço de papel desdobrado ao lado? Um pensamento repentino — a mão na barriga cheia, sentindo se havia vida ali? Qual das mulheres foi que chorou? Certamente não aquela que tinha estado ali antes. Certamente não era eu. Porque eu tinha morrido, tinha de ter morrido.

Millie, usando uma máscara, carregando uma bandeja vazia, pareceu surpresa, deu meia-volta e se foi. Um barulho que não consegui identificar, e Felix surgiu correndo para dentro do quarto.

— Você acordou! Está melhor? A febre cedeu, como você se sente?

— Viva.

Ele riu. — É, acho que sim.

— E também minha filha. — Ele olhou para mim confuso, talvez pensando que eu ainda estivesse sob o efeito da febre. De alguma forma eu sabia. — Meu bebê.

Ele pôs a mão na minha barriga e sorriu, mas eu já sabia que o bebê estava bem. Eu ri, depois estremeci de dor.

— Você nos assustou — ele disse, aquele cacho ruivo caindo de novo no seu rosto. — Foi uma época difícil. Não havia mais leitos na cidade inteira, nem mesmo na clínica de Nathan. Achamos melhor manter você aqui.

— Obrigada. Quanto tempo isso durou?

Ele deu de ombros e olhou cautelosamente o meu rosto. — Quase uma semana.

— Nathan...

— Ele não está aqui, Greta. Ele quis mudar-se para cá a fim de cuidar de você. Não permiti. Discutimos por causa disso. Você me contou o que tinha acontecido, e deixei que ele soubesse que eu sabia. Afinal, ele foi embora.

— E a sessão?

— O doutor Cerletti não nos deixou fazer o procedimento em você outra vez. Ele disse que poderíamos administrar o último quando você se sentisse melhor.

— Mas isto está errado, nós todas estamos no mundo errado...

A porta então se abriu e tia Ruth entrou, toda vestida de preto, com um turbante de onde pendiam contas de azeviche. — Ela está viva! Ah, minha querida menina, trouxe meu último champanhe.

Perguntei:

— Por que está de preto?

— Isso? Ora, não é por sua causa. Eu tinha arranjado um fornecedor clandestino de bebida e ele foi baleado na Delancey Street, e como é que vou fazer no ano que vem? Ah, você perdeu muita coisa, minha querida.

— Vi muita coisa.

Ela começou por me contar sobre os acontecimentos que se desenrolaram depois do casamento. — Este aqui... causou um alvoroço. O senador explodiu como um canhão French '75* quando soube que o noivo tinha escapado pela janela lateral!

— Ruth...

Tentei interrompê-la, mas ela estava longe, mergulhada na história que estava contando.

---

* Peça de artilharia usada na Primeira Guerra Mundial. (N.T.)

Os mundos errados. Como eu estava aqui, isso significava que a Greta de 1919 estava no meu mundo e a de 1942 estava no dela. Uma tinha perdido a sessão e todas nós trocamos de lugar do modo errado. Como isso tinha acontecido?

Será que a de 1919 tinha ficado tão doente que Cerletti não quis lhe aplicar o choque? Faltava um procedimento, mas onde ele nos deixaria?

Eu poderia viver para sempre como esposa e mãe em 1942? Esta não era a única questão, é claro. Poderia a de 1942 viver no meu mundo, sem ninguém para consolá-la além da tia Ruth? Mais ainda, poderia a de 1919 viver novamente em seu mundo, neste mundo em que agora eu me encontrava acamada? Minha mente começou a trabalhar: poderíamos pedir por mais um procedimento, outro choque, uma garrafa, poderíamos ainda consertar as coisas...

Ruth ainda estava falando:

— Tivemos que esconder Felix no meu quarto de vestir quando eles chegaram. Os sabujos da Pinkerton.* Você não pode beber isto, ainda está convalescendo, nós vamos bebê-lo, certo? — Ela estourou a rolha. — Saiu nos jornais. Um escândalo total. — Ficou ali em pé, majestosa, e olhou para baixo em direção ao sobrinho, sentado com as mãos cruzadas em sua cadeira. — Fiquei muito orgulhosa dele. — Ela virou-se e gritou por Millie, para que trouxesse duas taças. Não, três, ao diabo com isso, eu poderia beber o quanto quisesse. Afinal, eu estava viva. — Não é um mundo tão ruim, é? — ela perguntou a ninguém em particular. — A gripe, soldados feridos, Pinkertons e a Lei Seca, eu sei, estou ficando velha e perdendo tudo. É fácil ficar deprimida com isso. Mas veja... — Millie chegou com as taças, Ruth encheu-as descuidadamente e prosseguiu com seu brinde enquanto minha mente mergulhava em si mesma, com a preocupação de como isso acabaria.

Depois que Ruth foi embora, Felix pegou seu livro, como se ele, também, fosse sair. — Não vá — pedi mais uma vez. Fiquei imaginando se conseguiria agarrá-lo

---

* A Agência Nacional de Detetives Pinkerton era uma agência de investigação e segurança particular fundada nos Estados Unidos, em 1850, por Allan Pinkerton. (N.T.)

bem forte e levá-lo comigo quando eu partisse. Ele deve ter percebido isso na minha voz.

— É claro. — E sentou-se de novo, com o livro no colo.

— Tudo vai ficar bem — eu disse. Ele balançou gravemente a cabeça concordando e olhou para fora da janela. Vi sua garganta tensa enquanto ele engolia alguma lembrança que não desejava compartilhar.

— Greta, estou indo embora.

Estendi a mão sobre a manta. — Não, fique mais um pouquinho.

Ele olhou para o livro no seu colo. — O que estou dizendo é que vou embora de Nova York — ele disse e me encarou resolutamente. — Vou para alguma cidadezinha onde ninguém me conheça, onde o pai de Ingrid não possa me arruinar. Estou pensando no Canadá.

— Ninguém pensa no Canadá.

Um olhar através da janela, acompanhando a ronda do gato de rua pelos telhados. — Talvez mude meu nome. — Ele riu. — Eu serei o senhor Alan Tandy, como uma espécie de vingança. Em algum lugar em que possa começar tudo de novo.

Olhei-o de perfil, o nariz forte e o queixo ligeiramente fraco, o mesmo bigode do irmão que perdi, os mesmos fios brancos do seu eu dos anos 1940. Uma versão do meu próprio rosto.

— Fugir — eu disse para ele em voz alta. — Desistir. Recomeçar. Já entendi. Só tenho uma pergunta.

Ele respirou fundo. — Sim, Greta?

— Quando você era criança — perguntei —, era este o homem que você sonhava se tornar?

Uma nuvem de raiva encobriu a expressão pacífica do seu rosto. O gato de rua fez uma pausa, depois pulou de telhado em telhado, e então olhou na nossa direção. Fiquei imaginando: o que ele via de onde estava empoleirado? Um homem ruivo planejando sua fuga, sua irmã gêmea que tinha vindo de outro mundo pela última vez. Juntos na casa de sua infância, cada um pensando que, de algum modo, se fossem embora, a vida poderia ser melhor. A mudança silenciosa das expressões, as coisas que não podiam ser ditas. O estremecimento do lábio inferior dele, o ex-noivo, pensando na pergunta que ela lhe fizera.

Ele se levantou da cadeira e sentou-se ao meu lado na cama. Falou num tom sussurrado:

— Quando você estava doente. Com febre — ele disse, inclinando-se para a frente, tentando controlar sua emoção. — Você me contou de um sonho que estava tendo. Lembra-se disso?

— Conte-me o que eu disse.

Ele olhou para a minha mão, recordando fosse qual fosse a história que eu tinha lhe contado em minha loucura. — Era em algum mundo futuro, você disse.

— Sim, eu me lembro disso.

— Você disse que tinha sentido minha falta — ele disse. — E eu queria saber...

— Eu realmente senti a sua falta.

— Eu morri no seu sonho?

Vindo do outro quarto eu ouvia o som do seu pássaro odioso chilreando; Millie devia ter tirado a capa da gaiola agora que eu estava bem, e ele foi levado a cantar pensando que era de manhã. O rosto do meu irmão estava calmo e exibia somente algumas linhas de idade que o outro irmão que eu tinha conhecido jamais chegara a ter. Outro quarto, outra versão daquele rosto. Os comprimidos, a colher, o elástico rosa.

— Felix...

Nós TÍNHAMOS TUDO PREPARADO, Felix. Uma enfermeira amiga tinha conseguido barbitúricos e comprimidos para dormir, fui até a cozinha e peguei a caixa de gelatina que já tínhamos comprado. Na parte de trás, eu me lembro, estavam instruções para endurecimento mais rápido, que era conseguido usando-se cubos de gelo no lugar de água fria, e agitei-a bem enquanto despejava nela todos os medicamentos e esperava que solidificasse na geladeira. Eu entrava e segurava sua mão enquanto Alan sussurrava para você, e eu voltava para verificar a gelatina; levou apenas uma hora mais ou menos, mas pareceu um tempo interminável. Eu tinha tanto medo que sua dor aumentasse a cada minuto, e sabia que esperar pela morte seria a parte mais difícil, embora aquela não fosse a pior parte para nós. Quando voltei com a gelatina e Alan tentou dá-la a você com a colher, descobrimos que as lesões em sua garganta eram tão dolorosas que você não conseguia engolir. — Vamos lá, garoto — Alan continuava dizendo —, vamos lá, engula só um pouquinho. Só tente. — Não posso descrever o que sentia vendo-a cair da sua boca como se você fosse um bebê. Ver seus olhos rolando nas órbitas. E as mãos tremendo de dor e confusão. Ninguém deveria passar por uma coisa assim.

Queria que soubesse que não era você ali. Queria que soubesse que não é como eu penso em você. Não conservei nenhuma fotografia daquela época porque seria como olhar a casa da família pegando fogo. Você será sempre você. Será sempre teimoso e engraçado e bonito e forte e estará vivo.

Alan e eu tínhamos tudo planejado para qualquer eventualidade. E sabíamos o que fazer, como ajudá-lo. Demos um jeito de fazer passar gelatina suficiente por sua garganta, porque depois de um tempo você adormeceu; assim que ouvimos sua respiração rascante, pegamos um saco plástico grande e — Alan e eu juntos — o colocamos em sua cabeça e o prendemos com um elástico cor-de-rosa da sua caixa de costura. Sua respiração toldou o saco até não conseguirmos mais enxergar seu rosto. Pensei que aquilo não fosse acabar nunca, todo o horror daquela noite, mas vimos o saco se contrair sobre suas feições enquanto você inspirava pela última vez. Como uma máscara. Sei que não sofreu naquele momento; tenho certeza de que estava dormindo tão profundamente como uma criança, e quem sabe quais foram seus últimos sonhos? Gosto de pensar que você sonhou com a casa de verão, e nós três juntos. Ou nossas escapadas na saída de incêndio para fumar um baseado e rirmos vendo o pôr do sol. Ou, talvez — e não teria sido maravilhoso —, nossa infância no lago, e nosso velho cão Tramp saindo da água e se sacudindo juntinho de nós até que começávamos a gritar. Tardes douradas, é o que eu penso. Com o que mais iria alguém sonhar? Segurei o elástico junto do seu pescoço e olhei para a máscara do seu rosto até Alan dizer:

— A pulsação dele parou. Está acabado.

Eu me virei de costas para ele sem dizer nada. Como eu poderia dizer-lhe isso? Mas então eu vi algo que me fez parar. Enquanto olhava para fora não via, mas olhei novamente e vi, no vidro, surgir um conjunto de impressões digitais. Uma a uma elas se materializaram na superfície, iluminadas pela luz do sol. Eu sabia que Felix não as veria, porque eram suas próprias impressões digitais, deixadas lá em outro mundo. Imaginei meu irmão em 1942, de pé ao lado da janela, tocando o vidro. O gesto de uma pessoa presa numa armadilha. Eu pensei ter visto o vapor de sua respiração na superfície, então começou a desaparecer. E imaginei aquele mundo para o qual eu estava indo. Cinco impressões brilhantes sobre o vidro enquanto ele ouvia outra Greta. Amanhã, seria eu. De avental e lenço. E ela estaria no meu, de onde ele já teria partido.

— Não, naquele mundo — eu disse —, você está perfeito. Perfeito.

O impossível, o insuportável, acontece pelo menos uma vez para cada um de nós.

ELE FICOU ALI, meu irmão gêmeo, sem dizer uma palavra, e foi até a janela e colocou a mão exatamente onde as impressões dos dedos tinham estado, sopradas sobre o vidro naquele mesmo ponto em que eu tinha visto o vapor de sua respiração surgir e sumir.

— Fique — eu disse. — Fique comigo e com meu bebê.

— Não, Greta, vou embora. Está sendo pesado demais para mim.

Fechei os olhos e balancei a cabeça. Não arruíne o Felix que eu conheço com autopiedade. Ele não diria essas coisas.

— Eu não sou aquele Felix.

— É, sim. Eu vi isto no Halloween. Vi isto no Hansel. O que aconteceu com ele?

— Dei um tiro nele.

— Então isso é o fim? Estamos desistindo? Aos 32 anos estamos acabados? Então vamos achar sua arma. Vamos dar um fim nisso.

Ele me ouviu com os olhos brilhando de raiva, então saiu da janela e foi direto para a porta, os dedos já na maçaneta. — Vou deixar você descansar. Faça a sua sessão.

— Deixe-me descansar e eu nunca mais voltarei — eu lhe disse.

Olhei para ele congelado diante da porta do meu quarto. Com que frequência as pessoas fazem um sacrifício tão terrível que aniquila todas as possibilidades? A mão dele pousada na maçaneta de bronze esculpida. Com que frequência elas ficam?

Ele olhava para mim enquanto o pássaro continuava a cantar saudando sua falsa manhã, e o que se passava na sua cabeça? Ele entendia verdadeiramente o que eu estava dizendo? Ele poderia adivinhar, pela minha voz, pelo modo como eu agarrava os lençóis, que este era o meu último dia? Que a irmã que ele encontraria no dia seguinte podia ser a antiga, aquela com quem ele havia crescido, em rendas brancas combinando, que o conhecera como o menino que eu nunca tinha visto, mas que nunca o entenderia como homem? O sol sumiu atrás de uma nuvem, e o rosto dele mergulhou nas sombras, mas reconheci a expressão. Espanto, medo. Porque aqui estava alguém que o conhecia profundamente. E não apenas seu tipo de amor, que ninguém poderia dizer para onde iria. Em qualquer época, para qualquer um de nós. Mas a única pessoa que conhecia o melhor dele.

Então disse algo que o fez largar a maçaneta e virar o rosto para mim. A luz do sol veio e invadiu o quarto, brilhando e sumindo sobre nós. O pássaro cantou em seu sonho.

— FIQUE — EU DISSE a ele. — E eu ficarei também.

MEU IRMÃO AFASTOU-SE da porta e ficou junto da janela olhando lá fora a nossa pequena Patchin Place. — Dizem que vai nevar amanhã — foi tudo o que disse para mim, e vi que eu poderia manter minha promessa se quisesse. Neve, cobrindo este mundo, e seu rosto despertando iluminado por ela. Nunca tive tanto ciúme de um amanhã. A Greta de 1942 acordando para um marido antes que ele partisse para a guerra, para os gritos do filho. E a Greta de 1919 no meu mundo: procurando por seu jovem Leo. Afinal, não estávamos no lugar errado.

— Vá e durma um pouco.

— Não quero deixar você aqui sozinha.

— Vou ficar bem. Conversaremos amanhã. — E acrescentei: — Ainda estarei aqui.

Os seus olhos perguntavam: Estará?, mas ele apenas sorriu, tamborilou com os dedos na porta e fechou-a atrás de si. O silêncio caiu sobre o quarto. Olhei para o meu mundo, o primeiro mundo no qual eu tinha entrado. Estendi meus braços para fora das cobertas e olhei os padrões formados pela luz.

O portão rangendo em Patchin Place: algum vizinho chegando do trabalho. Apitos dos navios no mar. Cavalos na Tenth Street, o trote e os relinchos de um mundo ainda não familiar. Mal podia acreditar na minha sorte, ou que eu tivesse levado tanto tempo para reconhecê-la: O mundo do qual tinha sentido falta era aquele que eu não tinha visto. Ruth para me perturbar todos os dias. Meu irmão para trazer de volta à vida, agora pelos caminhos normais. E uma criança para criar, juntos. O que é um mundo perfeito se não tiver alguém que precise de você?

Eu me levantei, cambaleando, e tirei a caixa de madeira da prateleira. A dobradiça abriu facilmente e pude ver minha garrafa e o aro. Levantei a garrafa e coloquei-a na mesinha, o fio de metal indo até onde o aro permanecia no veludo — era perfeitamente seguro tocá-lo dessa forma. Olhei em volta, pensando, então retirei os *hashis* de porcelana do seu lugar ao lado do leque. Delicadamente, sentada numa cadeira, usei os pauzinhos para desconectar o fio metálico da sua fonte de vida; agora a garrafa estava sozinha, mas ainda cheia de carga. Parei por um instante, olhando para o objeto brilhante diante de mim. Um martelo levantado sobre a máquina que me trouxe aqui.

Nunca saberei se fiz a coisa certa. Além disso — meus outros eus, vocês também estavam diante das máquinas elétricas? Balançaram também as cabeças, recusando o último relâmpago? Porque conheço você, Greta 1942. Sei onde seu coração morava.

Posso vê-la com tanta clareza, passando os lençóis de seu apartamento dos anos 1940. Limpando a testa no braço, o calor a poucos centímetros do rosto. O cabelo bonito preso numa rede, de lado. Não passe a roupa tão perfeitamente; não faça tudo o que lhe pedirem, ou esperarem que faça. Ponha seu filho na cama e leia para ele *Peter Pan*. Escreva uma carta para Nathan na Inglaterra. Borrife-a com perfume o suficiente para aguentar a viagem. Escreva para Felix na Califórnia e diga-lhe que está alimentando seu pássaro; minha querida Greta, pode não estar em você penetrar no coração dele, mas, quem sabe? Será tentador esquecer tudo isso assim que tiver acabado, com seu marido e seu filho em casa novamente, ou pensar nisso como um borrão de loucura numa vida comum e passar os lençóis e cobrir as janelas enquanto a guerra durar. Acredite em mim: não vai funcionar. Ninguém tem uma vida comum. Lembre-se de quando acordava naquelas manhãs estranhas, a sensação excitante de medo. Não se perca em dias insignificantes. Greta: deixe a sua marca na terra.

Felix, eu me lembro do que me disse ao lado do meu leito de doente em 1942. Lembro-me de acordar e ouvi-lo falar de Los Angeles, e eu disse, me desculpe, eu não estava acompanhando, Califórnia? – Alan achou um emprego e um lugar para morar, lá. Ele acha que consegue me arranjar um trabalho, eles perderam tantos roteiristas para o exército, é uma oportunidade. O que você acha? – Seu rosto preocupado pairou sobre o meu. Mas eu sabia que, do lado de fora da porta, suas malas já estavam prontas; você não podia mais ficar aqui comigo, na nossa casinha com Fi, então podia mudar-se para o Empire State Building. Alan tinha acenado com uma outra vida para você, longe da neve e do preconceito – ou pelo menos assim parecia –, e nós não vamos quando nos chamam? Não entramos no avião e sentimos um aperto no estômago ao decolar para um possível erro? Claro que sim. Quem quer ser o tipo de pessoa que não sente nada? Quem quer conhecer pessoas assim? – Vá – eu lhe disse num murmúrio. E você agarrou o chapéu e acenou com a cabeça.

Um filho para criar, imagino, é o que deixou para sua irmã. Um filho, um marido reconquistado no além-mar, uma empregada taciturna e amiga. Não pense que ela não chorou. Mas não pense que o alarme do fogão deixou de sinalizar quando o bolo de milho estava pronto; e a correspondência não chegou com lembretes de antigas contas; e uma lâmpada não queimou e deixou o escritório no escuro; e ela não pisou descalça na pequena baioneta de um soldadinho de chumbo. Não pense que ela não tinha sua própria vida para tocar, e tomates para enlatar, e lixeiras para esvaziar, e açúcar para racionar, e calças para alargar, e *Fibber McGee and Molly** no rádio, e ataques de aviões nos céus, e meninos para disciplinar, e almôndegas para cozinhar, e todos os minutos e horas adoráveis da senhora Michelson de Patchin Place.

---

* Série cômica americana transmitida pelo rádio de 1935 a 1959. (N.T.)

E O QUE DIZER A VOCÊ, Greta, no meu antigo e estranho mundo, em sua estranha guerra fria? Ter escolhido esse, ter trocado um mundo de contas e sedas por outro de cabos e aço; espero que não se arrependa disso. Vai sentir falta de algumas coisas. Prússia. Palestina. Pérsia. Seu irmão. Seu marido. Seu filho não nascido. Sozinha, talvez pela primeira vez, uma mulher sozinha. Nunca a encontrei — e nunca a encontrarei! —, mas sinto que você está preparada para isso. Mais preparada do que eu jamais estive. Vejo você num casaco branco longo caminhando a passos largos pela Sixth Avenue, a bolsa da máquina fotográfica debaixo do braço, de óculos escuros e um chapéu de abas largas. Como é estranho sentir que minha vida de algum modo sempre foi errada, como uma máquina com um motor defeituoso, quando a solução era tão simples: Substituir a parte com defeito! Substituir a pessoa que vivia isso! E ver como tudo transcorreria suavemente: o casaco, a caminhada em passos largos, os óculos, pela Sixth Avenue e adiante. Conheço o coração que se agita lá; senti o despertar que ele provoca. Você pode acordar um dia, daqui a alguns meses, e imaginar que sua filha já tenha nascido. A teia entre nós terá secado e sido levada pelo vento, mas alguma coisa vai lembrá-la. Você vai chorar por perder o nascimento? Vai registrá-lo de algum modo?

Consigo vê-la muito claramente naquele dia de verão, saindo de um carro alugado recoberto de pólen. Fora da janela, uma estradinha suja, um longo muro de pedra. Como é estranho ver este lugar novamente, desta vez sem a neve que o escondia como a uma mobília numa casa de verão. O som da sua porta batendo é um insulto à quietude reinante exceto pelo som de baixa frequência de milhões de insetos. Um pássaro pousa sobre a cerca, olhando para trás e para a frente, para trás e para a frente. Tudo por causa disso: alguém saindo da cabana, limpando as mãos nos *jeans* e dizendo:

— Você deve ser a nova-iorquina que telefonou querendo saber da propriedade.

— Sim, sou Greta Wells.

O pássaro olha para trás e para a frente, para trás e para a frente. Um aperto de mão — e o ar distorceu-se ligeiramente diante dessa recente impossibilidade?

— Leo — ele irá dizer, com aquele mesmo sorriso embaraçado, formando uma covinha no seu rosto bonito. Sobrancelhas levantadas, o queixo já azulado pela barba surgindo. De volta dos mortos. Você não pode lhe dizer: *Você tem uma filhinha.* Apenas acene concordando quando ele disser que pode lhe mostrar os arredores. Lá no bosque, você fica imaginando, existe uma velha casa de madeira em cima de uma árvore? Você não pode dizer: *Oi, amor da minha vida.*

Ele se vira, camisa azul e *jeans*; você o segue. Nada muda, nada está perdido.

PORQUE SOMOS a mesma mulher. Como deixaríamos de fazer a mesma escolha? Minha mão treme levemente enquanto fico diante da lareira de pedra, levanto minha garrafa acima da cabeça e — crack! — ela se estilhaça num relâmpago azul de eletricidade.

Senti isso em três cérebros.

E tudo estava acabado. Olhei o vidro quebrado à minha volta.

Dorothy, desconectada. Alice, sem o coelho. Wendy, nunca mais na Terra do Nunca.*

Não entendi nada, Felix, pensei enquanto me mantinha firme contra a parede. *Mas foi um grande espetáculo.*

EM PÉ NAQUELE QUARTO, o quarto em que acordei pela primeira vez. A passagem de volta para o meu mundo em cacos espalhados pelo chão. Papel de parede lilás, bola e trevo. Quadros com molduras douradas, as placas de luz de gás sujas de fuligem, cortinas verdes, longas e pesadas, quase cerradas, e o grande espelho oval diante de mim. Sentei-me na cama e olhei para a mulher refletida ali que pouco tempo antes era uma estranha. Longas ondas de cabelo ruivo, rosto fino afogueado, uma camisola amarela sobre uma barriga grávida. A mulher que eu sonhava me tornar quando crescesse?

Ouvi um som a distância.

Eu me virei e quase o vi, em algum telhado distante dourado de sol: um martelo batendo uma estaca de madeira, nada que fosse estranho àquela hora, mas estranho foi o efeito que teve sobre mim. O martelo, e depois dele o som

---

* Personagens: Dorothy, do *Mágico de Oz*; Alice, de *Alice no País das Maravilhas*; Wendy, de *Peter Pan*. (N.T.)

débil de um outro, mas este não do meu mundo. Em seguida: outro. Os mundos estavam ecoando pela última vez. Um martelo de um operário, uma gamela de madeira, uma batida de porta — o que quer que fosse, cada batida em sequência partindo do seu próprio mundo, quase como a lembrança perdida de um som ressoa, sem provocação, vindo de um passado, quando a mente ouve seu gêmeo no presente. Pam... pam... pam. Eu me sentei e os escutei batendo através do meu corpo. Pam... pam... pam. O universo juntou seus fios naquele momento. Pam... pam... pam. E todas nós ficamos sentadas e ouvimos, sentadas na mesma posição, diante do mesmo som. Pam... pam... pam. Uma última vez o tambor estava soando, o tambor que ninguém mais ouvia. Então me ocorreu: Não havia tambor. Eram os meus três corações batendo.

E eu soube, enquanto o som se dissipava e o chicotear de uma carruagem lá fora tomava o seu lugar, junto com o barulho de crianças na calçada, que seria a última vez que as sentiria. As outras Gretas. Eu estava mais uma vez por minha conta.

Recostei-me na cama e fiquei olhando a faixa de luz atravessar as cortinas e chegar ao chão. Amanhã haveria uma casa para tomar conta, uma empregada para dirigir, uma vida sem marido para tocar, um irmão com quem discutir e intimidar. Amanhã haveria o fonógrafo de Ruth tocando alto demais no andar de baixo. Um vestido para consertar. Um trabalho para ser achado. Uma filha crescendo para conhecer o mundo que eu criei para ela.

Mas, por enquanto, era isso: aquele rastro dourado de sol, brilhando com o fim do dia. O cheiro da eletricidade queimada de encantamentos lançados. A garrafa de Ruth que ela tinha deixado sobre a penteadeira, um pouquinho de champanhe brilhando no fundo, e as luvas de Felix, que ele certamente estaria sentindo falta.

— Fique — eu tinha dito, e era o que eu tinha feito. Eu já imaginava uma filha neste quarto, cor-de-rosa como um camarão, enrolada em mantas e aquecida pela lareira, Ruth trazendo roupinhas elaboradas que a criança nunca usaria exceto para satisfazer minha tia. Felix marcando a altura dela no patamar à medida que ela fosse crescendo. Primeiro muito alta, depois muito pálida, e de repente surgiria outra garota: esguia e linda, cabelos pretos e longos, olhos brilhantes, e eu pensaria: É igual ao Leo. Seu pai, afinal, vindo através do tempo.

Ela encontraria um homem e se casaria com ele, usando o broche de brilhantes de Ruth, e iria com ele para a Inglaterra. Felix e eu a veríamos no navio, e olharíamos enquanto ele se desprendia das amarras e das despedidas. — Aí vai ela — meu irmão me diria, todo grisalho e de óculos, e eu cairia em seus braços chorando. Imaginei nós dois, neste quarto, bem mais velhos, Ruth morta um bom tempo atrás, quando eu lhe perguntaria por que ele nunca tinha ido morar com o homem com quem estava havia tantos anos, e Felix, acendendo seu cachimbo junto da janela, diria:

— Prometemos ficar, não foi? Nós prometemos, maninha. — E eu soube, naquele momento, que nunca lhe contaria a estranha história da minha vida.

Será que minha história é realmente tão incomum? Acordar a cada manhã como se as coisas tivessem transcorrido de outra forma — os mortos voltando, o perdido de volta, o ente querido em seus braços — isso tem mais mágica do que a loucura comum da esperança?

Mas nós realmente acordamos, cada um de nós, para descobrir que as coisas correram de um modo diferente. O amor que pensávamos que nos tinha matado afinal não nos matou, e o sonho que tivemos para nós mesmos mudou em algum ponto, como um planeta para o qual nossa nave tinha sido enviada; só temos de levantar a cabeça e nos endireitar, ir em frente mais uma vez e começar o dia. Não chegaremos lá durante nossa vida, e alguns diriam: Para quê, então? Uma jornada para as estrelas que ninguém verá, a não ser os filhos dos nossos filhos? Para ver a forma que a vida toma, é tudo o que respondemos.

Fiquei ali, olhando por um longo tempo, até que a barra de ouro foi encurtando no chão e se dissolveu num brilho. A garrafa, as luvas, nas sombras agora. Abri as cortinas e vi, do lado de fora, o sol se pondo, iluminando friamente o mundo. E então: os primeiros flocos de neve. Outra promessa cumprida. Eu me acomodei na cama e olhei a neve começando a cair. Hora de dormir. E daí, mais uma vez, como sempre: amanhã.